下

討厭喜歡你

Hate myself
for loving you

LaI
著

之所以相遇，也許是為了讓這個世界
從此多了一個「我們」。

第八章　討厭喜歡你

早晨躍動的光點，迫使我張開眼，映入眼簾的是他俊挺的鼻梁，纖長的睫毛，深邃的眼窩，好看的眉毛，緊抿的紅純色薄唇。

我一瞬間的愣怔，曾認為是夢境的一切，竟真實的呈現在眼前，令我心跳加速。霍閔宇此刻正躺在我的身側，手掌以占有的姿勢擱在我的腰間，踏實的走進我心底。

事實證明，他比我更勇敢。

我一笑，餘光瞥見牆上的時鐘，咦?七、七點了!

我從他懷裡起身，耳邊傳來老媽上樓的腳步聲，再看著還睡在我床上的霍閔宇，這要是被看見，真的要世界大亂了!

「霍閔宇、霍閔宇……」我搖著他，不敢太大聲，「快點起來，要遲到了。啊，不對!我媽、我媽來了!」

他迷茫的張開眼，適應了下明亮的光線，而後腦袋快速清醒過來，不等他反應，我快速將他推至陽臺，窗簾用力拉上。

同時老媽也敲門進來，「夏羽侑，妳是要睡到什麼時候——喔，起來了啊。快點下樓吃早餐，待會兒小宇就要來了，別老是讓人家等。」

「好……」我不自在的揪緊身後的窗簾，乾笑幾聲看著老媽關上門。我重重呼了一口氣，一大早心臟就差點停止。

我沒好氣的拉開窗簾，正想罵霍閔宇昨晚怎麼沒回去，卻看見他站在陽臺，手隨意的插放口袋，站姿隨興，嘴邊流淌的笑意輕佻且慵懶，背對著早晨的陽光，好看的讓我無法直視。

見我沒說話，霍閔宇率先揚起笑，「聽到沒，別老是讓我等。」

我瞪他一眼，「趕快回去，等一下被阿姨發現，我們就真的洗不清了。」

「反正早就那樣了。」

這句引人遐想的話，讓我倏地漲紅了臉，我快速關上落地窗鎖上，外加用力拉上窗簾，抵擋他過於張揚的笑容。

我撫著胸口，夏羽侑，妳要爭氣點，不過就是面對隔壁家一天到晚惹妳的臭小子……

確定自己的心意後，即使我什麼都沒說，但霍閔宇這方面的理解能力異於常人。走在他身旁的我，都能明顯感受到他的愉悅。

見他老神在在的模樣我就有氣，憑什麼只有我覺得尷尬？難道這就是所謂的經驗值落差？

「我先說好，我們現在還不是在交往。」我人生僅有一次的初戀，終究還是栽進霍閔宇這坑裡。

霍閔宇冷睨我一眼，「什麼意思？」

「我覺得……有點突然。」緊張的瞅了他一眼，「給我一點時間做好心理建設。」

畢竟突然要跟一個從小一起長大的人，說一些肉麻兮兮的話，做親密的肢體接觸，我覺得我需要時間適應。

霍閔宇冷笑，點著頭，「夏羽侑，妳根本是高手。」

「什麼？」

「欲擒故縱不知道玩得多上手。」

我笑了兩聲，「不敢當、不敢當。」

見我還有臉得意，霍閔宇抽了抽嘴角，下一秒用力扣住我的脖子，就和平時一樣愛以身高仗勢欺人。

「喂，我快不能呼吸了！」

「沒關係，我幫妳人工呼吸。」

「你走開啦！」

霍閔宇無謂的聳肩，鬆開制伏我的手。

重新獲得新鮮空氣的我，狠狠警告他：「你在學校不准太超過。」依照他顯耀的個性，絕對沒有「分寸」這條線存在。

「超過是指？」他揚眉，長手忽然攬過我的腰際，將我圈在他的身側，「這樣？還是……」忽然俯下身，在我還來不及反應時，突然親了下我的臉頰。

「妳說哪一種？」

他很故意！

走往學校的路上，我們如常的鬥嘴，我同樣輸得一塌糊塗，然後就會遭受一些霍閔宇自訂的懲罰。

在我的臉頰被他偷襲第五次時，我覺得臉上都是他的口水了，「喂，你克制一點啦！」

我一方面要制止霍閔宇脫序的行為，待會兒還要和田雅梨他們解釋前因後果，想到我就覺得好累。

「為什麼？」

「什麼為什麼，萬一被別人看到怎麼辦？」

「那最好。」

我的未來實在堪憂啊。

但我的心裡確實輕鬆不少，之前的糾結一片明朗，卻在仰起笑的片刻，想起任迅暘溫暖的笑臉。

我該怎麼把這件事告訴他？

光是想到他蒼白溫潤的臉，以及那股深沉的寂寞，我就於心不忍。

霍閔宇似乎看出我的憂慮，溫熱的手掌攀上我的手，隨後緊緊的包覆住。我愕然的抬頭，探進他平瀾無波的黑眸，「怎麼了？」

他神色凝重，看似想說什麼，卻反常的對我溫柔一嘆，「如果我說不可以，妳還是會去吧。」幾乎是肯定的說。

我一愣，對於他最近不斷打破慣例給我的包容，胸口感到一陣著實的溫暖。我微微點頭，「我覺得這樣對你才公平。」

我想要心無旁騖的走到霍閔宇身邊。

他不滿的扯了扯嘴角，最後還是無可奈何的妥協。

「我會很快回來的。」踮起腳尖，我揉了揉他滑順的黑髮，俏皮的說：「乖乖等我。」

下一秒，他恣意的向我傾靠，深邃的五官占據我的眼瞳，眼裡全是他。

霍閔宇頭一偏，沒有閉眼，將我的驚慌盡收眼底。微涼的唇瓣準確的貼上我微張的唇，伴隨著他清洌的氣息，像是要刻上他的印記，灼熱而清晰的烙印在我的唇上。

我的瞳孔驀地緊縮，他的氣息與我相融，是如此的恍然不實。待他噙著得意的笑容退開，甚至惡質曖昧的舔了舔自己的唇，我才驚覺自己又被他吻了。

我的臉頰彷彿要燒起來了，我瞠大眼看著他，好不容易擠出一句話：「我、我不是說不能亂來嗎！」

這根本是造反！

「要我退讓的代價。」他攤手，又是那副唯我獨尊的討厭模樣。

「你剛才不也答應了。」

霍閔宇收起笑，「我可沒那麼大愛。」眉一挑，「是因為我想親妳，所以我讓。」

我現在是被算計嗎？

「所以夏羽侑，」霍閔宇停頓了一下，沉亮的眸眼認真執著，語氣全是笑，「妳親我了，要是做出對不起我的事，真的會天打雷劈。」他彎唇。

我愣了愣，明明就是他硬來，我到底是惹上什麼妖魔鬼怪！

回過神，才發現我們居然站在離校門口只有五百公尺的地方，霍閔宇剛剛還……

果然，周圍傳來陣陣議論聲，甚至還有男生在旁起鬨拍手，雖然已經過了上學的巔峰時間，沒有很多人看到，但已經足以讓我抬不起頭了。

「有人看到了，妳要對我負責。」

我瞪了他一眼，「你還講！」掄起拳，二話不說狠揍他。

霍閔宇朗笑著閃躲，我的拳頭對他根本不痛不癢，次次都被他矯捷的閃開，還因為用力過頭一頭栽進他的懷裡，被他趁亂抱個滿懷。

當早自習的鐘聲響起時，我們才趕緊一前一後的走進校門。和霍閔宇並行在走廊時，總覺得特別心虛。

走進教室時，遲到的我們特別醒目。本來還以為會被一些無聊的人揶揄，但大家看了我們一眼後，發現不是老師來了便繼續玩鬧聊天。

沒有人覺得一起晚到的我們很奇怪。

「睡過頭喔？」田雅梨轉著筆，也沒太在意。

「嗯。」

忽然一雙白皙好看的手遞了一盒蛋餅放在我桌上，「想說妳晚到，一定來不及吃早餐，剛去福利社時就順手買了。」我仰頭，看著任迅暘溫潤的笑臉。

「喔，謝謝。」我笑著接下，餘光卻瞥見一旁的霍閔宇投以冷光，即便臉上是無謂的笑容，但眼神彷彿釋放著「我要是敢吃，他會咒我被毒死」的警告。

我手抖了抖，只能陪笑。如此為難的情形，一整天頻繁的出現，讓我笑得臉都僵了。

好不容易挨到放學，想說可以鬆一口氣的時候，任迅暘突然走上前，邀我一起吃晚餐。我面露難色，卻迎向他純淨無害的眼神，想起他總是一個人吃飯的身影，便不忍拒絕他，「好啊。」

語落，霍閔宇露出受不了的表情，我只能討好的用眼神和他說抱歉。此時元柔馨微笑走上前，「閔宇，班導讓我們一起去找她。」

看著他們離去的背影，雖然警報解除，我卻沒來由的感到不踏實。而元柔馨毫無預警的回頭看了我一眼，不似平時的溫馴和善，而是完全面無表情。

當下我讀不出她想傳達的訊息，只是傻傻的望著他們消失在門口。

半晌，桌上的手機微微震動，我瞥向亮起的螢幕通知欄，是霍閔宇傳來的訊息。

「**結束打給我。**」

僅是簡短的無聲語句，卻讓我沒來由的感到窩心，因為霍閔宇不喜歡傳訊息。

不出幾秒，手機又震了一下，「**九點前我要看到妳。**」

三秒後，「**不對，是八點。**」

我無奈的搖頭。

「我去球場幫閻子昱加油。」田雅梨的聲音忽然響起。

我的注意力馬上被轉移，轉而彎起曖昧的目光，「喔，感情不錯嘛。」

田雅梨用力巴了下我的背，平常看她大剌剌慣了，很難得見到她有這種不自在的時候，「別吵，去約妳的會。」

「我們才不是……」下意識的左顧右盼，就怕神出鬼沒的霍閔宇突然不爽的出現，這才驚覺自己的反駁有多麼明顯。

我略微緊張的看向任迅暘，而他什麼都沒說，依然是對著我彎起溫淡的笑。

他旁若無人的拉過我的手，眸光溫柔，「我們走吧。」

我們走進一家麵食餐館，等餐的空檔隨便聊了幾句，說一些課業上的事，以及園遊會的營業額排名，我們班得冠的事。

「一路準備下來總算有點成果了。」我欣慰的說著。

「是啊。」

即便聊著天，我滿腦子都還是這假日要和任迅暘去水族館的事，原本計畫好的告白，一夜之間全變了。

這樣的我，是不是很壞?拋下對我有所期待的任迅暘，我真的能瀟灑的走開嗎?

偏偏這種事拖不得，我怕時間一久，就更沒有勇氣開口了。

我深吸一口氣，打算豁出去把我和霍閔宇的事攤開來說:「我有一件事想跟你說……」

餐點這時也送上桌了。

任迅暘看了我一眼，便低頭拿起一張衛生紙，優雅細心的替我擦拭湯筷，微垂的睫毛輕顫著，在我盯著他發愣之際，他忽然抬眼朝我彎起一抹笑，遞給我乾淨的湯筷。

「給妳。」

「謝謝。」

而後，我們安靜的低頭吃飯，原本我想說的事就這麼被中斷，任迅暘也沒再問，只是偶爾發現我的視線，會朝我露出溫暖的笑容。

街道燈火通明，夜晚的人潮洶湧，我們並行的身影並不特別。

我們安靜的跨過一條又一條的街區，我不知道任迅暘的目的地，只能跟著他繼續走，當我發現街景開始變得熟悉，突然有點好奇他為什麼不坐公車。

看著他脣邊淺淡卻沒有溫度的笑意，我到嘴邊的話又吞了回去。我想，任迅暘一定知道我想說什麼，或者他早就猜到我會選擇霍閔宇。

他在一片空地旁停下來，轉頭看我，溫順的聲音有些低啞，「我們過去那坐坐吧。」不等我回答，便牽著我的手走至木椅。

我坐下，抬頭便發現自己置身於一片星空之下，忍不住發出讚歎的聲音：「好美。」

任迅暘微笑道：「那以後我們就常來看。」

我瞬間無語，看著他溫和的側臉，心情既猶豫又複雜，若是我對任迅暘有求必應，對霍閔宇來說就是一種背叛。

「很抱歉，我不能答應你……」

任迅暘微愣，唇邊始終帶著溫和的笑容，情緒平靜的像是一面清澈的湖水。他沒有回應我，反而問起另一件事：「明天我們約幾點？」

「我……」

「水族館啊，說好要一起去的。」他的語氣溫柔，淡漠的眼神泛著笑意，卻讓我看得心疼。

我走後，他就剩一個人了。

「明天，」我深吸一口氣，「早上九點可以嗎？會不會太早？」我彎起笑。

他點頭，「好啊，我在公車站等妳。」

待任迅暘送我上公車後，我才驚覺自己怎麼會莫名其妙和他約起時間，應該要好好的拒絕啊！看著車窗外即逝的風景，我腦袋亂糟糟的，待會兒回去要怎麼和霍閔宇解釋？

他一定會很生氣。

我拖著慢騰騰的腳步回家，打開房門時，燈也沒開，就身心疲憊的滾上床，卻在觸及到有些柔軟和灼熱的觸感時，睡意瞬間消散。

我下意識的想去開燈，起身的同時，卻被那人輕鬆的壓制住，我躺在床上四肢動彈不得。

「霍閔宇？」全世界會闖我房間空門的，大概也只有他了。

他沒有回應，溫熱的氣息拂過我的肩頸，視線受限的我，對於一切變得敏感。我不自在的縮起脖子，想推開他，無奈他的身軀像是一堵牆，怎麼樣都移不開。

「不要鬧了，起來。」

「幾點了？」他的聲音在我耳邊低啞卻清晰，吐出的氣息拍打在我的下巴。

「我、我怎麼會知道。」掙扎的同時，霍閔宇抓過我的手舉高，我一瞬間失去了抵抗的能力，「你在幹麼！」

完蛋了！

透著陽臺照射進來的微光，霍閔宇深邃的輪廓滾著夜色，鑲著外頭零碎的燈光，薄脣緊抿，臉色陰霾。他忽地冷笑，「看來，我真是全世界最有肚量的男人。」

「單獨一起吃飯？牽手？玩到不知道該回家？還不接電話？不回訊息？」霍閔宇語調輕快，慢條斯理說著，令我不自覺感到心涼。

我完全不知道該怎麼辯駁，因為他說的都是事實，再多的解釋聽在他耳裡肯定都是藉口，不如就誠實一點，不是說坦白從寬嗎？

「呃，你漏了一項。」我吞了吞口水，試圖用輕鬆的語調緩解此刻嚴肅的氣氛，「我明天還要跟任迅暘一起去水族館喔。」

霍閔宇神色一凜，空氣迅速染上一層死寂。看來是沒什麼用……

他放開箝制住我的手，淡然的起身，得到自由的我立刻坐起身，手裡抱著抱枕，一臉小媳婦兒樣的看著坐在我對面雙手環胸的他。

半晌，霍閔宇忽然哼笑出聲，「妳現在是在考驗我的底線？」凌厲的黑眸掃過我，「還是整我？」

「沒、沒有啊，因為之前約好了，但其實我本來是想要跟他說——」

「閉嘴！」

我立即噤聲，卻愈想愈覺得委屈，「我又不知道會變成現在這樣，還不是你中途跑來瞎攪和，讓我現在根本不知道要怎麼面對任迅暘。」

「現在倒反過來怪我了。」

我噘起嘴，不滿道：「本來就是啊。」

「所以意思是，如果我都不說，妳真的就要跟那轉學生在一起？」

我忽然沉默，雖然已經在心裡默默點頭，但我怯怯的看了一眼逐漸沉下臉色的霍閔宇，僵硬的搖頭說：「應該不會吧。」

「應該？」

在我不算長的人生中，其實不常見霍閔宇生氣，應該說如此漫天狂囂的怒意，我是第一次感受到，我很怕也沒有下次了……

於是，我決定和他進行深度的對話，讓他身歷其境、感同身受，這樣我的罪狀也能被減輕一些。

我清了清喉嚨，開始舉例，「如果今天有個既『溫柔漂亮』，『身材又好』的女生跟你告白，你接不接受？」我特別在優點處都加重語氣。

見過霍閔宇太多無恥齷齪的思想，我像是勝劵在握，沾沾自喜的看著他。

「不會。」

「為、為什麼？溫柔漂亮、身材又好的女生，你竟然不喜歡？」對於他的答案，我深感不可思議，「你還是不是男的？」

霍閔宇突然勾起脣角，「我是不是男的，妳要不要自己來確認？」

我立即捲起身旁的棉被，將臉埋了進去，「你、你冷靜，我就隨便說說，你別當真。」

霍閔宇繃著俊臉，眸色灰暗，我感受到他的怒氣已經到達一個臨界點，好像隨時會爆炸。

要是識相點的人，就知道現在應該要趕快安撫他，但偏偏我做人就是比較實在，無法昧著良心說話，更別說撒嬌了。

在霍閔宇沉默嚇人的瞪視下，我哀怨的瞅了他一眼。別人談戀愛是你儂我儂，我怎麼比較像是討罪受？況且我又還沒答應和他在一起。

但我也不敢在這個節骨眼上提出這點和他爭辯，估計我會死無全屍！

「去水族館，是我之前答應任迅暘的，本來是為了要答覆他的告白，所以……」我嘗試理性的和霍閔宇溝通。

「我不想聽。」

「總要給他答案啊。」我簡直欲哭無淚。

「那妳怎麼就不在乎要給我答案？」

我疲憊的扶額，「那不一樣……」

「哪裡不一樣？」

看著他此刻陰霾的臉色，我心底的話全梗在胸口。

我是喜歡霍閔宇的，可是一夕之間突然要成為男女朋友，我就是過不了心底那道坎，畢竟我們吵吵鬧鬧了十幾年，本來以為每況愈下的友情，突然昇華成愛情，我真的很害怕。

我不像他有過經驗，能經得起愛情的分合與不愉快，我就是隱隱約約覺得不安。

雖然旁人可能會覺得我想太多了，在一起之後再來慢慢磨合也不遲，可是我真的不能忍受我們的關係出現任何一點差錯。

我怕會像任迅暘一樣，最後連問候對方的勇氣都沒有。

見我不語，霍閔宇清冷的臉色緩和了些，「妳到底在怕什麼？」

「你還記得你的初戀嗎？」

他挑眉，「問這幹麼？」

「分開的時候你都不覺得很難過嗎？」

「一定會啊。」

「我怎麼都沒聽你提起。」

「妳也沒問過。」他冷聲。

我悲憤的轉過頭，暗罵自己白痴，又給自己搗了一坑。

「喔，對不起，那我現在問。」

霍閔宇沒好氣的看了我一眼，沉默半晌，在我以為他不會回答時，卻聽到他難得和緩的口吻，「雖然每任都是我提分手，但做錯事的人不是我。既然拿得起，該捨棄的時候也要乾脆一點。」

我縮了一下肩膀，聽著他決然的口氣，怯怯的說：「感覺好狠心。」

他冷笑，看了我一眼，「愛情應該是兩個人的事，所以一旦失衡，不乾不脆或是一再原諒，只是浪費彼此的時間。」

我很少聽霍閔宇說起對愛情的見解，就如他所說，因為我從未主動提起，只是藉由旁人的轉述，以及他的外在行為，斷定他是個濫情的傢伙。

直至今天我才真的明白，他比誰都敢愛敢恨，也很明白自己在愛情中的定位，不越矩也不寬容。

「我不介意當終結關係的人。」霍閔宇眸光幽幽的睇視著我，「百分之百適合我們的人根本不存在，所以妳的擔心都是多餘的。」

「可是我擔心我們會分手。」

「那我們就好好在一起。」

「說得那麼容易。」我嘀咕，「誰知道以後會不會發生什麼事。」

「這一直不是什麼難事，只要妳點頭。」霍閔宇失笑，伸長手臂揉了揉我的腦袋，「我不適合妳，妳也不適合我，不用妳一再提醒，大家都知道。」

「你真的很討厭！」

他啞然失笑，眼眸異常深邃，「那就對我好一點，我會給妳相同的回報，妳一點都不吃虧，投資報酬率很高。」

「聽起來像是某種非法勾當。」

「愛情本來就是場賭注，賭的是我們能不能走到最後。」

我眨著眼，凝視著依舊笑得張揚的他，眸光蘊藏著璀璨流光，平時看似輕浮隨意，此刻卻說出如此鼓舞人心的話。

「你真的可以開班授課了。」

霍閔宇冷瞟我一眼，我這才發現他不知何時已經坐到我面前，幾乎是俯身就可以親吻的距離……

夏羽侑！妳怎麼會滿腦子這種齷齪想法，快刪掉！

「可是就算你這麼說，我還是得赴約，因為這是我答應他的，我不想跟他最後連朋友都做不成。」

霍閔宇不耐煩的按了按太陽穴，忽然歪頭說道：「那妳也答應我一件事。」

「什麼？」我有種不好的預感。

「跟我交往之後，妳才能去。」

「如果我不答應呢？」

他聳肩，「不答應也沒關係，那妳就不能去赴他的約。」

「哪有人這樣……」

「就是這樣。」霍閔宇的眼神一凜，話語鏗鏘有力，完全不像是開玩笑。

「這根本是兩回事好不好，幹麼把它混為一談！」

「對我來說是一樣的，妳有妳的害怕，我也有我的不安。」霍閔宇彎脣，「自己想好後回答我。」

「哼！反正我就是要去，你能拿我怎麼樣？」

霍閔宇也不氣惱，反而揚起一抹意味深長的笑容，我腦中的警鈴立即大響。

「就等妳這句話。」語落，他輕巧的向前一傾，微涼的脣準確的貼了上來。

我驚愕的瞪大眼，然而在這緊要關頭我的手腳竟使不上力，失去了抵抗能力。

霍閔宇傲然的退開，眸色盡是挑釁與饜足，嘴角坦蕩的掛著行凶後的邪媚笑容，「妳說我能拿妳怎麼樣呢？」

我索性捂住嘴，臉頰發燙，盯著他好整以暇的模樣，我悶著聲，氣勢意外的低弱，「我們現在還沒交往，你不可以一直越線啦！」

他揚眉，無賴的說：「我只看到有人分明很想要我，卻不主動過來，搞得我像是窮追不捨的壞人。」

我的耳根子迅速竄紅，指著他面不改色的臉直嚷：「誰、誰想要你啊？在亂說什麼！」

「妳啊。」他的語調甚是愉悅，不因這露骨的話感到害臊。

我見他氣燄囂張，正想罵他時，卻見他微微斂下眼，頭一偏，嶙峋的手指滑過我的下巴，動作輕柔卻不允許我閃避，搶在我開口之前，再度吻了上來。

脣碰脣的瞬間，我好不容易清晰的思緒，再度覆上一層濃厚的大霧。雙手抵在他的胸前，我竟然沒有力氣掙扎。

這個吻比以往來得柔軟綿長，我們的呼吸攪在一塊，挾帶著一沁甜氣，旋繞在我僅存的理智，直至最後無止境的沉溺。

月光暈染了他好看的側臉，附在脣上的溫暖，一點一滴的深入。我緩緩閉上眼，不再抗拒。

許久，霍閔宇率先睜開眼退開，沉炙的目光落在我身上，待我的呼吸順了，他俯身似乎又想吻過來，我眼明手快捂住他的嘴，紅著臉瞅了他一眼，聲音細如蚊蚋，「好，我答應你，你別再過來了……」

霍閔宇一愣，忽然笑了，眼底的碎光好似閃爍的繁星，溫柔且美麗。

「可是怎麼辦，我就是想親妳。」

他溫沉的笑，低嗓充滿了渴望，讓我不自覺心跳加速，「喂，第一天就要原形畢露了嗎？」

「妳跑我追的戲碼我玩膩了，太浪費時間。」霍閔宇控訴，抓下我的手放在他的脣邊，不重不輕的咬了兩下，「反正什麼該看不該看的，妳都看過了。」

「什、什麼？你講清楚，我什麼時候……唔嗯！」

他不理會我的反抗，洶湧磅礴的氣勢一下子便鎮壓過我，雙臂環過我的腰際將我拉近收緊，傾身重重的吻了上來。

交往的第一天，我們牽手、擁抱、接吻，每一個親密動作，他都做得爛熟與上手，一點都不懂什麼叫循序漸進。

我怎麼會相信霍閔宇有自制力這種事？

早上醒來，我盯著他睡覺的臉龐發呆，此時才真的意識到，眼前這個離我只有幾公分近的人，已經從蠢不清的青梅竹馬晉升為名副其實的男朋友了。

我甚至覺得我還在做夢，而這個夢美得我捨不得醒來。

十幾年來從不敢細想的人，此時卻真實的躺在我身側，我自然的窩在他的臂彎中，長髮散落在他的手臂上，一切美好的像是童話故事。

我輕笑，小心翼翼的從他懷裡起身，輕手輕腳的走進浴室漱洗換衣準備出門。待我走出浴室時，霍閔宇已經醒了。

懷中抱著棉被，帶著睡意與倦容，柔順的黑髮正亂乎乎的翹著，眉頭輕蹙，似乎還在適應早晨的亮光，看起來特別像是賴床的小孩子。

我失笑的看著他，「今天不是下午才有工作嗎？你可以繼續睡，我的床讓你。」出門時我再反鎖就行了，否則讓爸媽上樓看到霍閔宇大剌剌的睡在我床上，我真的不用活了。

雖然依照霍閔宇張揚坦然的個性，我們的關係肯定瞞不久，但我實在不想有種被抓姦在床的感覺。

我將隨身物品丟進帆布袋，轉頭看了他一眼，「不准弄亂我房間喔，我要出門了。」

霍閔宇眨著迷濛的雙眼，眉頭緊鎖，表情閃過一絲不耐煩，忽然朝我招手，「過來。」剛起床的聲音有些沙啞性感。

「幹麼？」我警覺性的問，但還是走了過去。

我小心翼翼的站在他面前，見我要靠近不靠近的，他不悅的嘖了一聲，直接拉住我的手臂，力道不大，卻足以讓我跌坐在床上。

他從後環住我的腰，下巴抵著我的肩打盹，聲音帶著濃濃的睡意，「安慰我，我才給妳出門。」

我側過頭，不理會他的不正經，打算起身，「我要遲到了啦，你放手……」掰著他放在我肚子上的漂亮手指說道。

「交往不到二十四小時，馬上就對別的男人投懷送抱。」霍閔宇張開眼冷嘲，習慣性的又咬了咬我的肩膀，隨後用著陰惻惻的聲音警告：「不能比我晚回來。」

「你工作到幾點？」

「不告訴妳。」

「那我怎麼知道我要在幾點以前回來？」

「所以妳最好在我去工作前回來。」

我無言的看他一眼，懶得和他做無意義的爭辯，好不容易掙脫他的懷抱，我朝他吐舌頭，挑釁的說：「好好去工作喔。」

霍閔宇瞪我一眼，「我沒有在開玩笑。」

「我也很認真。」我朝他一笑。

「喂！夏羽侑！」

「出門了喔，拜拜。」

關上門，我甚至還聽見霍閔宇不可置信的冷哼聲。我蹦蹦跳跳的下樓，覺得鬧脾氣的他還挺可愛的。

來到和任迅暘約好的公車站，如我預想，他果然提前到了。他穿著格子襯衫搭配牛仔外套，對比學校制服的距離感，這樣的他顯得平易近人，溫潤的像是一道透明無暇的光。

「任迅暘！」

他揚起頭，看到是我，脣角毫不遮掩的翹起，眼底溫柔，「小侑。」

「等很久嗎？」

他搖頭。

對上他純淨的眼瞳，我下意識的閃避，「嗯，那我們去搭車吧。」

去水族館的車程約莫十五分鐘，在這期間我們都靜靜的看著窗外，偶爾發現有趣的景象，或是特別的畫面，我們才會聊上幾句。

「小侑，妳知道嗎？」任迅暘的視線忽然看向我，我有些緊張，見我正襟危坐的模樣，他忽然笑了出來，「其實也不是什麼大事。」

我微愣，「嗯？」

任迅暘目光柔和，帶著一絲自嘲道：「難道我們除了這些事，就沒有別的話可以說了嗎？」

「任迅暘，其實我……」

「下車吧。」他忽然按下身旁的下車鈴。

「可、可是水族館還沒到……我們現在要去哪？」

他沒有回我，我只能被動的讓他拉我下車。外頭即便冬陽高照，依舊抵擋不了寒風刺骨。假日擁擠的人潮，歡騰的氣息，讓我們刻意保持距離的身影顯得格格不入。

任迅暘想拉我的手，我下意識的抽回。

看著我略為尷尬的神色，他忽然淡淡一笑，我帶著歉意看向他。

「突然不想去水族館了。」他忽然說道，眸眼一如往常的柔和，「我們隨意逛逛吧，待會兒一起去吃午餐，妳不會介意吧？」

我輕輕點頭。

看著任迅暘如此反常的行為，大概是猜到我要說什麼了。思及此，一股濃濃的愧疚感一直揮之不去。

我們走進一家燒烤店，快速點餐後，等待的時間我滑著手機瀏覽今天的訊息，多半是無聊的廣告、遊戲訊息，還有閨子昱在我們四人群組中的無病呻吟。

田雅梨也傳給我好幾張肌肉男的照片，我惡作劇的傳了一張閻子昱的個人照給她。

田雅梨秒讀後，把我的祖宗十八代都罵了一遍。

「**今天幹啥去？**」

「**呃，跟朋友出去。**」我偷覷了一眼對面的任迅晹，回得模稜兩可。

「**除了我們，妳哪有什麼朋友。**」

「……」

「**我看不是霍就是任迅晹。**」

田雅梨不去當算命師真的是太可惜了。

「**任迅晹……**」

「**進展很快嘛，到哪一階段了？**」看得出田雅梨的字句充滿興奮，「**不過霍知道嗎？**」

我打字的手停了下來。

照以往來說，我肯定會回關他什麼事，但依照我們現在的關係，身為「男朋友」的他，確實很有資格干涉。

就連現在不過是重新定義霍閔宇在我生活中的身分，我都覺得難以適應。

以前可以說，我們是青梅竹馬，從小一起長大，他的陋習我都知道，他生來就沒有良心。

但現在情況不同了，如果別人問起我們，我得說，我們是青梅竹馬，從小一起長大，他的陋習我都知道，他生來就沒有良心，然後……他是我男朋友。

我愈來愈懷疑，自己一定有嚴重的被虐症。

見我沒回答，田雅梨精準嗅到八卦的氣味，「**有好戲看嘍——我們來討論一下妳這回會怎麼被收**

洽？」

好朋友，說白一點就是相愛相殺的關係。

「知道，怎麼能不知道。」

「他說什麼？」

「說交往就讓我去。」

突然，手機跳出幾則霍閔宇的訊息。

我還來不及點開，田雅梨的聊天視窗就瘋狂跳出訊息，「妳答應了？不對，妳現在赴約也就表示……啊！啊！」以下省略她歇斯底里的鬼叫與數十條波浪線。

正想回她大嬸冷靜時，手機便響了，是霍閔宇。

我瞥向對面的任迅暘，他微微一笑，示意我可以接聽，我僵硬的點點頭。

其實我不是擔心任迅暘介意，而是電話中這個人很難搞。

「喂？」

「好玩嗎？」

喔，酸味十足——

霍閔宇的聲線淡漠，背景傳來攝影機操作的滴滴聲，和工作人員的說話聲，看來是乖乖去工作了。

我悲憤的望了一眼天花板，要是說好玩，我可能不用回家了，但要是說無聊，對任迅暘情何以堪？

「呃，還好。」我乾笑，以防多說多錯，「結束我再打給你。」

「為什麼?」

「哪有為什麼，就……」難道要我在任迅暘面前和你曬恩愛嗎?「在忙啊。」我隨口說了一個通用的詞。

「忙」就表示我現在不能和他閒聊瞎扯，甚至是安撫他。

另一端的霍閔宇異常沉默，本來以為他這是妥協了，卻聽見一道冷冷的聲音響起，「忙?」他重複我的話，尾音危險的上揚。

天啊!我這是又說錯了什麼嗎?

「我們準備要吃飯了，你吃了嗎?」我關心道，希望他大人別發火。

「沒。」霍閔宇答得簡短，語氣凍人，「氣飽了，還吃什麼。」接著手機那頭傳來鏗鏘的掛斷聲。

我疲憊的扶額，無力的放下手機。

任迅暘疑惑的問道:「怎麼了?」

我回過神，連忙搖手說:「沒什麼……」回去我就慘了。

服務生送上肉盤，熱情招呼道:「醬料都在後方，可自行取用。」接著說:「我們目前在做活動，情侶親一下，就送一盤豬五花。」

我一愣，朝服務生端起禮貌的微笑，「喔，我們不是情侶。」

服務生開心的說:「不是情侶也沒關係，只要親一下，我們就會送喔。」

我尷尬的看了任迅暘一眼，他沒有回答，也沒有拒絕。

「我們只是朋友。」我回道。

可能是剛惹毛霍閔宇，意識到自己已經不是單身，所以有點自知之明。這個時間點，或許就是最適合告訴任迅暘我的答覆的時候。

我深吸一口氣，抱著豁出去的心態澄清，「我有男朋友了。」

現場最快反應過來的是服務生，「啊，原來是這樣，抱歉！抱歉！祝兩位用餐愉快，有什麼問題再叫我們。」他撓了撓頭，沒有發現氣氛的詭異。

炭火燃燒發出嗶啵的聲響，我的臉頰被烘得暖呼呼的，我不敢與任迅暘對視，只能拿著烤肉夾給自己找事做。

忽然間，一抹溫熱撫上我的手，任迅暘接過我手上的夾子，「我來吧。」他細心的翻動肉片，俊逸的臉上卻沒有任何表情。

我呼了一口氣，反覆思考後，向他誠實道：「對不起，謝謝你喜歡我，可是我……不能給你相同的喜歡。」

儘管任迅暘面色平靜，夾動肉片的動作仍舊停頓了下，隨即他漾起笑容，「這些都熟了，趕快吃吧，我烤肉的技術很好，回去不會拉肚子。」像是沒有聽見我說的話似的，繼續和我說著其他話題。

我端起盤子接下還冒著煙的肉片，「你也吃吧，我可以自己烤。」

任迅暘點點頭，另一手卻還是持續幫我烤肉，我無奈的看著他，「你的話我都聽進去了，一開始我也很害怕我們會有同樣的結果，但是……大概是因為對象是霍閔宇，對他我總是無可奈何。」

說完，我自己都覺得好笑。怎麼就由著別人欺壓到自己頭上，還心甘情願。

霍閔宇真的罪該萬死！

「我不知道我們在一起會面臨什麼樣的問題，也曾經害怕的一直想要推開他。可是我發現不管怎麼抵抗，霍閔宇還是義無反顧的走來了。我避不開，也突然覺得為什麼我要躲？」我低眸，「我才發覺想和你在一起的原因，其實是為了閃避他。」

原來打從一開始我心裡就明白，落到霍閔宇手裡不過是遲早的事，因為他比誰都了解我。

我很訝異自己能如此坦然的正視自己的內心，大概是最近和霍閔宇待久了，心事都藏不住。

任迅暘始終無語，耳邊傳來其他客人的交談聲，他依舊旁若無人的烤肉。

我的內心很掙扎，就怕他不能接受。

「就像你和你的青梅竹馬一樣，」當我提起任迅暘記憶中的那個人時，他的眸光微微閃動，總算有些動靜，「誰也沒想過會喜歡上彼此吧？」

我看著他，「所以，我又怎麼能預設最後的結局一定是分手？」就如霍閔宇所說，好好在一起就好了。

任迅暘停下動作，抬起幽暗的目光看向我。許久，他扯了扯嘴角，緩緩說道：「即便很冒險也沒關係嗎？」

「沒關係。」

「就算在分開後的每一天，都還是會懷念起那段時光也無所謂？」

「嗯……」

「縱使成了一輩子的悔恨，和每一個痛到哭不出來的瞬間，這些都能過得去嗎？」

我皺著眉，心疼的看著任迅暘，他的眸光黯淡，噙著苦澀的笑意，輕描淡寫的訴說這幾年的夢魘。

「我知道你是好意，我也曾考慮過這些問題。」

此時腦中不自覺浮現霍閔宇張揚的笑，我們打鬧的時刻，我對著他說討厭他的時候……

他一直都在。

「即使再來一次，你還是會跟她在一起吧？」

任迅暘看了我一眼，即便什麼也沒說，我也從他透淨明亮的雙眼得到答案。

「嗯，我就是這樣想的。」我笑道，「比起後悔，我更不想要有遺憾。這才是我從你身上學到的東西。你與她在一起的快樂都是真的，如果你們不曾在一起，那些幸福就一刻也不存在。」

任迅暘沉默半晌，忽然提起嘴角一笑，「霍閔宇還真是讓人嫉妒。」褪去了一身的溫潤與淡然，眼裡是真切的冷意。

我有些愕然他的轉變，但說到底是因為我的猶豫不決，「對你我感到很抱歉。」

任迅暘隨即揚起笑，搖頭說了不要緊，表情似乎釋懷。

「很多人都是在一起後才發現不適合，或許過不久妳就會厭煩霍閔宇了。」他的語氣是少有的俏皮，然而我卻感覺他似乎隱藏了很多情緒。

我們在公車站前分開，時間比我預期的早，我從包包中撈出手機，果不其然除了田雅梨前幾小時瘋狂洗版的訊息，霍閔宇一則都沒有。

我打了一通電話給迪昊，確認霍閔宇還在攝影棚拍攝。

為了展現我有深深的在反省，還很順利的完成任務，我決定破天荒的去接霍閔宇回家。

走進攝影棚時，迪昊一眼就看到我，欣喜的朝我走來，我示意他不要告訴霍閔宇，就讓我站在這兒等他工作結束。

「今天會到很晚嗎？」

「最後一組了。」

我點頭，突然發現一抹熟悉的身影，乖順的站在霍閔宇身旁，溫靜的像是櫥窗裡的精緻娃娃。她身穿一套及膝的連身裙，身形嬌小玲瓏，與霍閔宇身上的款式有幾分類似。

「柔馨？」

「元先生今天沒時間來看成品，就請他的女兒來了。」他說，「剛好有些新上市的女裝，本來想等妳有空來拍，但霍閔宇說不需要，就直接讓柔馨頂替了。」

看著他們有默契的配合著彼此拍攝，這陣子元柔馨變得更有自信了，笑容甜美可人，搭配霍閔宇慵懶倨傲的氣質，畫面竟如此和諧。

我搖了搖頭，就只是一起工作而已，沒什麼好大驚小怪。

迪昊看了我一眼，「看來罪魁禍首就是妳，今天閔宇一來就對我擺臉色，還差點摔了攝影器材，這小子的臭脾氣到底什麼時候才能好好改一改！」

「對不起，我回去會好好說他。」霍閔宇真的一天到晚在外面給我背鍋。

「柔馨很常來這裡嗎？」我隨口問道，好像都沒聽她提起過。

「星園和閔宇合作有一段時間了，幾乎讓他成為主代言人。柔馨很細心盡責，有時間都會代替父母來督場。」迪昊繼續說道：「原以為上回的拍攝會請閔宇，結果卻請了一位素人，聽說對方後來沒意願，所以還是決定讓閔宇接手。」

在大庭廣眾下被霍閔宇羞辱，李桀閎再怎麼厚臉皮，也當然不會再來。

迪昊說道：「我聽說你們還是同校。」見我點頭，他又說，「難怪看你們幾個這麼有話聊，這世界還真小，什麼都巧啊。」

其實這世界才不巧，不過就是有些人多花了點心思。

霍閔宇熟練的變換姿勢，然而臉色卻一直不太好。拍了幾張後，他的煩躁完全遮掩不住，寬厚的手掌將額前零碎的瀏海向後耙梳。

攝影師也注意到他的狀況不佳，停下拍攝，「閔宇，休息一下再繼續吧。」

他應聲，眉頭緊鎖的走下展示臺，一手疲憊的抵著側頸，明眼人都知道霍閔宇現在心情很不好。

「他今天一直都這樣嗎？」我問著身旁的迪昊，視線卻落在元柔馨的動作上。

她將捧在懷裡的水瓶打開，微笑遞給霍閔宇，他彎脣朝她頷首，自然的接過，似乎已形成了一種默契。

「今天光拍一組廠商就拖了三小時。」迪昊這哀怨的話將我的視線拉回，聽得我很心虛。

我不知道我去見任迅暘這件事，原來讓霍閔宇這麼不能釋懷。

我是第一次談戀愛，但他不是，原以為他會比較得心應手，畢竟他是霍閔宇，怎麼可能會為了這種雞毛蒜皮的事大動肝火。

結果我似乎錯了。

霍閔宇時而回應元柔馨的主動搭話，但更多時候都是雙手環胸閉目養神。我很久沒有這麼安靜的看著他，因為從來也沒有想過要主動了解他。

仔細想想從告白到交往，霍閔宇並沒有強迫過我什麼，雖然最後是被他誘拐脅迫才答應交往的。但就如他所說，我只是不誠實，所以必須由他當主動的那方。

任迅暘的親身經歷，比我有經驗的霍閔宇一定更能理解這種心情，可是他卻還是不顧一切的朝我走來。

他想跟我在一起的決心，是無庸置疑的。

思及此，我突然覺得這陣子對他真是太不體貼了，一再忽略他的感受。

「羽侑，要不要去旁邊坐……」身旁的迪昊欲言又止，我疑惑的抬頭，眼角餘光卻瞥見對面不知何時睜開眼，此時正撐頰看著我的霍閔宇。

我愣怔的同時，他已經起身。

看著他迎面走來，燈光細細描繪他俊逸深邃的側臉，眸光沉穩，讓我有一瞬間的暈眩。我抿了抿脣，突然有種情緒緩緩湧現，幾乎快過理智。

「怎麼來了?」他人還未在我面前站定，淡然的語調就先傳來，「還記得我啊?」

「嗯……」

見我還有臉附和，他的臉色毫不遮掩的一沉，仰天疲憊的按著側頸，眉宇間盡是怒火，在他張口開罵之前，我搶先一步的上前抱住他，將臉埋在他的肋骨處，「我好想你喔。」

面對我突如其來的動作，霍閔宇身體微僵，雙手懸在空中，難得有不知所措的時候，本來要爆炸的情緒似乎又嚥了回去。

「這裡很多人。」他突然提醒道，聲音依舊沉得很好聽。

「你什麼時候這麼在意別人的眼光了?」我失笑，小臉卻抵著他的胸懷不敢探頭，有點後悔，但也沒有臺階可下了。

他笑了一聲，「既然妳都應允了，我不對妳做些什麼，似乎就顯得我對妳不夠熱情。」

我察覺不妙，「什、什麼?你不用……」仰頭撞上他幽深的眸底，全身細胞都在告訴我這是不好的徵兆。

在我想要溜走時，霍閔宇像是早已預料到的攬住我的腰，俯下身，蜻蜓點水般細密的吻輕快的落在我的唇與眉眼。

「喂，很多人啦。」

他彎唇，「我這人挑釁不得。」

我抗拒的低下頭閃避，他卻惡質的用虎口箝住我的下巴，我完全躲不開他毫不收斂的親吻，掙扎之餘，只能拖著他到沒人的攝影棚角落。

當背脊觸碰到身後冰涼的牆，我就後悔了，這不是把自己逼進死角，好讓霍閔宇為所欲為嗎？果不其然，我一抬頭就探進他在昏暗光線中異常明亮的黑瞳。

霍閔宇停下動作，我微仰著頭，兩人的呼吸都有些急促。他環在我腰上的手臂仍舊沒有鬆開，視線定定的落在我身上，太過灼熱的目光，讓我全身的肌膚彷彿都在發燙。

他一言不發，薄唇輕抿。

「還生氣嗎？」我小心翼翼的問，微涼的手指撫過他的臉頰。

他輕應了聲，沒有移開看我的眼神，另一手抓過我的手，移至他的唇邊毫不客氣的咬了兩下。

我縮了下肩膀，想抽手他卻不放。

「你是小狗嗎？動不動就咬我。」每次害我脖子和手都是他留下的痕跡。

「妳對不起我，道歉。」見我不為所動，他似笑非笑的換了一個提議，「親我一下，我也可以接受。」

霍閔宇果然就是個容易得寸進恥的傢伙！沒錯，就是「恥」。

「沒有別的選項嗎?」

他一秒變臉,「妳還敢和我討價還價?」

「喔……好啦。」

我不自在的瞄了他一眼,招手要他低下頭來,霍閔宇彎起笑,難得順從。儘管他彎下身,我還是得踮腳才能碰上他的臉頰。

他一臉期待,讓人覺得好煩躁。

一股惡作劇心態油然而生,我附上他的耳畔,拉著氣音說道:「對不起。」

霍閔宇一臉錯愕,被耍的他側過頭就想對我發作,我立即傾上身親了他的嘴,成功堵住他罵人的話。

見他深邃的眼眸閃了閃,笑得肆意蕩漾,我就有些後悔了。

他掀脣,讚歎的搖頭哼笑,「我都不知道妳這樣我到底該開心,還是該擔心?」

見他意猶未盡的靠了過來,我立即打了他的手臂幾下,「快回去工作、工作!」

「今天本來就不想來,妳一這樣我就更想走了。」他說得無辜,順便再扣上我今早去見任迅暘的罪名,這讓我知道沒事真的別惹他。

我的視線正好透過霍閔宇降下的身高,清楚看見他身後站著的人影。

元柔馨。

此刻的她,置身於一片空蕩,像是用盡力氣撐著嬌弱的身板,眼底流淌著一圈水澤,用著我從未見過的陌生神色,直勾勾的望著我們倆在一塊的樣子。

我的腦海頓時閃過她在園遊會那天說的話。

「我有一個喜歡很久的人，我希望他能夠注意到我。」

在我還來不及細想時，身旁的霍閔宇忽然俯身抱了我，鼻尖蹭了蹭我的脖頸，像隻嘴饞的大型動物。

「你別鬧啊。」在外人的注視下我的臉一陣紅熱，推了他兩下，「大家都在等你，你趕快把剩下的拍完。」

「等你結束一起回家。」

「妳要走了？」他不放。

他愉悅的點頭放手。

工作人員見我們一前一後的回到攝影棚，笑咪咪的問道：「休息好了吧？」

我尷尬的遮住臉，趕緊躲到一旁的沙發拿出手機裝忙，霍閔宇倒是不害臊的點頭，愉快的走向化妝師準備補妝。

待霍閔宇開啟工作模式後，我和元柔馨各自坐在沙發的一端，氣氛有種說不出來的奇怪。前陣子園遊會，加上任迅暘和霍閔宇的事，我每天忙得焦頭爛額，有段時間都沒怎麼和元柔馨說上幾句話。

就在我思考要怎麼和她搭話時，她突然拋來一句像是質問的問句：「你們在交往？」目光卻始終停留在霍閔宇身上。

我沒預料到她會問得如此直接，一時間沒能反應過來，見她緩緩收回視線轉向我，我機械式的點頭，「對，最近的事。」

不知為什麼，我不想和她說太多我和霍閔宇的事。

元柔馨勾起笑，卻摻雜著一絲冷漠與不滿，然而很快的就被她柔美的笑容給遮掩過去。

「妳不是說，妳和閔宇不可能嗎？」

看著她快速變化的臉色，我感到有些愕然。她死命的盯著我，一股無形的壓迫感在我胸口蔓延開來，我的口氣頓時有些心虛，「喔，世事難料嘛……」

對於這巨大的轉變，我也感到措手不及。

「是嗎？」元柔馨噙著笑，冷靜的語調不像是平時笑臉迎人的她。在我以為我們的對話將告一段落時，她忽然用著異常輕快的語調對我說：「青梅竹馬變成男女朋友，相處下來還是有差別吧？一定很不容易，需要面對很多問題吧？」

我僵硬的應了聲，元柔馨表現得異常熱情，不斷向我提出她的見解和看法，「萬一吵架怎麼辦？家住這麼近，每天都會碰見，應該很尷尬吧。父母也都彼此認識，小侑不會擔心事情變得複雜嗎？」

這大概是我第一次聽她一口氣說這麼多話，沒有以往的扭捏與害臊，語調快得像是質疑。

或者，她就是在質疑我。

我有些不舒服，礙於她問得誠懇，若是我不答，似乎就顯得我太小心眼了。

「會是會，但我和霍閔宇本來就常吵架，我們的父母通常不太管，都讓我們自己解決。」

「你們常常吵架啊？」元柔馨驚訝的捂嘴。

難道她覺得霍閔宇是那種會關愛朋友的人嗎？

我笑了兩聲，沒有正面回應，開玩笑道：「現在交往，大概進展成打架了吧。」

「那可不行，要是真吵起來可就不容易和好了。妳想想看，以前只是朋友的時候管不了對方太多，自然沒什麼理由生氣，可是交往之後肯定會更在意彼此，他是不是有事瞞著我？他和哪個女生走得近？可能連他幾點回家、要去哪裡，都忍不住想限制了。」元柔馨滔滔不絕的說著。

不得不說我確實會擔心她說的狀況，畢竟霍閔宇為所欲為慣了，不喜歡人家管太多，也討厭別人在他耳邊叨念，他總是想怎樣就怎樣。

「或是，會不會哪天他對我的喜歡變少了。」

我猛然看向元柔馨。

「愛情總是這樣，來得快，去得也快，很多時候都只是為了一時的新鮮感。」她笑盈盈的看著我，「膩了，就不要了。」

我來不及掙扎，心臟因她的話一瞬間就被掏空了。我看著她，久久不能說話。

「啊，對不起，我好像嚇到妳了。」元柔馨有些手足無措，水亮的眼霧氣縈繞，似乎比我這當事人還緊張，「我身旁很多朋友都這樣，就當我是隨口說說，妳和閔宇那麼好，一定能……」

「怎麼了？」霍閔宇朝我們走來。

他肆意的坐在我們之間，正好阻擋了我和元柔馨對望的視線，手臂隨意的橫在我身後的沙發上。

「閔宇辛苦了。」元柔馨乖順的遞水給他，接著露出有些愧疚的小鹿眼，急忙道歉，「我好像說了小侑不愛聽的話，我真的不是故意的，對不起……」

元柔馨的轉變讓我有些反應不過來，卻無法當場拆穿她。她笑得柔和溫順，好似先前那些話不是出自她口中，而她確實也不像是會說出這種話的人，至少以前的我是這麼認為的。

霍閔宇笑笑的看了我一眼，「妳現在不止對我脾氣差，對別人也是啊。嗯？」他的尾音勾人。

我脾氣差？也不看看罪魁禍首是什麼德性？我對他的寬容程度都能成佛了。

然而，這教訓小狗狗的語氣是怎麼回事？我居然還不爭氣的臉紅心跳！我不自在的咳了一聲，皺眉噘著嘴，無辜的回道：「我哪有……」

霍閔宇似乎被我的模樣給逗樂了，伸手就揉上我的腦袋，隨後連人帶抱的將我拉過去，絲毫不在意攝影棚有多少人在看，何況元柔馨還在旁邊跟我們說話啊。

「喂……」

「喔。」他抱得更緊了。

霍閔宇轉頭對元柔馨說：「抱歉，今天讓妳等這麼久，照片已經出來了，妳可以去攝影師那邊看看，如果覺得不好，我可以重拍。」

自從霍閔宇來了之後，元柔馨的視線就像是刻意的在忽略我，她帶笑的目光自始至終都追隨著他，「不用了，你拍的我很放心。」她溫馴的像隻綿羊，隨後愉快的說：「我爸媽都很喜歡你。」

「是嗎。」霍閔宇喝了一口水，慵懶一笑。

「對呀！他們總說你學習好，工作效率好，現在店裡的生意會這麼好，有一部分都是你的功勞。」元柔馨又說起暑假她和霍閔宇一起待在南部的事，我聽不懂，也就插不上話題，倒是霍閔宇笑得那麼好看是怎麼回事？

咒他喝水被嗆到！

我百無聊賴的打開手機，屏幕馬上跳出田雅梨成串的髒話，這才想起我從中午已讀到現在，她甚至還擔心任迅暘會由愛生恨，把我給綁走。

得到解釋的田雅梨也不怎麼驚訝，反倒欣慰的說：「**我就想妳那副死樣子，不是霍被氣死，就是妳的後路被堵死。**」

我還真的是被堵在床上點頭答應的。

一股熟悉的溫熱氣息忽然向我傾靠，我下意識的往旁一縮，「妳和田雅梨在聊什麼？」霍閔宇邊問邊將沒骨頭的特性發揮到極致，懶洋洋的側躺在我腿上。

「喔，她知道我們……」我的手指在我們之間擺動，「交往。」就連現在說起這個詞，我仍舊覺得不可思議。

他笑了一聲，又旁若無人的開始為所欲為，我推了推他的肩膀，「你別鬧了，快起來。」我悄悄將眼神瞥向坐在另一端的元柔馨。

她帶著美麗的笑容，目光定定看著我們的一舉一動，我感到一陣不舒服。

霍閔宇不以為意的說道：「大家都習慣了。」

我再次看向元柔馨，工作人員正巧喊她去看成品。臨走前，她朝我們端起笑，視線依舊落在霍閔宇身上，「你們很配。」

我愣愣的看著她走遠的背影，對於她的祝福，我竟感受不到任何真誠與開心。

或許元柔馨就像任迅暘一樣，只是擔心的比別人多而已。

大概是我想多了。

霍閔宇依然故我的在我腿上撒野，甚至變本加厲的一手從後環過我的腰，我怕癢的閃躲，最後只好牽住他的手，制止他繼續對我毛手毛腳。

「田雅梨想知道細節。」我說，「這要怎麼告訴她啊？」我很懊惱，太肉麻我說不出口。

霍閔宇沉吟一聲，隨後用著稀鬆平常的態度說：「就說妳愛我愛得要死。」

「我哪有！」

「妳沒有?」他微仰頭，語調不悅的上揚。

「等等，我、我有嗎?」

我們互看對方一眼，安靜了三秒，忽然笑出聲。我嫌他很煩，他回說反正我有女朋友了。

霍閔宇總是有讓我瞬間閉嘴的能力。

躺在我腿上的霍閔宇倏地抽走我的手機，修長的手指滑過鍵盤，噠噠的快速打了字。

「喂，你亂打什麼!」我驚叫，想搶回來時，他已經按下傳送鍵。

我定睛一看，瞪著螢幕的字久久說不出話來。

「因為他沒我不行。」

田雅梨傳了一張嘔吐的貼圖給我，我另一手無意識的扯了扯霍閔宇的頭髮，他皺眉嘖我一聲。

「我在測試這是不是真的呀。」

「那妳幹麼不拉妳自己的?」

「會痛。」

「……」

「你知道這是我的手機嗎?」我再次向他確認，恍神的看著上頭的字。

「我看起來像白痴嗎?」

「喔。」

我撇嘴，繼續接受田雅梨的連環訊息攻擊。安靜了一會兒，突然感覺到我的手沾上一抹溼潤，果不其然霍閔宇又在啃我的手。

「我以前怎麼都不知道你有磨牙的習慣。」我懊惱的想抽回手，霍閔宇不放。

「通常這時候，好的女朋友會不吝嗇的獎勵她男朋友。」霍閔宇漫不經心的玩著我的手指，口中的暗示卻十分明顯。

世界上就是有這麼不謙虛的人，自己主動去做，事後還邀功論賞。

「不然我再給你咬兩下好了。」反正他愛咬我。

霍閔宇沒好氣的瞪我一眼，幽幽的問：「她什麼反應？」

我將手機遞給他看，讓他瞧瞧平時田雅梨是怎麼霸凌我的，只見霍閔宇快速看了幾眼，居然沒良心的笑了出來。

他突然抬眼看我，毫不遮掩的上下打量我，最後發自內心的說：「我果真有問題。」

我伸手不客氣的拉了拉他好看的臉蛋，他失笑，抓下我的手交扣在他胸前。

「我也很委屈好不好。」

「什麼？」霍閔宇覺得荒唐，「講清楚。」

「人生最美好的初戀耶，結果跟我想得完全不一樣……」我哀嘆，「你都有你的初戀。」

「第一次就遇上我，不是件很容易的事。」

這話題是沒法聊了。

之後，趁著霍閔宇去拍照的空檔，我和田雅梨又聊了一會兒，也將我們在一起的過程鉅細靡遺的告訴她，至於有的沒的肢體接觸，我就自動省略了。

「不過妳先不要告訴任何人。」都說未超過三個月的戀情容易見光死，「等我們穩定一點再公開。」

「你們還需要穩定？從小看對方的身體長大，還沒交往前大概什麼都做了吧。」

「有這麼多例子可以說，幹麼硬要強調身體？」我無言的看著對話視窗，暗罵田雅梨是個思想齷齪的女人！

「這是我的第一次，對象又是霍閔宇，如果哪一天真的分手了，我不只失戀，連青梅竹馬都沒了！」

我怎麼可能不擔心？

「你們唯一的變化大概就是冠上男女朋友而已，妳多了自知之明，霍干涉妳的事變得名正言順。」

為什麼聽起來像是我早就被霍閔宇算計很久了？

我的手指懸在手機鍵盤上，猶豫著要不要告訴田雅梨剛剛元柔馨對我說的話，還有她反常的情緒。

當我正在天人交戰時，霍閔宇已換好便服，踏著從容的步伐，一邊朝工作人員頷首道別，一邊走向我，「走了。」

我呆呆的被他從沙發拉起牽著，他轉頭朝元柔馨一笑，「我們先走了，妳回去小心。」

元柔馨愣了愣，快速看了我們交握的手一眼，隨即移開眼，雙眼帶笑的看著霍閔宇，「一起走吧。」她捧著包，小跑步過來，「時間還早，乾脆來我們店裡逛逛，前幾天也掛上你們的海報了，客人看到海報中的人出現在眼前，一定會很驚喜。」元柔馨笑聲清脆。

霍閔宇一手支著下巴，貌似在思考。

「最後再一起吃個飯怎麼樣？」元柔馨不屈不撓的邀約，「我爸媽總是嚷著要請你們吃飯。」

霍閔宇沉默了下，低頭看我，「妳覺得呢？」

「嗯?」我愣怔的回看他，完全沒想到他會問我意見。畢竟從小到大，他說什麼就是什麼，我說的話僅供參考。

想起來真的挺悲催的。

「要不要去?」

我下意識的看向元柔馨，她笑得很真誠，我卻覺得心裡頭怪怪的，「喔……都可以。」我撇開眼。

「不過我有點事。」霍閔宇帶著歉意答道。

我的心喀噔兩聲，「那……是要我們兩個自己去嗎?」

元柔馨皺了皺細眉，直接忽略我的話，「很重要的事嗎?不能改天嗎?」她走上前，白皙的小手拉著霍閔宇的另一隻手臂，語氣帶著撒嬌與央求。

這種朋友之間的互動，對我來說沒有什麼，畢竟田雅梨偶爾也會和霍閔宇勾肩搭背，甚至是對他的肌肉上下其手。想起田雅梨這些舉動，我只會覺得她丟光我們女性的尊嚴而已。不像此刻，元柔馨只是拉著霍閔宇的手，我就覺得渾身不自在，甚至覺得……好討厭。

霍閔宇答：「滿重要的。」

聽到他肯定的聲音，我的心涼了一半，腦海已經開始想像，待會兒我和元柔馨單獨相處的情景會有多尷尬多難熬。

「是喔……」元柔馨的小臉難掩失落，「那我就和小侑一起嘍，待會兒我們一定要吃好料，讓閔宇羨慕羨慕!」

她忽然熱情的挽過我的手，力道竟意外的有些大，讓我另一隻手直接從霍閔宇的掌心中抽離。

我有些錯愕，但見到元柔馨喜孜孜的笑臉，也只能機械式的點頭，故作開心的說好。

「妳好什麼好。」霍閔宇看了一眼空了的手，無謂的彎起笑，帶著歉意說道：「她可能也沒辦法去。」

「為什麼？」我和元柔馨異口同聲。

他伸手重新將我拎回他身側，「我們要一起出去。」

「去哪？」為什麼我會有種自己的人生不歸我管的錯覺？

「水族館。」

「現在？都晚上了！」我覺得霍閔宇的思想有時挺怪的。

他橫了我一眼，「不想跟我去？」

「沒有啊，只是現在這個時間點去的話，也待不了多久。我們改天也可以去啊，水族館又不會跑掉。」我安撫他，不明白他什麼時候這麼喜歡水族館了？

「不管，就是今天。」

「喔，好啦。」我說，拿出包裡的票，「反正我今天也沒去，票都還在。」

「沒去？」霍閔宇皺眉，語氣意外低冷，「那你們去哪？」

「就隨便逛逛，一起吃中餐聊個天，就這樣。」我像個乖寶寶似的據實稟告，順便證明我和任迅暘之間非常清白。

誰知一抬眼就對上霍閔宇冷淡肅然的神色。

「妳為什麼沒告訴我？」

「為什麼要告訴你？」我的疑問脫口而出。

霍閔宇的臉色沉得嚇人，「這不是最基本的嗎？」他的嗓音很低，完全藏不住怒氣。

「這只是小事吧……」我不解的仰頭看他，囁嚅的解釋著，不明白他為何要這麼生氣，我和任迅暘沒有怎麼樣才是重點吧？

霍閔宇擰眉，抿脣不語，看得我很心虛。

見場面有些尷尬，元柔馨連忙跳出來緩和氣氛，然而出口的話卻是跟著霍閔宇一起指責我：「小侑，這就是妳不對了。」

「我嗎？」

「男女朋友間最基本的報備是一定要的，否則另一半都不知道妳去做了什麼。」元柔馨輕聲的提點道，「這不是信不信任的問題，有一部分也是擔心妳的安危。」

霍閔宇見有人替他申冤，不悅的雙手環胸。

「我說得對不對，閔宇？」

霍閔宇絲毫不給我面子的點頭，「夏羽侑，妳真該學學人家，多體諒身邊的人一點。」

「沒有啦，這種事大家應該都知道才對。」聽到自己被誇獎，元柔馨羞紅了臉。

他努努下巴，語帶嘲諷，「眼前就有個人不知道，還很不滿我呢。」

本來聽了元柔馨的話，覺得確實有幾分道理，畢竟我現在不是一個人了，得考量霍閔宇的情緒，加上他讓我去見任迅暘這件事，於情於理都是我不對。

但下一秒居然聽到他在女朋友面前不吝嗇的讚美其他女生，難道他就有考慮到我的心情？

我強忍心口那團火，擠出笑容朝他們點了點頭。見他們站在同一邊，元柔馨乖乖配合，霍閔宇喜歡他人的順從，乍看之下我倒是成了局外人。

「真是抱歉，我沒顧慮到你的疑心病！」語落，我頭一甩就走出攝影棚。

走出TOP後，我才稍稍恢復理智，以前不管霍閔宇如何挑釁我，最多也就忽視他而已，沒想到剛剛居然一時控制不住衝著他發火。

腦海不自覺閃過他與元柔馨站在一起的模樣，我心浮氣躁，愈想愈覺得霍閔宇那傢伙不值得同情。

真想把他醃進泡菜罐裡！

走到公車站，我也不管來的是幾號車就隨便刷卡上車。假日人滿為患，受了氣還被推上推下，我真的一股氣梗在喉頭無處宣洩。

我被擠到車窗邊，望著外頭繽紛的霓虹燈，車潮眾多，公車走走停停的，我一個恍神就撞上眼前的加厚玻璃。

「好痛！」

無奈我被困在人群之中，手提著包，抽不出手揉被撞得紅腫的額頭。正在懊惱時，一雙大掌輕柔的覆上我的額頭，乾淨修長的食指輕觸我被撞紅的地方，輕輕按壓。

流水般溫醇的嗓音，帶著無奈與一絲傲氣，從我的頭頂上飄下，「活該。」

我透過車窗倒影，看見霍閔宇挺拔的身影佇立在我身後。因為身高的緣故，他選擇握住吊環的橫桿，我整個人頓時籠罩在他可觸及的範圍內。

熟悉燙人的氣息，像股熱源似的緊貼著我的後背，引起我一陣心亂。

我故作鎮定，哼了聲，「你不要碰我。」撇頭避開他的碰觸。

「妳是不是搞錯自己的立場了。」

我裝作沒聽到，持續盯著外頭閃爍的街燈。

「現在做錯事的人是妳，」霍閔宇的聲音驟然冷下，「妳還對我鬧脾氣？」

「喔，我道歉可以嗎？對、不、起。」我刻意放慢速度，看都沒看他一眼。

霍閔宇眸色一暗，沒了聲音，下一秒手臂從我頭頂劃過，我以為他要揍我，沒想到卻是按了下車鈴。

車門打開後，他從後環過我的腰將我整個人抓起，我來不及反抗，他便將我扳正面對他，接著用抱的把我帶下車。

到了空曠的地方，我從他懷裡掙脫，警覺性的後退三步。

霍閔宇臭臉，我也堅決不看他。

「夏羽侑，妳是有什麼毛病？」

「你生氣，我道歉，有什麼問題嗎？你才有病！」說完就要走。

欲轉身時，霍閔宇長腿一跨，輕鬆攫住我的手臂，將我朝他拉近，「妳在生什麼氣？」

「我沒有。」沒勇氣對上他的目光，我試著掙脫被他抓住的手，卻被他愈抓愈牢，「放開。」

「不要。」霍閔宇回絕，「除非妳告訴我，妳在氣什麼？」

「我就說我沒有生氣，你很煩！」

霍閔宇哼笑，抿了抿脣，眸光熠熠生輝，「不說？」

我見他俯身，俊逸的臉驀地在我眼前放大，用膝蓋想都知道他又想幹麼了。我咬緊下脣，倔強的將臉往後退，眸光死死的凝視著他。

霍閔宇見我抗拒，也不再動作，輕聲嘆息，暗湧的眼眸微微斂下。他鬆開抓住我的手，轉而攬上我的腰，微微一施力，將我帶入他暖烘烘的懷抱。

「怎麼了?跟我說不行嗎?」他的語氣很淡，摻雜著我未曾聽過的溫柔，我的心跳竟有一瞬間的失速。

我沒有答話，思緒有點亂。

我沒想過霍閔宇會喜歡我，遑論是與他戀愛這件事，我更不敢想像，而他……似乎比我以為的還要在乎我。

「妳要說，我才知道問題在哪。」他輕哄。

我吸了吸被冷風吹得有些紅的鼻子，在他懷裡蹭了幾下，感受到我的回應，霍閔宇抱我抱得更緊了。

「對不起。」半晌，我在他懷中悶悶的說。

「對不起什麼?」他的聲音離我很近，很輕很淡，出乎意料的柔和。

「我應該主動告訴你。」

「嗯，然後?」

「不該隨便對你發脾氣。」

「嗯，還有?」

我皺了皺眉，想不出我還做了什麼事讓他不開心，疑惑的抬頭，「應該……沒有了吧?」

「還有。」霍閔宇低頭看了我一眼，忽然俯身吻了過來，「不可以拒絕想親妳的我。」

第九章　裂縫

我被霍閔宇吻得七葷八素，「這我應該有選擇權吧？」

他瞇起眼，「什麼選擇權？別的人選嗎？」

「愛生氣。」我咕噥幾句，他不滿的對我又親又咬。

「告訴我，妳生什麼氣？」他在我耳邊誘哄道，我不自在的側過身，口是心非的搖頭。

「不說？那我只好想別的辦法，讓妳主動跟我說了。」他依偎上來。

我見他又開始不受控，連忙將臉死死的埋進他的胸口。

他拿我沒辦法，緩緩嘆口氣，似乎也對安撫我這件事感到不耐煩，「不說的話，我們就回家吧。」

我揪著他的衣襬，「跟我交往是不是很累？」

霍閔宇一頓，「喔，對啊。」

「……」我抽了抽嘴角。

我們才交往幾天，馬上就嫌我煩了，男生在交往前後真的差異很大！

「果然還是跟溫柔一點的女生在一起比較好吧？」

他眨了眨眼，停頓了下，接著不要命的點頭，好似我正好說中他的喜好一樣，「當然，至少不會跟我頂嘴、耍脾氣，問話還不甩我。」

他這暗示可真明顯。

我嗤他一聲，鬆開抱住他的手，「你乾脆養條狗好了，還會幫你顧家。」

霍閔宇的手扣著下巴，豁然一笑，「哦——真是好主意。」

這傢伙……我攥緊拳頭，怒火中燒，毫不憐惜的猛力踩了他的腳，「今天你絕對不准進我房間！」

他抱腿直跳，氣急敗壞的說我死定了。

我滿意的揚起下巴，順便附贈個鬼臉給他。

見我轉身要去搭車，霍閔宇忽然扯過我的手臂，我踉蹌幾步直接摔進他的懷裡，正想轉身罵他時，他忽然一手繞過我的脖頸，將臉埋進我的肩窩。

身後全是他呼出的溼潤熱氣，甚至傳來他好聽的低笑聲，「結果搞了老半天，妳是在吃醋嘛。」

「我、我哪有！你妄想症啊！」被發現心事的我覺得丟臉，手忙腳亂的想要掙脫他。霍閔宇卻像隻寄生蟲似的，緊密的依附在我身後，胸口處燙得灼人。

「對我，妳什麼都可以說。」霍閔宇的聲音很輕，讓我聽得既恍惚又不真實。

「因為妳是我女朋友啊。」

我一愣，扁了扁嘴。

霍閔宇為什麼永遠都這麼有自信？他總是游刃有餘，而我卻凡事都得小心翼翼，甚至是卻步。

我知道，喜歡他勢必會碰上很多困難，就如元柔馨所說，以前可以選擇忽略有關他的事，因為有藉口說與我無關，然而身分的轉變，我得學會自我調適，不能老想著逃避，還得適應身邊多一個人的事實。

因為他是霍閔宇，因為他是我的青梅竹馬，因為……我喜歡他。

「當你女朋友好麻煩啊。」我側頭看他，「我們要不要當回青梅竹馬？」

我偶爾也會害怕，害怕我喜歡他比較多，倘若有天我們分開時，那種痛我無法負荷。

「妳再講一次試試看。」霍閔宇用手臂勒緊我的脖頸。

「你怎麼變得這麼愛生氣？」自從交往後，他動不動就對我使性子，以前都不知道他這人這麼難搞。

「我不喜歡聽到這種話。」

我笑了一聲，動了動肩膀，後知後覺的發現我們黏在一起的姿勢，非常引人側目，「我們要不要走了？」

「那我要自由進出妳房間。」

我沒料到他真把我隨口說的話放進心上，「你哪次不是想來就來。」霍閔宇以後要是失業，肯定能靠闖空門賺外快。

他心滿意足的笑了，親了兩口我的側頸，惹得我哇哇大叫，嫌他噁心的將脖子上的口水往他外套抹去。

霍閔宇顯然不滿我的抗拒，開始對我亂親亂抱，直到我覺得所有暴露在外的肌膚都沾滿他溼溫的口水時，他才滿意的收手。

「你怎麼隨便亂親人啦！」我哀號。

「親我女朋友有什麼不對。」他理直氣壯的口氣，讓我差點想向他賠不是，說是小的我思慮不周。

他吻了吻我的脣，深邃的目光落在我的臉上，清澈的瞳孔描繪出我的身影，是那樣的清晰。

「回去吧。」

「不去水族館嗎？」剛剛不是還在為了這個不開心？

「不去。」他一口回絕，「留著下次我們有一整天的時間再去。」語氣還是有著濃濃的怒氣。

我點頭，既然他大爺開恩說回家休息，我也樂得開心，抬起腳蹦蹦跳跳的跟在他後頭。

殊不知走沒幾步，霍閔宇突然轉身，乾淨漂亮的手指來回撫過下巴，黑眸微瞇，「不行！我還是覺得不爽。」

他這傢伙是投錯胎還是生錯性別？怎麼跟女人一樣反覆無常啊！

「不然要怎樣你才不生氣？」我現在已經熟悉安撫他的步驟，簡而言之就是他想做什麼，誓死奉陪就對了。

「你們今天去哪？」

「呃，很多地方。」

他揚眉，挑起尾音，「很多？」

「不是，我的很多是指我們走過很多條街……」我嚇得趕緊解釋。

「哪條街？」

「要幹麼？不會是要去吧。」

他脣角微勾，「就是。」

「我今天走很多路，我好累，不想動了。」我扯著霍閔宇的衣角哀怨道，怎麼可能還有餘力再陪他走一次早上逛過的地方。

「這麼可憐啊。」

我眼巴巴的用力點頭。

「那我揹妳。」他蹲下身，催促我上前。

我趕忙拉起他，「不要啦！這裡很多人耶……」

「那妳是走還是不走？」他扯了扯我的頭髮，力道不大，語氣盡是不滿。

「好，走就走，都聽你的。」

霍閔宇薄脣微彎，滿意的摟過我的肩朝公車站走去。

於是，我們真的走一回早上我和任迅暘走過的地方，連中途進去逛的店也沒放過，行程還原度百分之九十，走得我的腿是又痠又麻。

本來霍閔宇那個瘋子還說要再吃一次燒烤。

「不，絕對不要！」我張開手擋在他面前。

「不想跟我吃？」他擰眉，俊朗的面容寫著不悅。

「再吃我就要變胖了。」我中午吃的肉都還沒消化完，雖然人家說幸福肥是被允許的，但我這怎麼看都是還沒幸福就先撐死。

霍閔宇抿脣，挑了挑眉，接著手很自動的摸上我的小肚子，半晌，他似笑非笑的說：「看起來的確是這樣。」

「你這是在說我身材不好嗎？」雖然我沒有一雙長腿，至少還算穠纖合度，而且該長肉的地方都有長啊。

「沒。」他移開手，簡單表明自己的立場。

「還是歧視我身高?」霍閔宇是黃金比例，一八二的身形精瘦挺拔，雙腿筆直修長，不折不扣就是個衣架子。

我朝他走近，在他面前比劃著，手掌橫放的擺在頭頂，接著抵在他的胸口比對，「我的身高也有到你這裡，應該不算太矮。」確切來說應該是在他的肋骨。

霍閔宇微愣，隨後笑道：「的確是最好抱住的位置。」語落，他張手擁住我，讓我的臉貼上他微熱的胸膛。

跟他在一起就會一直心跳加速，好煩。

後來，我們手拉手一起回家。

晚餐時間，霍閔宇依舊厚著臉皮來我家蹭飯，跟以前沒什麼不同，爸媽也沒有起疑，我當然也秉持著順其自然的態度，多一事不如少一事。

唯獨那小子似乎很喜歡和我交換口水，頻頻搶我碗內的飯菜，坐在對面的爸媽也只是笑咪咪的看著我們。

♡

大概是值得慶祝的事情太多了，十二月的日子過得特別快。霍閔宇生日那天，我們向家人和幾個親近朋友說了交往的事。

主要是因為霍姨察覺不對勁。

據霍閔宇的概述，因為他最近太安分了，上下學跟我一起出門、一起回家，假日去拍攝，我再去接他。

作息規律到霍姨覺得他是不是入了什麼宗教，突然改邪歸正。

霍閔宇被煩得受不了，就說出我們在交往的事。

而閻子昱一度以為我們在耍他，還要求開視訊，要我們在他面前親一下，我怎麼可能滿足他這種鬼要求！

倒是霍閔宇很欣慰的對著他說道：「平時果然沒白疼你了。」

「原來你們在一起是這個樣子。」閻子昱最後冒出這奇怪的結論。

我瞄了一眼身旁的霍閔宇，原來我們在一起就是這個樣子啊。

早得知消息的田雅梨隔天自然是將我拖去外掃區問話：「所以你們現在真的……那個那個？」

「那個那個？」見她色兮兮的表情，我臉一紅，「沒有啦！亂說什麼！才交往多久而已。」

「緊張什麼，我是說交往啦。」田雅梨拍了下我的頭，賊笑，「色女。」

我推了下她的手臂，明明就是她故意套我話。

「感覺怎麼樣？」

為什麼她問的問題我都覺得有點怪怪的。

「沒怎樣啊。」除了霍閔宇比以前更加肆無忌憚的對我動手動腳以外。

田雅梨自討沒趣的努嘴，「不過妳真的不公開嗎？外面多少女生巴不得貼上霍，他又容易受誘惑。」

「我覺得我以前對他好像有很多誤解。」

「馬上就開始幫男友講話了。」田雅梨嘖嘖兩聲，眼神盡是揶揄的笑意。

我又推了她一下，「我發現自己真是太不了解他了，還跟著別人一起罵他。」現在想想，霍閔宇也挺委屈的，硬是被扣上好多莫須有的罪名。

田雅梨哎呀幾聲，豪邁的勾住我的肩，「現在開始對他好啊，全心全力，把能給的都給他。」就說田雅梨出口的話都有點怪怪的。

至於不公開這件事，霍閔宇不知道甩了我多少臉色。

「我不同意。」他站在公車站牌前，雙手插放制服褲中，黑色背包實實的落在寬厚的兩肩，俊雅且慵懶，唯獨俊臉緊繃著。

「為什麼？」我把霍閔宇拉到一旁，他實在太惹人注目。

「沒有為什麼，這問題根本不用思考。」他覺得可笑。

「我想低調，不喜歡太多人過問交往的事。」我拉著他的手指，可憐巴巴的看著他，「所以在學校我們還是朋友、同學好嗎？」

霍閔宇的那群粉絲，從以前就對我充滿敵意，現在我成了他名正言順的女朋友，肯定會馬上成為女性公敵，對我的攻擊只會更多。

說我有心機、耍手段都無所謂，但我不想讓別人覺得我把霍閔宇當靠山，好像沒有他，我就什麼都不是。

霍閔宇擰眉看著我，眸色暗了暗，沉默的時間有點長，貌似是沒希望了。

「好。」他的聲嗓有些沉悶。

我嚇了一跳，「真的嗎？可以嗎？確定嗎？」我再三確認，怕他待會兒反悔。

「但我要先說……」

「好，你說。」只要不公開，我遇到的危難和言論就會少一點，自然什麼都好說。

對於我快速的接話，霍閔宇不爽道：「妳好像很高興？」

「沒有啊。」看著他陰鬱的臉色，我立即收起微笑。

霍閔宇不悅，忽然強勢的勾住我的脖子靠向他，漆黑的瞳仁俯視我，「若有人問，我不會否認。」

我眨了眨眼，抬眼看他，心頭湧出一股熱流，全身被暖意包圍。雖然有點對不起霍閔宇，但面對廣大的輿論，我沒有自信承受得住，更不想被外人議論紛紛，無論是好是壞。

我不像他，心臟夠強大，能夠忽視所有言論，貫徹自我。

「聽到沒有？」

「嗯！」我喜孜孜的點頭。

既然男朋友應允了，我當然要識時務點，「獎勵，抱一下。」趁著等車的人還沒有很多。

「不要。」他拒絕的冷，嘲諷道：「異性朋友沒在擁抱的。」

「喔，好吧。」我努嘴，放下手，看來他是真的不高興。

沒多久公車緩緩駛來，我們進入隊伍準備上車時，前頭的霍閔宇忽然轉身，不明所以的舉起雙臂，接著用力擁住我，抱得很深，我的雙腳都離地了。

待他把我放回地面時，我驚愕的往後轉，一排同色校服齊齊飛揚，各種眼神投射而來。

他們無言，我更傻眼！

「你根本故意的！」我生氣的推霍閔宇一把。

「我只是晚點要妳的獎勵。」見我要開罵，他挑釁的說：「別忘了我們現在是朋、友喔，應該沒有這麼多話好說。」他斂起笑意。

「你……」混蛋！

♡

轉眼一學期過了，交往的日子，因為戀情低調保密，霍閔宇也意外的配合，一切如我所想，沒有什麼流言蜚語，日子過得太平，但只要回到家，他張狂顯耀的個性立即故態復萌。

至於我跟任迅暘的關係，不好不壞，但確實比以往疏離許多。因為霍閔宇不喜歡，我也只能盡量避免與他接觸，只是偶爾看著他時難免覺得愧疚。

霍閔宇的異性緣依然很好，因此我每天都有吃不完的愛心餅乾、零食，看不完的告白訊息。有時還得兼差替他回訊息，因為看到一排紅色數字，我就會手癢點開，為了顧及他的形象，又不能已讀不回。

「妳點開的，妳負責。」

「喂，這個女生寫得這麼文情並茂。」圖文很符，還附上自拍照，「我就說一句謝謝會不會太沒誠意？」

見他完全不甩我的繼續打他的電動，我只好自己煩惱。左思右想，終於想到一個永無後患的方法。

「我喜歡男……」我一邊念著，一邊輸入。

霍閔宇丟掉手中的電動，忽然依偎過來，一手環住我的腰，偏頭吻了吻我的側頸，我嚇了一跳，手一滑就按到通話鍵。

我瞬間手忙腳亂的鬼叫起來：「啊——完蛋了、完蛋了，我按到了啦！」

身後的霍閔宇頓了下，隨即伸過手冷靜的切斷，正當我鬆了一口氣時，對方打來了。我僵硬的看向他，接著笑咪咪的將手機雙手奉上。

他的俊臉一垮。

「總不能我接吧？」

「那就不接。」

語落，霍閔宇當真不接，但是電話卻響個不停，等到第五通時，他受不了的按下接聽，薄脣輕啟，醇厚的聲嗓帶點疏離，「喂？」

「喂，學長呀，找我什麼事呢？」

隔著手機，我都能聽到那嬌滴滴的聲音，彷彿要化成蜜一般。

「嗯，不小心按到，沒什麼事，拜拜。」霍閔宇瞪我一眼快速說著，指骨分明的手指準備按下掛斷鍵時，學妹忽然細叫一聲，連忙說著等一下。

接著見她開啟視訊，細肩帶的小背心映入眼簾，細嫩的皮膚，性感的鎖骨，我忍不住倒抽一口氣。

哇——好大膽，這是情色專線嗎？

接著她就和霍閔宇若無其事聊起天來，正確來說是她一個人在自言自語。

我推了推霍閔宇，見他臉色一黑，我在旁邊笑到不行。

只見霍閔宇挑起脣畔，眼底閃著邪惡之光，我立即感到不妙，果不其然他也開啟視訊，我愣了愣，直接避開鏡頭。

我對他比手畫腳要他關掉，只見他撐頰，手裡優雅的轉著手機，好整以暇的看著我慌亂逃竄的身影。

學妹對於能親眼見到霍閔宇的尊容感到雀躍不已，又驚又喜的叫著：「學長，你在看什麼嗎？怎麼都不看看我？」嬌柔的聲音還真有幾分委屈。

只見霍閔宇微微一笑，「我在看我的——」他刻意拉長音，噙著笑直勾勾的看著我，我用手勢警告他閉嘴。

他彎唇，「監護人。」

好煩……好像又更喜歡他了。

之後，霍閔宇說了自己很忙，也不等學妹回應就直接切斷通話，手機直接轉為勿擾模式。

鬧劇結束後，我疲憊的躺在床上，雙腳懸空的在床邊晃來晃去。

感受到床沿一沉，霍閔宇也跟著爬上床，雙臂自在的枕在後腦杓，跟著我一起望著天花板發呆。

最近的他，安分到讓我覺得不可思議。

沒去找他那群酒肉朋友，幾乎整天都和我廝混在一塊，害我都不好意思說要找田雅梨逛街。

我問他：「你到底是喜歡我哪一點？」但其實我更想知道，我憑什麼讓他對我這麼好？

我很少做過什麼討他歡心的事，為何他能夠一再忍受我無理的要求，甚至是包容我的任性。

霍閔宇不是一個這麼容易滿足的人，更不可能為誰退讓。

我就是不明白，自己有好到讓他這麼喜歡我？喜歡到即便犧牲一些東西都沒關係？

「妳們女生真的很愛問這個問題。」

「我不是懷疑你，我是質疑我自己。」從小到大被拿來跟他比較，自信心難免少了一些。

他挑眉，「有什麼好質疑？」

站在金字塔頂端的人，怎麼會了解我們這種平凡人的心思呢？

我翻身趴在床上看他，「這麼說好了，總有個喜歡的契機吧？例如我做了什麼、說了什麼？或是某個剎那突然覺得我實在太漂亮了，像這種感覺。」我解釋道。

總有一個非要我不可的理由吧。

霍閔宇毫不猶豫，「沒有。」

我抽了抽嘴角，起身踢他一腳，他忽然拖住我的腳，我尖叫一聲，重心不穩的往他身上跌，眼明手快將雙手撐在他身體的兩側，才沒整個人壓在他身上。

我吁了一口氣，視線緩慢的落在他深邃的五官，抿著的脣，以及似笑非笑的表情。

以這個角度看他，總覺得像是沒節沒操的要撲上他似的，我立馬想要起身。

霍閔宇不讓，手臂環過我的腰，惡質的固定住我看他的姿勢，不讓我跑。「妳喜歡我什麼？」

這就叫自作孽，沒事要挑起這個話題。

「呃，人很好？」我開始敷衍他。

「長得帥？」

「成績好？」

「身材比例好？」

「為什麼都不能說得具體一點？」霍閔宇不耐道。

「我、我這是慣性的自我質疑。」必要的時候，我也是滿能瞎扯的。

「除了這些沒別的？」

我私自將這句話解讀為：我還得再想別的套路誇他。

「不然你想聽什麼？」

「夏羽侑，妳還真是膚淺的女人。」他俐落翻身，成了他上我下。

感受到他傾來的壓迫，我下意識的抬手抵在他的胸前，隔著薄薄的毛衣衫，指腹像是熨上了他身上的熱，我頓時抽手也不是，擱著不放也不是。

「我、我哪有！你自己要問的。」

我根本沒細想過這個問題。從告白到交往，一切就像順水推舟。我不知道發生什麼事，更不知道霍閔宇為什麼喜歡我。

「還是一如往常的不坦承。」他嘆，幽深的目光定定的看著我。

他到底要我坦承什麼？

最後作為懲罰，他怎樣都不告訴我他什麼時候喜歡我的？為什麼喜歡我？低聲下氣求他都沒用。

他愉快的繼續翻他的書，寫他的習題，讓我在一旁好奇得要死。

♡

寒假開始了。

對於霍閔宇來說，長假就是滿檔的工作，尤其遇到農曆新年，衣飾當然熱賣。迪昊早在十二月就開始對我耳提面命，說是任何藉口想請假，他都不接受。
簡而言之，他要我這代理請假人閉嘴。喔，還有逮住霍閔宇。
為此，我真的犧牲很大。
「那妳跟他說妳會想妳男朋友。」
「其實也沒有這麼……」我欲言又止，因為他在瞪我，「兩個禮拜而已，過年就回來了。比起暑假整整一個月沒有見面，這次算短了。」
然而，霍閔宇壓根兒沒擺對重點，「說到暑假，妳竟敢背著我和任迅暘一起去補習，真的想挨揍了啊。」
哪有人一言不合就開始翻舊帳。
「你那時候又不是我男朋友，沒有這種秋後算帳。」我說，「而且我跟他只是補習班很近才一起吃飯。」
「補習街那麼多補習班，妳誰不遇就遇他？」
每回談到任迅暘，霍閔宇真的是處處找碴，以往還自覺良心過不去會哄他幾句，到後來次數實在太頻繁了，他愛氣就氣吧，我等他氣消。
「你別轉移話題，這次工作真的不能偷溜，知道嗎？」
霍閔宇懶懶的抬眉，貌似不太舒爽的模樣，也不知道是在怨懟哪件事，但我一見他那樣就知道沒好事，肯定是要拖我下水。
「我不跟，我要上寒輔。」
「也沒有要探班的意思。」

「不能對我生氣。」

他狠狠掃我一眼，沉默許久。

發現自己對他太苛刻，我忍不住說：「不然抱一下好不好？」

「好。」

我這是在哄幼稚園小孩？

「快點。」

還得寸進尺。

霍閔宇出發工作的前一天，我們兩家一起吃了飯，同時我才知道，這小子早就跟霍姨說好要南下工作，來我這根本就是討拍和耍陰招。

我忍不住橫了他一眼，察覺我視線的霍閔宇低頭笑了笑，忽然親暱的朝我靠近，鼻息間透著淡淡的酒氣。

雙方的一家之主一致認為，男生就該學著喝點酒，練練酒量，所以霍閔宇就被拖著喝。

「小侑啊，以後結婚，我們家那臭小子要是欺負妳，儘管回娘家，阿姨挺妳！」她拍桌，桌上的瓶瓶罐罐震了震，發出清脆的碰撞聲。

霍姨喝了酒，嗓門就跟著大，性子也跟著男性化。

「好，就在隔壁嘛。」我笑了笑。

「妳搞錯我媽的重點了。」

「有嗎？我覺得你真的會家暴我。」我玩笑道。

霍閔宇壓低了嗓音，語氣曖昧，「是結婚。」

我愣了愣。

「看樣子妳也不反對。」他邪氣的勾起脣。

「哪有，我反對！我反對！」

「妳反對什麼？」他因酒精而有些渙散的眸子瞬間轉涼。

「讓我想想……」

「需要想就是沒有。」

「結婚這種事還這麼久，而且婚姻就等於愛情墳墓，你甘願嗎？」

霍閔宇垂首，深邃的五官在橘黃色的燈光下顯得異常柔和。他忽然仰眸，「妳敢嫁，我就敢娶。」

我身軀一震，久久無法回過神，這、這是求婚嗎？這是什麼光速進展？

我的目光最終落在他發紅的脖子與臉頰，「我看你是醉了。」

恰巧捕捉到這句話的大人們，讓我先帶霍閔宇回房休息，離開前媽媽們瘋狂的對我擠眉弄眼，爸爸們則是咳了兩聲，他們到底是想表達什麼……

我將霍閔宇拖上床蓋上被子，他看上去醉得厲害，白皙健康的皮膚帶著燥熱的紅，平時堅毅冷淡的臉龐，此時透著溫柔，整個人呈現放鬆舒服的狀態。

我環顧了下他的房間，一室明亮乾淨，與我印象中沒什麼差別。除了幼稚的卡通海報都被撕下，多了黑白行事曆，和被他扔得像是垃圾堆的獎盃和獎狀。

他的書桌擺滿參考書，桌墊下壓了幾張國中畢業合照，而再一年我們又要高中畢業了，時間過得悄然無聲，急於催促著我們長大。

我看了看他仍舊熟睡的臉龐，捲翹的睫毛，挺立的五官，薄脣微抿。上天果然不公平，將所有優點都擺在霍閔宇這個人身上，然後不斷放大，給了他資本狂傲、目中無人。

這時，餘光瞥見桌墊下幾張泛黃的信紙，「這該不會是情書吧？」

好奇心驅使，我偷偷的抽了出來，這一拉，下頭大大小小的紙張就這麼散落一地，有信紙、便利貼，還有神奇的考卷一角。

好啊！你這臭小子，我就來看到底是誰的情書你還不丟。

「霍閔宇我們從今天開始絕交，我不跟你說話了！」

「我媽問你要不要過來吃飯？最好給我說不要。先說，這不是停戰，我是用寫的，我們還是在絕交！」後面有個很醜的鬼臉。

「我今天當值日生，你不用等我一起回家。」

「喂！今天跟你一起回家那個瘦瘦高高的女生是誰？」

「聖誕節跟你出去的那個學姊，你們是不是在交往啊？」

「我好餓喔。」

「這次段考我贏了你五分，你說好要把糖果分我，不許耍賴！」

「我爸媽說明天他們晚上不在家……你可不可以過來陪我？我不敢一個人待在家。」

我皺了皺眉，覺得胸口處一陣酸澀。

每回只要跟霍閔宇吵架，或是不敢當面對他說時，我就會將寫好的紙條塞進他的櫃子，對他示威或是請求。

本來是貪圖方便，甚至是維護自己的自尊心，久了也就成習慣，高興也寫，不高興也寫，對他生氣更要寫！

我從來不知道他有沒有看到，因為他沒有回覆過我。那時候覺得霍閔宇真討厭，一個女孩子寫了這麼多紙條給他，居然連一句回應都沒有。

這個行為直到升上國中後我就沒再做了，因為霍閔宇交了女朋友，我怕被誤會。

那些寫情書給他卻無疾而終的人，我一點都不同情，因為我連寫著最平常的小事，他都不會搭理我。

但同時我也很羨慕她們，能夠這麼勇敢的對霍閔宇說，我喜歡你。

我垂眸，動手整理一地的狼藉，不懂自己以前怎麼有閒功夫做這種蠢事，有時一天還會寫好幾張，而霍閔宇居然還收藏著。

我微微一笑，一個製造垃圾，一個收集垃圾，意外的滿配的。

忽然一張粉紅色的信紙從中滑了出來，我疑惑的拿起。我從來沒用過這麼漂亮的紙寫東西給霍閔宇，儘管時間久遠，上頭依舊帶著淡淡的花果香。

「我喜歡你。」

居然還留著別人的情書，可惡！等等偷偷拿去丟掉。

拾起的同時，我愣了愣，略為緊張的翻動著信紙，沒有名字，但上頭的筆跡是我的。

我小時候的字還真好笑，有點方，有點圓，藍色的墨漬輕柔的鑲在信紙上。

等等……我寫的？

我翻了翻其他張，篇幅有長有短，都是我的字跡，內容我卻沒有印象。

倏地，一股熱源朝我靠來，雙臂慵懶的扣住我的腰，腦袋蹭了蹭我的脖頸，甚至還狗鼻子似的嗅了幾下，最後心滿意足的將我抱緊。十足像隻長臂猿掛在我身上，懶洋洋卻帶著侵略性。

「我喜歡妳身上的味道。」帶點啞的嗓音，唇齒間的曖昧語句，沉沉的擊著我的心弦。

「你怎麼醒了?」

「妳偷看我的東西。」語落，他吻了一口我的頸子，語氣沒有半分惱怒，反倒多了幾分驕傲。

「這是我的東西吧，你怎麼都留下來了?」

我側頭看向身後的霍閔宇，他看似一點也不在意這些對話，輕佻的目光落在我的唇，低頭便吻了過來，動作輕柔且繾綣難捨，稀釋過後的酒氣在我的嘴裡散開。

每次被他吻，都是如此的不真實，飄然的像是一場還在持續發生的夢。

「妳寫給我的，我收起來不對嗎?」霍閔宇永遠都可以把話說得理直氣壯，又讓人心動不已。

「我以為你不是沒看到，就是丟了。」我垂下眼睫，淡淡的笑道，「不過這些內容很丟臉耶，我要把它全部丟掉。」

霍閔宇眼明手快的奪走我手中的信紙，小心翼翼的收在自己懷中，眉宇一皺，帶著些微的斥責，「這已經是我的，要不要丟我來決定。」

「我是寫的人，我也有一半的決定權。」上面各種有求於他的羞恥請求，這些把柄不能久留。

「那妳就再多寫一點給我。」他忽然說道，「妳已經很久沒寫了。」

「嗯?我要寫什麼?」之前大多都是寫罵他的話，難道他喜歡看我罵他?

他將信紙輕放在書桌上，推著我走向他的床躺下，習慣性的將我環扣在他懷裡，聲音帶著濃濃的倦意，低啞卻寵溺，「妳以前不是偶爾還會寫日記跟我分享。」

「日記?」

霍閔宇沉吟一聲,「我喜歡看妳寫。」

「我、我有嗎?」我連在家都不寫日記,怎麼可能寫給他看。

霍閔宇因喝酒而發紅的臉頰貼上我微涼的額際,他闔著眼,下意識的將我摟緊,「妳的記憶力真差,以後會不會隨隨便便就把我忘了。」

「哪有那麼誇張。」

語落,耳邊傳來霍閔宇低低的笑,純淨的聲音,聽得我的心蕩漾不已。

「那就再寫給我。」

「你想聽什麼我講給你聽就好啦。」

「既然妳都這麼說了,那妳說說多喜歡我好了。」

這傢伙平時就很會折騰人,想不到連醉酒時的無理取鬧能力也是一等一的。

「這很難說明耶,你換個問題。」喜歡是一種感覺,無法計算更無法測量。

「不管。」他聲音低了幾分,「就給我說。」

我思考了下,東扯西扯了幾回,也沒說出個所以然。

霍閔宇不耐煩的抿了抿脣,「不然說說妳什麼時候喜歡我好了。」

「什麼時候喔,其實一開始我就一直說服自己,對你的所有感覺都是習慣,是你突然跟我告白,我才意識到喜歡這件事。」

「說謊。」

「嗯?」

「妳國中明明就跟我告白了。」

「那你知道還問我……等等，我告白嗎？我沒有啊！」我仰頭看他，「我當面告訴你的嗎？」

奇怪！我是失憶嗎？

他擰眉張開眼，深邃的瞳仁蒙上淡淡的薄怒，「我對妳是不是太沒存在感了。」

「可是我真的沒印象……」突然腦海閃過那張粉紅信紙，「你是說那張紙嗎？」

霍閔宇沒好氣的吻了吻我的額頭。

「那不是……」我欲言又止，但上頭的筆跡分明是我的沒錯，但我敢篤定我真的沒寫過這種話，就算有，也不可能大膽到直接塞進他的櫃子。

「妳為什麼總是不承認喜歡我？」他說，「說喜歡我很難嗎？」

察覺到他語氣中的惱怒與氣餒，我立即抬頭，小手撫上他的臉，輕聲安撫道：「不是啦，我只是記憶有點接不上。」我真是有苦說不出。

「妳該不會一口氣寫給很多人，看誰會中吧？」

我非常確定他酒醒了。

「我才沒你這麼無恥！」

「我無恥？」磁性的嗓音微揚，「那我就不會這麼聽妳的話。」

「聽我什麼話？」

完蛋了！為什麼我的頻率一直對不上他的。

霍閔宇一向從容的表情微頓，似乎以為是我想聽他親口說。他撐起邪媚又帶點酣醉的笑，「不能和其他人發生關係。」慵懶的用手指劃過我的唇，勾起了一道暖流，「我遵守了。」

我愣了愣，這種露骨的話，我可能到死都不會說出口，何況我當時只是他的青梅竹馬，沒有資格約束他。

但如果現在說不是我寫的，霍閔宇肯定又要生氣，說我不誠實，再者，那確實是我的筆跡，難道我真的和八點檔的狗血劇一樣，有一部分的記憶遺失了？

見我沒說話，霍閔宇不滿的拉起我的手咬了幾口。

我回過神，「你為什麼要這麼聽我的話？那時候的我們又沒交往。」

「我也覺得我幹麼憑著妳隨便寫給我的紙條，就這麼老實的待著。」

見我橫他一眼，霍閔宇立即笑出聲，低頭就是一吻，接著摟著我淡淡的說：「我沒想過我會喜歡妳，直到妳國中開始寫信給我，告訴我妳對於我的想法，關注我的一切，我才開始思考這個問題。」

我沒有說話，靜靜的聽他說，卻無法與我現有的記憶連結在一起，愈聽下去愈覺得害怕，因為我完全沒有記憶。

「可是妳每次見到我時，永遠都無動於衷，甚至讓我覺得寫信這件事，根本是我在自導自演。」他的聲音低了幾分，似乎對我的不聞不問感到心灰意冷，「我愈來愈覺得不高興，所以偏要刺激妳。」

所以才交一堆莫名其妙的女朋友吧，然後遵守著和我的不合理約定，再看著她們找我碴。

「你這是病態的行為，我真的會被你害死。」我本來想起身，卻被霍閔宇再次壓回床上。

「妳跟病態在一起。」

這句話我無法辯駁。

「不過妳還真不給我面子，就是不從我。」

「誰知道是因為這種事啊！」

「那為什麼還一直寫信給我？」他說，「寫了那麼多信，不如當面對我坦白，事情會簡單很多。」

「既然如此，你怎麼不當面問我？」我順著他的話回道，腦中一片慌亂。

「因為我想知道，我到底喜歡妳到什麼程度。」

不對……那不是我。

「所以才等到高中嗎？」

他不悅的抬頭瞪我，故意狠狠將我抱在懷中，讓我差點喘不過氣來，「有一部分是因為我發現妳不可能會對我說，而我也不想忍了。」

霍閔宇說對了，對他我始終不敢有期望。

我眨了眨眼，心窩處一片鬆軟，但更多的是摻雜在其中的濃烈酸澀。

這時候我好像應該高興吧？霍閔宇的愛是如此真誠，我擁有他，被他愛著是那麼的奢侈與美好。

我抿著逐漸冰涼的脣，竟意外的提不起嘴角。

於是，我乖順的將臉埋進他懷中，小手攥緊他的衣衫，手心盡是冷汗，心中千頭萬緒。

霍閔宇只是笑了笑，節骨分明的手輕撫過我的背，耳邊傳來衣服摩擦的細碎聲響，他將我抱得更緊，低頭吻了吻我的頭髮，「大概是妳，所以對妳總是有很多期待，期待我們可以一直走下去。」

我的心跳不可遏止的狂跳，見他停了停，我本來想抽開他的懷抱，卻被他強壓回去。

他說：「期待最後不是只有我愛妳的多。」

在這靜謐的房間，我的胸口能夠清楚的感受到他心臟強而有力的跳動。

我的聲音在他懷裡顯得微弱，以至於他沒聽見我話語間的顫抖，「你別對我太好。」

我突然很怕自己承受不起他給的溫柔。

他笑道：「哦？既然妳這麼大方，那我就把我的好都給別人。」

我下意識的咬緊脣，沒有說話。

得不到回應的霍閔宇冷哼出聲，「妳還真的不攔。」他有些氣惱的摟緊我，長腿橫跨在我身上，死死的將我困在他的懷中，讓我動彈不得。

隨後，他有些喪氣，「對妳來說我就這麼容易被取代嗎？」

我的心一震，微微搖了頭，眼神始終不敢對上他。

「那為什麼我總是感受不到妳是需要我的。」

當心事埋得愈深，就會開始自欺欺人，告訴自己我不喜歡他，我不會喜歡他，我怎麼可能會喜歡他？

一直以來，對霍閔宇的所作所為，我都是選擇不聽不看保持沉默。他感受不到我的在乎一點都不奇怪，因為我始終假裝自己不喜歡他。

然而現在他抱著我，掏心掏肺對我闡述的愛慕，以及那些強烈的情感，陌生的像是另一個人的故事。

我鼓起勇氣抬眸看他，動了動脣，聲音竟有些沙啞，「我只是假設，如果那些信不是我寫給你的……」吞了吞口水，內心有些惶恐，「你怎麼辦？」

霍閔宇的臉色驀地沉下，眸光一深，「那是誰寫給我的？不是妳的字嗎？」

沒錯，是我的字。

「我只是舉例來說。」

他的眼神陰冽的看我一眼，「妳該不會幫別人代筆？」

「沒有，我沒有幫任何人。」

「那很好。」霍閔宇吻了吻我的眉眼，鬆了一口氣。

但我不好。

當我想再對他說些什麼時，耳邊傳來霍閔宇睡著的勻稱呼吸聲，規律起伏的胸膛，薄脣輕抿，濃密英氣的雙眉，一如往常的美好與帥氣。

是啊。他是我的男朋友啊。

我盯著他的睡顏半晌，最後悄悄從他懷中抽身。我重新拿起那堆信紙，看了一遍又一遍，同時拍照存進手機，回到房間重複看了一次又一次。

內容就如霍閔宇所說是日記，但更像是述說對霍閔宇的喜歡。一直陪在他身邊，看著每一刻的他，給他鼓勵、安慰，沒有錯過他人生任何一個重要時刻，而我全然不知。

我告訴自己或許真的是我忘了，但是看著眼前數十封信件，每一封都看得出來信件主人的用心。

我就更無法說服自己。

「別跟其他女孩子發生關係好嗎？」

不是，這一定不是我寫的。

如果不是我，又是誰呢？誰這麼了解霍閔宇，甚至遠過於我？仿造我的字跡又是為了什麼？不怕霍閔宇拿著信件來質問我嗎？

上頭密密麻麻的文字，沒有華而不實的詞彙，或是令人感到負擔的傾慕，字句滿是恰到好處的關心和問候。

所以霍閔宇才老是說我不坦承吧。

白紙黑字寫得清清楚楚，怪不得他如此放手一博。

原來是因為這樣。

一直以來我把喜歡他的心情藏很深，連我有時都會忘記，原來我是這麼的喜歡霍閔宇。他更不可能看出我早就喜歡他很久，也就沒道理對我窮追不捨。

可是面對他突如其來的告白，明明我的猶豫不決已經三番兩次踩到他的底線，他也未曾放棄，背後支持他堅持下去的信念，會不會就是這些信？

因為他以為我喜歡他，只是不承認。

我也確實是不承認，但這些心情並不是我的，為他加油打氣，陪伴他走過所有低潮不順遂的人，從來就不是我。

國中的時候，因為不想捲入關於他的流言，我甚至抗拒在路上碰到他。我真的很怕聽見那些針對我的言論，因為所有數落都是由我來承擔。

他的青梅竹馬長得好普通，她成績又不好，她配不上他……類似的話我不知道聽了幾回，說沒有陰影是不可能的。

看著他積極保護那些信的舉動，肯定對他來說很重要吧，因為占了他國中的大半時光。

如果這些都不是我，霍閔宇還會喜歡我嗎？

我真的不知道。

霍閔宇下南部工作了，明明前一晚沒有他和我擠床，我卻沒睡好，因此錯過了與他道別的時間。這回難得他體諒，沒硬是挖我起床陪他去搭車。

趁著他不在的期間，我試著去找信件的來源。

我翻出國中畢業紀念冊，從中推測誰是最有可能做出這種事的人。

國中是個喜歡互相模仿的階段，有一段時間，我們都在模仿班上寫字最好看的那個人的筆跡，所以大家的字天天都在變化，根本不會特別注意。

我的字不算特別，不會有人想仿造我的字，對方目的很明確，是為了霍閔宇。

能夠做到這種程度，也不在意自己是否會被記得，想必對霍閔宇的喜歡不是三言兩語可以說完的。

寒假開始後沒幾天，馬上就是寒輔了。

霍閔宇不在的日子，我開始一個人上學，最近他總是在我身邊，沒有他的時候竟意外的不習慣。

這幾天寒流來襲，冷風刺骨，劃疼了我的臉頰，我將半張臉埋進圍巾，手插入口袋想取點暖。

通常這種時候，我總會不要臉的將霍閔宇推到我面前，他人高腿長，能替我遮去所有風寒。

明明也不是沒分開過，但是這幾天，我突然好想他。

那些信依舊像根刺扎在我心口，無人可訴說，也不知道該從何說起。

我嘗試不讓自己胡思亂想，那些信早已無從追究，不如就讓它成為過去式，或許對方早已不喜歡霍閔宇了。

這不過是我們風和日麗下的一點小碎浪，天氣還晴，沒必要為了一陣風打亂所有與他的日子。

沒有人會知道這段小插曲，只要我不說。

口袋的震動迫使我回過神，看著來電顯示，是已經失聯一個禮拜的霍閔宇。看到他打來，照理說我應該有滿腹的話想告訴他，還得罵罵他這人怎麼一放出去就把我給忘了。

然而此時看著他的名字，我忽然覺得這一切都是如此不真實，霍閔宇在我身邊是對的嗎？他喜歡的人真的是我嗎？

或許在那個人的眼中，我們的關係是因為她而改變。

他喜歡我，是假的。

我的指尖一涼，緊咬著唇，看著手機屏幕歸於一片黑暗。

「羽侑。」任迅暘朝我走來，「怎麼不進校門？要打鐘了。」

我匆忙將手機丟進口袋，順手將下一通來電轉為靜音，「要進去了。」

我和任迅暘一同穿過中廊，我已經很久沒和他單獨相處，因為霍閔宇介意，即便我們只是討論正事，他都不准。

有時我覺得他太過專制，應該給我一點交友空間，但每回說起這件事，聽到他耳裡最後都成了我在袒護任迅暘。

「怎麼了？妳一路上已經嘆了三次氣。」大概是見霍閔宇不在，任迅暘大方的和我說話。

霍閔宇毫不留情的惡意，想必任迅暘也被波及不少。他總是這樣，站在自己的立場思量所有事，從不設身處地的為人想。

的確，霍閔宇有能力得到他所有想要的，也有能力排除他不順眼的，只是感情面總是太過自我。

為此，我對任迅暘真的感到很抱歉。

我尷尬的撓了撓頭，「就是想到寒假還要來上課很討厭。」

「是因為男朋友不在吧。」

我一愣，對於「男朋友」這個詞還有些恍惚。

見我沒說話，任迅暘問道：「怎麼了？該不會吵架了？」

回過神，我忍不住澄清道：「沒有啦，他不在哪有什麼可吵，說得我們天天吵架似的。」我瞇眼看向任迅暘。

這友好的氣氛讓我不忍破壞。

自從我和霍閔宇交往後，任迅暘又開始一個人獨來獨往，雖然也有不少同學向他示好，但他總是刻意保持距離，不讓別人靠近。

任迅暘一笑，「害我高興了一下，以為有機可乘。」他難得玩笑，成功的化解了我們之間的生疏。

「你想過……和你的青梅竹馬復合嗎？」這句話就這麼無意識的脫口而出。

任迅暘柔和的眼神變得清冷憂淡，我默了聲直覺不該再問下去，然而心情卻愈發緊澀。

不可能的吧，誰都回不去最初的光景。

半晌，他緩緩吐出一句話，像是壓抑著巨大的情緒，才能將這句話說得若無其事，「我們很久沒聯絡了。」

「不打算主動聯絡她嗎？」

他笑了笑，「換作是妳，做得到嗎？」語氣竟有些嘲諷。

當我們愈來愈依賴對方，離開的時候帶走的東西也會更多，例如眼淚。

我做不到。

好不容易捱完上午的課，幾乎是同時我的手機也跟著震動，打來的人掐準了我的放學時間。看著來電顯示，我的心情又是一片混亂，但我知道這次再不接，霍閔宇搞不好會直接回臺北找我算帳。

「喂？」

「放學了？」

「嗯。」

他的嗓音依舊很沉，卻難掩疲憊的低啞。

一時之間我也不知道說什麼才好，這幾天腦袋很混亂，信紙的事讓我心慌不踏實，萬分糾結要不要說出這件事？

然而我卻無法抑制的想，現在霍閔宇喜歡的人是我，實在不需要破壞此刻的和諧，去找一個毫無頭緒的信紙主人。

我和他已經吵得夠多了。

雖然最後只要有一方撒嬌、姿態放軟就會和好，但最根本的問題沒解決，類似的爭吵只會層出不窮。

偏偏霍閔宇就是聽不進違逆的話，而我無法對不合理的事妥協，最後他會直接放棄爭吵，也就是拒絕溝通。

現在突然一想，這些爭執是否是因為我與他所想的有所出入，他期待的那個我，那個國中與他有過一段回憶的人，根本就不是我。

我下意識的攥緊手機，緊緊的抿著脣，話語梗在喉頭。

「這禮拜很忙，一直沒時間打電話給你。」他難得在解釋。

「嗯，聽得出來。」我穩了穩情緒，「中午休息到什麼時候？你先去睡一下吧，我和雅梨他們要一起去吃飯，你起床後再傳訊息給我。」

他默了默，忽然說：「睡不好。」

「嗯？」

「這幾天都睡不好。」

他話語中濃濃的倦意讓我感到不捨，我輕笑，「你別又牽拖我了啊。」

前陣子怕被爸媽發現，我禁止霍閔宇來我房間睡覺，他就開始扯說睡不好、他認床。他自己那張床少說也睡了十幾年，雖說如此，我居然也就信了。

霍閔宇低笑了一聲，忽然說道：「前幾天打開行李箱時，還期待妳會不會藏在裡面，然後哭哭啼啼的跟我說，我想你，所以我跟來了。」

我又氣又想笑，突然想靠在他懷裡撒撒嬌，「你這到底是什麼想像力……」

我和霍閔宇聊了這週發生的事，他從一開始的簡單回覆，到最後幾乎沒了應聲，估計身體已是不堪負荷，我催著他去小睡一會兒。

「那妳別掛電話，陪我睡。」

他讓我開視訊，我拗不過他，也怕彼此僵持下去只會讓他更沒時間休息。我傳訊息和田雅梨說了不過去吃飯的事，便開了視訊。

冬季的空氣乾爽，薄薄的陽光如同一簇簇繁花，盛開於每個角落，拂去一室清冷。

我將手機靠著鉛筆盒，坐在座位上寫作業。屏幕內吵鬧的傢伙終於乖乖睡覺了，凌亂的黑髮散在額前，俊逸的線條彷彿承載了宇宙的星河，安靜無聲卻讓人移不開眼。

我輕笑了一聲，偷偷截了幾張圖。

不知過了多久，我下意識瞥了手機一眼，發現霍閔宇已經起身，閒情慵懶的靠著床沿，眸光澄亮，不知道盯著我多久了。

我被他看得不自在，「幹麼？」

「看妳漂亮啊。」

睡飽後就知道耍嘴皮子。

隱約聽到迪昊喊他的聲音，我讓他快去準備。霍閔宇應了聲，在他準備掛上電話時，我忍不住說道：「我等你回來。」

他驀地沉默，半晌，語氣嚴肅，「我果然不該來工作，我還是現在回家好了。」

我失笑，「別鬧，好好工作。」

在我準備壓下掛斷鍵時，後門傳來了任迅暘的聲音，「羽侑？」

我嚇了一跳，餘光瞥見屏幕那端霍閔宇瞬然蹙起的眉，肯定聽出是任迅暘的聲音，然而我的手指已觸上屏幕，硬生生切斷了電話。

完蛋了……

「妳怎麼還在這裡？」任迅暘朝我走來。

「我和霍閔宇講了一下電話。」我瞪著手機思考著要不要回撥，但又怕愈解釋愈顯得欲蓋彌彰。

我看了一臉任迅暘，「你呢？怎麼還沒回去？」

「我們班園遊會的營業額是全校第一名，所以下學期畢旅有夜遊的資格，班導要我和其他活動長規劃一下當晚的行程。」

「你怎麼沒跟我說？」我放下手機，「你別把事情都攬著自己做，你這樣我會很不好意思。」

其實任迅暘會這麼做也是有原因的。我和他雖同為活動長，但從園遊會過後，我們便開始各自分工，無非是因為霍閔宇不喜歡我們共事。

偏偏我說服不了霍閔宇，吵過太多次，我也累了。

任迅暘連忙搖頭，「妳不用在意，這是小事，也有其他兩班活動長一起討論，沒告訴妳是因為想等行程排出來，最後再和妳討論。」

「目前討論到哪了？」我拉了眼前的椅子要任迅暘坐下，「我們現在一起討論，我也想幫點忙，不能都讓你做啊。」

任迅暘笑了笑便坐下來，「夜遊是自由參加，目前提議是吃完宵夜後去看夜景，之後便是自由活動時間，但班導擔心同學會出入不良場所，所以希望我們能多一些團康，盡量不要讓同學單獨行動。」

我點點頭，「那就分組團康吧，以抽籤當作分組方式，比較沒有爭議。」

「好主意！」任迅暘贊同道。

我們又挑了幾項團康活動，「等開學後統計出想去夜遊的人，再來抽籤吧。」

傍晚，任迅暘陪我走往公車站，我們已經有一段時間不曾這樣走在一起。

「送我到公車站就好，你也快點回去吧。」
任迅暘溫柔一笑，「沒關係，我不趕時間，回到家也是一個人。」
我忍不住問了他：「過年不會也這樣吧？」
「應該不至於吧。」他說得不確定，卻也毫不在意，「但年夜飯是得吃的，否則還真不知道又過了一個年。」
我皺了皺眉，看著他拒人於外的側臉，「朋友呢？為什麼不願意交朋友？」
「有啊，妳不是嗎？」任迅暘端著溫和的臉，語氣帶著玩笑意味，他的背後一片落日沉寂，與他的笑容背道而馳。
「你明知道我在問你什麼。」這陣子，所有的關係都亂了套，還未釐清狀況，所有人就被強制定位。
我和霍閔宇成為情侶，任迅暘成了曾經喜歡我的人，我們之間有了隔閡，說什麼都不適合。
「建立新關係太麻煩了，無法確定對方會不會走，無法知道對方是不是跟你有同等的在意。」他垂著眼睫，提著嘴角，沉重的話語讓我頓時喘不過氣。
「太累了，不如就自己一個人吧，反而快樂一些。」
晚上洗完澡，我裹著棉被躺在床上滑手機。霍閔宇一通電話、訊息都沒有，也不知道他現在心情如何？
我點入他的個人頁面，想看他有沒有發什麼貼文，但他根本沒在經營社群，連訊息都回得少。
一個月發文的次數手指頭都數得出來，近期的照片是全班的園遊會合照，還是周曉亮標記他的。

霍閔宇臉上依舊掛著慵懶邪媚的笑，而站在他身邊的是笑得甜美可人的元柔馨。再往下滑，是霍閔宇和元柔馨一同搬器具的側影，相機捕捉到他們有說有笑自然相處的畫面。元柔馨純淨的眼睇成月牙狀，微捲及腰的髮揚起，霍閔宇則勾起淡淡的笑容，側著身的模樣更顯得他的鼻梁高挺。

下面有不少回應，有的人稱讚攝影組技術高超，有的人說他們長得好看，還有一些在一起、快交往的起鬨留言。

我的視線停在元柔馨的回覆，留言日期是昨天。

「還得班長大人賞臉呀。」

看著後頭幾枚愛心符號，我心裡頭又覺得怪怪的了。

我點開元柔馨的頁面，馬上就有一則幾個小時前的貼文跳出版面。

「一直都很喜歡南部的老家，鄉村的步調，熱情的鄰居，還有能夠見到我想見的人。在那裡沒有誰的打擾，只有我們。」

元柔馨的老家，霍閔宇好像在那裡待過。

♡

今天是寒輔最後一天，霍閔宇這禮拜日就要回來了。

這期間我們通話過幾次，但最多也就十分鐘他就要去忙了。雖然上次任迅暘的事他表明沒有生氣，只是因為拍攝一直搞不定，還有開學的模擬考壓力，他心情有點差而已。

但霍閔宇都這麼說了，我要是嚷著不信要他說清楚，他搞不好真要發怒了。

嗯，鬼才信！

「這次又是什麼事惹他不高興？」田雅梨坐在福利社外的涼亭處，喝著熱奶茶，看著我趴在石椅上發呆。

我呼了一口氣，試圖用著輕鬆的語氣，卻仍舊抵擋不了低落的心情，「唔……我好像知道為什麼我們這麼容易吵架了。」

「就是妳腦子有問題啊。」田雅梨咬著吸管，「硬要把霍當作收藏品擺在家。」

我輕笑，沒有辯解。

「看妳的表情好像很嚴重。」田雅梨也跟著緊張，湊到我身旁小聲說道，「該不會出現第三者？還是誰想分手？」

提到敏感字詞，我的心口一涼，「沒有啦，是我自己愛胡思亂想。」

我連忙轉移話題，「今天不去看閻子昱練習嗎？」

田雅梨本來還有點不信我，但一提到閻子昱，立馬翻臉，「有球經打理，我還去幹麼？我看他都被服侍得像是皇上了。」

我推了下她的肩，笑道：「吃醋喔？」

田雅梨僵了下，銳利的眼眸橫我一眼，充滿殺氣，「搞笑嗎？我是什麼人，他又算哪根蔥？只會打球四肢發達的醃豬腦！看到漂亮女生就油腔滑調，看了就討厭！」

她愈罵愈起勁，纖細的手指緊掐著手上的鐵罐，硬生將罐子捏扁，甚至丟到地上，腳尖抵著瓶身開始進行高壓式旋轉，直到鐵罐幾乎扁成了一片，她才滿意的投進垃圾桶。

這股怒意也太強烈了吧。

下禮拜就要過年了，按照慣例，除夕前一天我們會和霍家一起吃飯，通常都是老媽負責上菜，霍姨則是補充零食櫃和幫所有人添新衣。

週六一早，老媽列了清單讓我去超市採買。四處人滿為患，街上盡是喜氣的紅，播著百聽不厭的新年歌曲。

我推著推車，將要買的東西逐一丟進車內，走沒幾步就看見一抹清雋的身影，身上披著深色的羽絨外衣，遠看竟有些寂寥。

「高麗菜要挑外表翠綠，底部白色，所以選左邊那顆吧。」

任迅暘有些錯愕的看著我從旁探出的小腦袋，隨後輕輕一笑，伸手就拿了我說的那顆。

「妳也出來買菜啊？」

「放假就免不了被娘親奴役的份。」我看著他滿車的食材，「你家人回來啦？」

他彎起溫潤的笑，日光燈下他的膚色更顯白皙，脣色紅潤。

「是幫傭阿姨，我爸媽大概還在美國的機場吧，也不知道能不能趕得回來。」

「不過至少不用再吃便利商店的食物了，有人煮總是比較健康。」

他點點頭，也看了一眼我的推車，「一起逛？」

我點頭，隨著他走進日常用品區。

任迅暘幾乎是看著包裝順眼就買，一看就知道不常幫忙跑腿。

「喂，等等，牙膏還是用這牌吧。」看著他手上奇怪的包裝，我皺眉道，「沐浴乳用這種，味道滿好聞的。」我將他推車內的一些用品放回架上，重新幫他拿了幾款大家常買的品牌。

任迅暘含笑看著我，「謝謝妳。」

「這沒什麼。」我笑答。

最後，我們提著大包小包走出超商，外頭正飄著軟軟細雨，墨一般的天空，陰鬱的讓人哀愁。

他看我提得有些吃力，忍不住問道：「妳要怎麼回去？一個人沒問題嗎？」

我喘了幾口氣，順便偷罵了沒良心的老媽幾句，「沒事、沒事，你自己東西也很多，我搭公車幾站就到了。」

任迅暘貌似不放心，硬是陪著我等公車。

「我發覺你最常做的事就是陪我。」靜靜待在我的身側，溫柔盡責的守候。

「也是我最擅長的。」他淡淡說道，眸眼滿是閃爍星輝，似乎是想起快樂的事。

「你的青梅竹馬就是這樣被你拐來的嗎？」

不知道為何最近總是想多聊聊任迅暘的青梅竹馬，突然很想知道他們的後續。毫無血緣關係的兩人，卻擁有最親密的關係，為什麼最後卻形同陌路，連句簡單的問候都變得這麼難？

「可以這麼說吧。」任迅暘的笑意很淺，「陪著她做任何想做的事，去任何想去的地方，只要是能力所及，我能夠給她任何想要的。」

他的聲線很淡，連同微笑都顯得捉摸不定。每當說起他的青梅竹馬，他似乎都特別冷靜，並不是釋懷，而是心灰意冷。

我忍不住抬眼看他，第一次覺得他所有的溫暖不過是為了包覆內心的陰暗，他有太多話沒說，太多情緒無從發洩。

任迅暘將自己剝削殆盡，情感都給了他最愛的人。

「雖然不認識你的青梅竹馬，但就我所知道的你，我想或許我能懂她當時離去的心情。」我輕笑，「也許多數時候，她是希望你能夠放點心思在自己身上。」

任迅暘眼底的薄霧散了，披上微涼的溼氣。

「你愛她，但應該給她自由的空間，也給自己一點機會喘息。」

任迅暘愣了愣，輕蹙起眉宇，眼底痛楚清晰可見，白皙的笑顏染上一層光。

「我能不能把這句話想成是，她會原諒我？」

雖然不清楚他們之間到底發生什麼事，但曾經那麼相愛的人，我想沒道理相互憎恨。我仰起笑，肯定的話還來不及說出口，便淹沒在漸大的雨勢。

我的視線凝結在對街撐著傘的人，雨水模糊了他的俊顏，漫天大雨宛如層層帷幕，聳立在我們之間，清楚的劃開我和他的距離。

不遠，我卻走不過去。

我無法想像霍閔宇此刻的心情，想都沒想就緊張的要跑過去。任迅暘看清楚來人後，連忙制止，「羽侑妳做什麼？現在是紅燈，太危險了。」

「霍閔宇……」我一直看著他，所以很清楚的看見他在任迅暘阻止我的那一刻，勾起了嘲諷的笑，接著毫不猶豫的轉身離去。

看著他漸遠的背影，此刻的無能為力讓我感覺到有什麼正一點一滴流失，但我抓不牢。

就好像不屬於你的東西，總有一天你必須看著他離去。你不能說不要，因為沒有資格。

我無法抑制的紅了眼眶，這陣子因為那些信而積壓在心裡的壓力，擔心霍閔宇隨時會離去的心情一瞬間爆發。

我覺得好累。

「羽侑？」

我低下頭，眼淚讓視線失了焦，「沒事、沒事……」我只是不想再吵架了，不想再讓我們的關係降至冰點。

我很努力解釋了，也盡力做到霍閔宇所有的要求，可是我感覺不到好轉的跡象，只覺得一次又一次的違背我的意願。

「還好嗎？」任迅暘彎下身，看著我捂著眼哭得抽抽噎噎，「這不是什麼嚴重的事，我可以和他解釋，妳……」

話語未落，我的手臂便被人用力的往後扯去，對方粗魯的將我的臉埋進他的懷中，不讓外人看見我哭花的臉。

「我的女朋友，就不勞你了。」

直白的話語，霍閔宇了當的分清我們三人的關係。

我手裡提著超市袋子，他用力的將我禁錮在懷裡，半推半拉的帶著我過馬路，轉進小巷。

雨勢轉為絲絲細雨，打在手臂上是扎人的冰涼。我索性想掙脫他的環抱，他不加控制的力道弄得我四肢都疼。

然而，霍閔宇像是故意的，非但不鬆手，反而更用力的勒緊我的胸口，鐵了心就是要弄疼我。

我感到一陣不舒適，有些生氣的用手肘推開他，「很痛！」

見我還有膽反抗，他一路隱忍的怒氣一觸即發。

而我蓄在眼眶內的淚水也滾滾掉落，打溼了他的手臂，他微微鬆了手。

我趁空鑽出他的懷中，後退幾步，看著他，眼淚無法克制的一直掉。

霍閔宇一雙眼是冰天凍地的寒，他抿著脣一言不發，連呼吸都顯得涼薄。半晌，他似是不得解，「我都還沒說話，妳哭什麼？」

我沒想過他會回頭找我，見到他，這陣子的惶恐和不安毫無預警的湧上。

我也不想在他面前哭得這麼讓人心煩，然而吸鼻子制止自己繼續哭的動作，反而讓霍閔宇都忍不住皺眉了。

他一手支著額，仰天長歎，「可惡，本來今天就是想著要把妳弄哭，讓妳求我原諒妳。」他抿了抿脣，疲憊的揉著眉心，眉目間盡是難以言喻的心疼。「誰知道真的看妳哭，我他媽的又覺得心情更差。」

我咬了咬脣，睜著紅通通的眼睛看著他。

他不在的這幾天，懷疑與不安瞬間放大，我拚命的壓抑，不斷的自我安慰，一次又一次的告訴自己，霍閔宇是喜歡我的，他是喜歡我的。

然而見到他後，這些情緒一時之間竟無法得到緩解，我縮著肩膀，泣不成聲。我並不想在他面前哭，像是要博取他的安慰，更不想養成時刻需要他哄的嬌氣性格。

於是，我索性轉身就走。

霍閔宇顯然感到很錯愕，「現在又要去哪？一句話都沒要跟我說嗎？喂！」似乎是被我哭慘的模樣給嚇著了，他也不再惡言相向，亦步亦趨的跟在我身後。

「你別跟著我……」低頭不敢對上他沉烈的目光，總覺得下一秒眼淚又會再度潰堤，「我想自己一個人。」我的聲音有些哽咽，配上濃重的鼻音，聽上去怪可憐的。

「妳在整我？」霍閔宇覺得荒謬無比，貌似想衝著我凶幾句，但看我一副可憐的模樣，一股氣無處發，最後他似是投降，「現在倒給我學會先發制人了。」

我連忙搖頭。

「過來。」

我扁著嘴又退了幾步，「不要，我會想哭。」看著他，眼淚怎麼都止不住，因為就是知道他寵我、讓我，可是我好像始終都讓他失望。

我覺得愧疚，覺得疲倦，覺得兩個人在一起有好多事需要面對。

「妳到底哭什麼？」他擰眉，朝我走了幾步，「還是我剛才弄痛了妳？」他伸向我的手帶了幾分猶豫，深怕再次碰傷我，最後所有的擔憂化為沉悶的道歉，震盪了我的心臟。

抬眼見他略為挫敗的模樣，我的眼淚一瞬而下，在他面前哭得不像話。

霍閔宇大概是沒見過我這麼哭，畢竟從小到大，對他我永遠只有生氣和不耐煩，任何脆弱和不堪都不會在他面前表露。

因為我知道得不到他的安慰，也就無須白費力氣。

「怎麼了啊？我都跟妳道歉了還這樣？」他手足無措，頭疼的說道，「好，我沒有生氣，我真的沒生氣，行了吧？」他舉高手，一副任我宰割的模樣。

我搖頭，開口想說我真的沒事，只是一時情緒來了停不下來，讓他別理我，然而那些逞強的字眼卻一個字都說不出口。

霍閔宇看著我使勁忍住淚水的模樣，單手煩躁的將頭髮往後梳，也不敢靠過來，就怕我愈哭愈凶。

我深吸幾口氣，微微挪動腳步，邊掉眼淚邊朝他走去，儼然像個迷路好久，好不容易找到回家的路的小孩。

我討好的扯了扯他的衣角，他一臉想掐死我的模樣，但看我哭得滿臉通紅，語氣轉為無奈，「就知道折騰我。」他的大掌扣上我的後腦杓，拇指抹了抹我的眼角，「哭成這樣就開心了？」

見我悶不吭聲，霍閔宇一把將我拉至他懷中，揉著我剛剛被他抓疼的手臂和肩膀，有一下沒一下的拍著我的肩。

我哭著用力抱緊他。

事後，霍閔宇也不再追究這件事，但我知道他肯定耿耿於懷，可我也不想多提，總覺得任何解釋都比不上他親眼所見，我的多言只會讓事情愈來愈糟。

第十章　我們不是相愛

除夕前一天，我們兩家一起吃了飯，聊了近況，父母們也讓我們多照顧彼此一些，總歸是要陪著對方走一輩子的人。

那是我第一次覺得，一輩子如此漫長。

隔天，我們各自回了老家吃年夜飯，霍閔宇的老家就在臺北，而我去宜蘭待了三天。

明明彼此多了很多時間，聊天時他卻是有一句沒一句的回，似乎不想聊，我也不強迫，便滑著手機東看西看，這才想起那天霍閔宇似乎是提早回來的。

我自嘲一笑，我的行為還真是讓他很不放心啊，我搖了搖頭，下一秒手指在元柔馨走春拜年的照片停下。照片上是一片粉嫩色的櫻花樹，搭配著新年快樂的祝賀語。

然而她卻在最後寫下這麼一段話——

「前陣子回老家見到了喜歡的人，一起吃了好吃的東西，家人身體健康平安，我想今年會是我最難忘的一年。如果可以，想讓你再多喜歡我一點，我會努力成為你愛的模樣。」

而下方無疑是起鬨的留言，就在同時，霍閔宇也在這篇文按讚。

臭小子，不想回我訊息，還敢在這刷別人的貼文！

我愈想愈氣，於是把奶奶家養的柴犬飛豆抓來，好在我們平時感情還不錯，牠也就隨我抱著拍了一連串的賣萌照片。

我選了一張我抱著飛豆笑得很開心的模樣，牠一身柔順的奶茶色，掛著舌頭咧嘴一笑，漾起鬆垮垮的嘴邊肉，簡直可愛到冒泡。

我噠噠的打了一段文字：「來！飛豆笑一個！祝大家新年快樂呀！」

按下上傳鍵，我便跑去和飛豆玩鬧了一會兒，牠最近新學會了中槍翻白肚的動作，我們玩了幾回才累吁吁的癱回沙發。

我重新拿起手機，發現有些燙，我疑惑的解鎖，一連串的通知和留言紛紛跳了出來，重點是還有霍閔宇的未接來電。

「不會是發張照片也不准吧？這人真有病。」我嘀咕的點開社群，一看不得了，數十條陌生留言。

我驚愕的點開主頁，才發現前陣子因為在TOP拍了穿搭照，多了不少追蹤者。

田雅梨：「沒露，檢舉。」

閻子昱：「媽！我在這兒！」

「飛豆！放下你的狗爪！」

「不許妳這麼可愛。」

「狗奴才在這，飛豆好可愛啊！萌得我一身鼻血。」

「學姊！終於發文了啊！我們這幫小粉絲等得好苦啊！新年快樂！」

「以下開放報名男友一職。我！已截止，謝謝！」

「來！哥哥給你親親，抱抱，舉高高。」

「回樓上，人家男朋友在你後面，他很火。」

我瞪著十幾通未接來電，嗯，他真的很火。

正打算回撥電話給霍閔宇時，他的主頁跳出了新的貼文，因為實在太難得了，愛心數不斷跳增。

他身穿淺色毛衣，襯著他的膚色白皙，五官線條柔和，薄薄的陽光落在他的眉睫，笑得隨興張揚，他懷中坐著一位軟胖胖的白嫩小女嬰，完全遺傳霍家好基因。

她雙眼水潤潤的眨著，嘴裡還吐著小泡泡，眼睫捲而翹，貌似還掛著淚珠，大概是剛哭鬧完。她仔細玩著手中的玩具，絲毫不搭理人。

「我跟妳說過嗎，妳長得好像我那不甩人的愛哭包女友。」

霍閔宇寫的話令我感到好笑，分明拐著彎罵我不理他還愛哭。

下面的留言，男生噓他誘拐要送警局，女生則是一片讚歎聲浪，完全要把他捧上天了。我替他的照片按了愛心，果不其然下一秒電話便響了。

「喂？」

「哎呀！」霍閔宇佯裝驚訝，語氣特別欠打，「看到我要跟別人跑了，才理我是吧？人啊，總是要等到失去才懂得珍惜。」

他說得好像真有那麼一回事，讓我不禁失笑出聲，「她還小，放過人家。」

「可以，但我不放過妳。」他的語調含笑，篤定的口吻低沉的令人酥化。

「怎麼不說話？」

「我在想這是好事還壞事。」本來是想鬧著他玩，但說著也真的往心裡去了。

牽住他究竟是好是壞呢？我們之間能夠一直走下去嗎？可以嗎？適合嗎？有太多不安在這之中晃

蕩，怕拽得太用力也怕握得太隨意，而迎來的是曲終人散。

話筒是一陣尷尬的沉默，他似乎感受到我的胡思亂想，忽然淡淡一問：「為什麼不能告訴大家，妳是我的。」這也一直是他最在意的。

因為你不是我的。

我被這突如其來的想法給怔住，以至於沒能馬上回應他。霍閔宇以為我不想答，微微一嘆，「算了，妳愛怎樣就怎樣。」

他掛了電話，一股深深的無力感攫住我的心頭。

如果他對不公開這件事感到氣惱，而這也是他所有不安的源頭，那我願意公開，反正頂多再增加幾個敵人罷了。

但現在情況不同了，我變得沒有勇氣公開，心底那股深深的不真實感不斷侵蝕著我的內心。

♡

年假後便是開學日，隨即迎來了模擬考，學生宛如回到地獄，學校一片鬼哭狼嚎。

任迅暘統計出三個班的夜遊名單，行程也大致敲定了，就等四月的畢業旅行。

這陣子霍閔宇依舊與我上下學，晚上還是會來我的房間撒野、讀書，但卻沒有過夜了，我以為他是有重要的事要做，也就沒多問。

接連兩個禮拜過去，這一天，看著依舊準時在十二點開始收拾東西的他，我忍不住問道：「要回去了？」

霍閔宇看都沒看我一眼，淡淡的應聲。

我看著他有條理的收拾東西，修長的手指劃過桌面，我竟有些恍神。

會不會有一天，他不再牽著我了。

「有話要說？」正當我想移開眼時，他沉沉目光忽然移向我。

我下意識的抬眼看他，目光流連在他稜角分明的好看五官。

我是不是應該告訴他實話，時間愈久，我就愈說不出口，甚至是心存僥倖，反正他還是我的，只要我不說。

我暗暗的咬了下唇，「那個……」捏了捏手中的筆欲言又止，心跳莫名加快。

他擰眉。

我深吸一口氣，說道：「你會生氣我和任迅暘一起規劃夜遊這件事嗎？」

「有什麼好生氣？」他反問。

因為無視他的阻攔。

「倒是妳，跟那些人很熟？」他蹙眉。

明明就很在意。

「之前開會的時候聊過幾次，感覺人都滿好的。」

霍閔宇橫了我一眼，「妳誰都覺得好。」

「哪有啊，我就覺得你很壞。」我朝他吐舌，而他依舊笑著，接著下一秒就讓我知道什麼是忤逆他的下場。

他像是拎小雞似的把我抓起，無視我的鬼叫。我的視線幾乎能夠俯瞰整個房間，終於知道高個兒的世界原來這麼不一樣，難怪霍閔宇天天都很囂張。

「小聲點，不然全世界都知道我這個時間還在妳房間。」他笑得不懷好意。

我連忙噤聲，拍打著他的手臂要他放我下來。

「我壞？」

「我開玩笑的。」我一臉正色。

霍閔宇不怒，將我放了下來，嘆了一口氣，眸光幽深，「妳知道嗎？妳對我更壞。」

我一愣，他漠然的神色是實質的指控，對於這點我無話可說。雖然我想解釋，但要說出實情，遠比撒謊更難。

「你說你不能忍受欺騙，所以我也不能對你說謊對不對？」我低下頭呢喃。

霍閔宇沒有出聲，但我能感受到他圈住我腰的手緊了幾分。

「這是什麼意思？」

「一旦被你發現我說謊，我們的關係是不是就結束了？」

我清楚知道答案。

「妳隱瞞了我什麼嗎？」他的眸光沉了沉，在我未答話時，下意識的猜測道：「跟任迅暘有關？」

發現氣氛倏地沉重，我連忙堆起笑看他，「沒有啦，跟誰都沒關，我只是問問而已。」

霍閔宇冷冽的神色沒有消退，他緊盯著我，似乎想從我的表情中得到一些訊息。

我強逼自己冷靜，因為我還沒準備好要怎麼跟他說……

我伸手輕撫過他緊繃的臉頰，忽然笑道：「總會有需要特別慶祝的節日啊，要是什麼事情都要告訴你，就不好玩了。」

霍閔宇緊皺的眉宇鬆了些，「我沒有這麼不講理。」

「最好是這樣。」全世界的理都是他說了算，這樣哪還有理！

「妳懷疑我？」

我立即舉起雙手，「沒，小女不敢。」

「妳什麼都不敢，就惹怒我最會。」霍閔宇沒好氣的看了我一眼，然後不似平常三催四請才要走，這次直接鬆了手，收拾完東西便準備回房。

我有些納悶，愣愣的看著他一手撐著陽臺，準備翻身回自家陽臺的背影，下意識的問：「你就這樣走了？」

頎長的身形微頓，我這才驚覺這話聽起來就像一句曖昧的邀約，而我也真的從未這樣對他說過。

他俐落的身手明顯一滑，我嚇得趕緊衝到陽臺邊拉住他，就怕他真的跌下去，「你看！我就說不要這樣跳上跳下，一不小心就會摔下去……」

不等我說完，霍閔宇忽然躍下陽臺，微燙的大掌捧過我的臉，頭一偏，就吻了上來。

我被他突如來的親吻弄得暈頭轉向，踉蹌了幾步，他的手移向我的後腦杓，直接將我壓在身後的紅磚牆，當背脊碰上冰涼的牆，我徹底被他禁錮在懷中。

他吻得急迫，一點一點的剝削我的理智，煽動我內心的小火苗。我下意識的勾上他的脖子，感受到我的回應，他微涼的脣與我緊密的貼合，每一處都沾染了他灼人的熱度。

許久，霍閔宇微微鬆開我的脣瓣，額頭貼著我的，彼此的喘息聲交疊，他的聲音暗啞，低沉性感的笑在夜裡特別清晰，「孺子可教。」

我氣喘吁吁的抬眼瞪他，雙頰不爭氣的泛起一片紅，話語裡的怒氣瞬然成了嬌嗔，「你、你別亂說！」

「妳先引誘我的。」

「我只是問問……唔！」他不給我機會說話，眼眸一垂，手指輕柔的穿過我的髮絲，抵著我的腦袋不讓我避開，吻得更加肆無忌憚了。

反反覆覆親吻幾次後，我在他懷中幾乎要化成水了，「你別……」制止的話消弭在空氣中，身體的力氣像是被他的吻給帶走一般，語氣頓時變得柔軟低喃，乍聽之下像是在對他撒嬌。

霍閔宇的眸光一閃，我看著他又傾身靠了過來，下意識的閉上眼。

感受到他溫熱且清冽的氣息盤旋在我的鼻尖時，他忽然停下，低喘的聲息拂過我的臉。

他冷靜低語：「不行，這樣不行。」接著，他退開身。

我緩緩張開眼，有些震驚他居然克制住了。

霍閔宇有些煩躁的用手指耙梳過瀏海，接著轉身替我整理淩亂的衣襟。我這才後知後覺的發現，自己有一大片的肩膀裸露在空氣中。

我尷尬的用手揪緊領口，差點就出大事了……

我們沉默了一會兒，不時瞅著對方一眼，當視線交會，我們又尷尬的轉開。來來回回幾次後，我率先鎮靜的說道：「我要回去睡覺了。」

他應了聲。

「晚安。」我走進房間，不明所以的看著也跟著走進來的他，「你不是要睡覺了？」

「對啊。」

「那你進來幹麼?」

「睡覺啊。」

「你前幾天不是都回去睡嗎?」

他勾脣,「想我了?」

「我哪有!」

「害我前幾天都睡不好。」他邊咕噥,邊自動擺好自己的枕頭。

「我又沒說你不能過來睡。」

「那我就不客氣了。」他笑得燦爛,把一切當作自己家,關燈、拐我一起躺平、蓋被,一氣呵成。

喔,還有厚臉皮。

他又指控我一次,「這是妳引誘我的。」

「你就這麼容易上鉤?」

「我也只吃妳的餌。」

跟無師自通的大師比,我果然是隻小蝦米。

♡

畢旅當天,九班的活動長簡建忽然跑來找我,我讓霍閔宇睡回自己的桌上,別老是賴在我的肩膀。

見我走出教室，簡建立刻勾住我的脖子，左顧右盼了下，像是在說什麼不可告人的祕密似的，小聲道：「妳和柔馨熟嗎？我看過你們走在一起幾次。」

「喔，還可以吧。」老實說我也不太確定，畢竟二下後，我和她變得很少交談，我不明白確切原因，但也不想細想。

「真的嗎？」他賊兮兮的推了我的肩，「那我的幸福就靠妳了喔。」

我立刻明白他的意思，「我不幫牽線的。」這種吃力不討好的事，我才不做。

簡建瞬間垮下臉，手肘抵著我的肩膀道：「妳很不夠意思！自己和任迅暘玩得那麼開心，我們這幾個活動長都孤家寡人的，幫忙一下啊，就是多讓我們有些相處的機會嘛。」

這聲音不大不小，但我敢肯定剛起床的霍閔宇一定聽到了。

起床氣，非常不妙。

「我們只是朋友、朋友！」我連忙澄清，甚至刻意咬字清晰，就怕霍閔宇沒聽到我有在努力撇清關係。

「這種話我聽多了，有什麼好害羞的？喜歡就要說出來啊！」他揚聲，我的心臟幾乎要跳出來。

接著他壓低嗓音在我耳邊說道：「如果當天我和柔馨相處不錯，我就要直接追她！成功後一定請妳一頓。」

你的喜歡怎麼不他媽的給我說大聲一點！

簡建還在我身旁打轉，我怕他再不走，就要害我背負劈腿罪名了。

「好、好。」我隨手揮了揮打發他。

我佯裝鎮定的轉身回教室，恰好碰上來上學的任迅暘，白襯衫襯著他的身材纖瘦單薄。

他看了一眼跑遠的簡建，忍不住笑道：「他也要妳幫他？」
聽任迅暘這麼說，簡建大概是把自己的事昭告天下了吧，這麼大嘴巴，還不如去告白呢。
「看狀況吧，還得問問柔馨的意願。」
我的直覺告訴我，這件事肯定不成，因為元柔馨喜歡的人是……
忽然，一抹身影大步流星的從我們之間走過，他行徑刻意且大動作的朝我伸手，我下意識的縮了下肩膀，礙於在學校，他也沒再做出什麼驚人之舉，僅僅拉過我的手腕，「集合了。」將我帶離任迅暘的視線。
我喔了一聲，接過霍閔宇手上的書包，跟在他屁股後。
走廊上，所有二年級都準備帶隊進操場，閻子昱興高采烈的朝我們招手，接著衝著田雅梨咧嘴一笑，露出白亮亮的牙齒。這種忠犬巴結模式，我好像在哪看過？
我用手肘推了推身旁的人，「喂。」
霍閔宇手插口袋，瞥了我一眼。
「他們最近發生什麼事了？」
他看了過去，閻子昱繞著田雅梨打轉，田雅梨嫌他煩，倒也挺樂在其中。
「我怎麼會知道。」
「你還是不是他們的朋友啊？」我回道，繼續看著他們的互動，就怕漏掉關鍵畫面。
霍閔宇忽然彎下身，靠在我耳邊刻意小聲說道：「我顧妳都顧不好了。」
我的臉唰的一下漲紅，立即蓋住兩耳，瞇眼看他，「你很煩耶。」
這個舉動惹來他一笑，下意識的揉了揉我的腦袋。他總說我受不了他的時候，那個表情，那個語氣，他特別喜歡，甚至是享受。

我就說他絕對有病！

正當霍閔宇掐著我的腰搔我癢，而我一邊閃躲時，前頭的元柔馨忽然轉頭，恰巧與我們對眼。她彎起柔美的笑顏，「大家走吧，東西記得都帶到喔！」

三天兩夜的畢旅在遊覽車上的歡唱聲中開始了。

我們一行人坐在後排吃吃喝喝，班上一名自稱「鴿王」的男生忽然吵吵鬧鬧的搶著麥克風要唱歌，大家玩得開心，也沒阻止他。

誰知音樂放下去便是驚天動地鬼哭神嚎，已經聽不出來他是音沒對上，還是落了節拍。靠在窗邊睡覺的霍閔宇忍不住蹙起眉，脣抿得死緊，下一秒眼一睜，標準的罵人架勢。

我連忙拉住他的手，「戴耳機、戴耳機。」

霍閔宇周身漫著陰涼的氣息，為了避免他這個未爆彈隨時爆炸，我連忙掏出包裡的耳機，側身替他戴上，儼然像個小婢女在伺候大老爺。

我靠向霍閔宇，確認耳機塞進了他的耳朵時，猝不及防的，他往前一傾，親了我的嘴角。我的後腦杓正好阻隔了所有人的視線，加上「鴿王」的荼毒，車上一片混亂，全然沒有人注意後座的動靜。

我倒抽一口氣，小聲斥責他：「喂……」

霍閔宇又親了一口，眼裡的笑放蕩不羈，眸底是全然的挑釁，完全不見剛才的火氣。

我緊張的轉頭確認沒人看到後，側過臉就是一瞪，而我緊張兮兮的模樣似乎挑起了他惡質的本性。他扣住了我的手，上身微微靠向我，溫熱的氣息讓我下意識的想要退開，他不讓，長腿一伸夾住了我的腿，我整個人幾乎都快坐到他身上去了，而他輕鬆箝制了我的行動。

我用眼神示意他別鬧，霍閔宇勾勾脣角，墨黑的眸子沉烈炙熱，隱隱帶著勝利者的笑意，似乎要把新仇舊恨算清。

「親我。」他壓低了嗓音，字句輕佻的落進我耳裡，「不要的話，我就直接大喊妳非禮我喔。」他笑得無辜。

現在到底是誰架著誰了？

「同學都在這裡……」我咬牙。

他一臉無所謂的說：「反正是妳親我。」

不知道把他從窗口推下車會不會被發現？

「下車再說，你趕快睡覺。」我好聲好氣的轉移話題。

「妳不親我，我睡不著。」顯然霍閔宇不吃這套，撫著下巴說得煞有其事，「我睡不著就想做別的事。」他懊惱的瞟了我一眼，話說得曖昧纏人，讓人不得不往齷齪的方向想。

霍閔宇似乎看出我的想法，忍不住笑了出來，眼角微彎，嘴角的弧度俊朗閃爍，彷彿融進了窗邊無瑕的陽光，璀璨剔透，卻無人能夠將他收藏在手。

而他，卻執意待在我身邊，不由分說的給了我一片天。

他給的愛過於純淨美好，美好到令我感到不真實，可是他明明始終都在這裡……

見我若有所思，霍閔宇眼眸含光，眼一瞇，瞬間收起笑，「妳不會又要哭了吧，妳最近真的愈來愈會……」

我搶先一步低身貼住他的脣，成功止住他喋喋不休的嘴，最近發現這招挺管用的，至少他不吵鬧了。

「說到做到，腳放開。」見他還愣著，我晃了晃被他箝制住的腳，「傻了啊，你不放我就再親你一下喔。」

要流氓，誰不會？

聞言，霍閔宇眼裡都是笑，笑容肆意且張揚，「夏羽侑妳行啊，學得有模有樣。」

每天耳濡目染，無法青出於藍，至少也是箇中好手。

「好說好說，你身教做得好。」我看向霍閔宇，驚覺自己好像說了不得了的話。

然而再正常不過的話，只要和霍閔宇扯上關係，就會自動染上一層詭異的色彩。

果不其然，霍閔宇幾乎要大笑出聲，我連忙捂住他的嘴避免招惹其他人的目光。他的眸光暗湧，輕動了動唇，溼潤的熱氣在我手上散開，我紅著臉趕緊抽手。

他笑得邪氣，似乎許久不曾如此開心，眼神彷彿暈染出一道光痕，清洌窒人。他舔了舔上唇，灼人的氣息鋪天蓋地席捲而來，他微微靠上我的耳畔，手擱在我的腰，語帶笑意，「真想快點回家把妳壓在床上親。」

我錯了，所有下流事，霍閔宇最會。

他鬆開我的腿，修長的身軀往後倚靠，閉上眼雙手環胸，彷彿所有事都未曾發生，剛才那句引人遐想的話不是出自他口。

我捂著臉，全身的熱意完全退不去。

轉頭便見到田雅梨翻了一圈白眼，笑道：「哈囉，我們還在喔！」

我尷尬的笑兩聲，轉身想捏霍閔宇幾下時，恰巧與坐在田雅梨旁的元柔馨對眼。她水亮的眼眸此刻毫無波瀾，安靜沉默，毫無笑意的注視著我們。

心底沒來由的浮起陣陣冷意，元柔馨絲毫不避諱我的眼神，坦然無懼的模樣好似我犯了什麼錯。

思及此，沉到心裡的那份不踏實油然而生。

那些信的存在，是不可抹滅的事實。

第一站是海洋生物博物館，藍澄澄的海水透著玻璃，讓人彷彿置身於海底世界，頭頂是成群的魚類，繽紛的珊瑚水藻在水中搖曳生姿。

對於新奇事物毫無抵抗力的我，心煩的事隨之消散，當導遊一喊解散，我興奮的拿著導覽圖思忖著要從哪區逛起。

「嘿，小侑，好巧！」簡建小跑步過來，笑得一臉春心蕩漾，他用眼神偷偷瞄了元柔馨，來意明顯。

「喔，你們班今天也是先來水族館啊？」

「對啊，要不要一起逛？」他笑著看了一眼我的組員，視線刻意停留在元柔馨身上，行為舉止明顯到只差沒寫在臉上。

「大家幾乎都認識嘛，咦？任迅暘沒跟妳同一組嗎？」

未等我答話，他的活動長搭擋宋延佑直接將他推開，「關你屁事啊！他們又不是做什麼事都要一起，輪得到你多話了？」

宋延佑一頭紅褐色頭髮，笑容還有些痞，他轉頭看我，「對吧，小侑？」

我愣愣的點頭。

被推開的簡建露出不屑的眼神，切了一聲，「就你最知道。」

宋延佑不理他，朝我笑得和善，「小侑，你們想去哪呢？」

我其實和宋延佑不熟，因此笑得有些尷尬，但礙於不要破壞大家出來玩的心情，還有簡建熱切的請求眼神，我只好說：「珊瑚王國館吧。」

「好，那我們走吧。」宋延佑自然的走至我身旁，距離近得連衣袖都碰在一起了。大概是最近和霍閔宇在一起久了，習慣了他時刻的肢體接觸，導致現在和其他異性靠得近一點，我都有些不自在。

想到霍閔宇現在一定在後面擺臉色，我朝宋延佑笑了笑，微微拉開距離想往田雅梨那邊退去，卻發現她早和閻子昱玩得不亦樂乎，兩人旁若無人的打鬧。

我已經不想了解閻子昱是怎麼跑來的。

「小侑想看水族館的什麼動物啊？」宋延佑放慢腳步，笑得痞氣。

對於他的過度熱情我仍舊感到不自在，「嗯，滿想看小白鯨的。」

一旁的簡建忽然插話，「我倒比較想看企鵝！」他大概是不敢和元柔馨搭話吧。

宋延佑斜簡建一眼，「誰問你了？滾開！」

「唉唷！人家小侑是你的嗎？還不給說話呢！」簡建欠打的說著，「來！來！小侑妳跟我過來，別跟這個花心大蘿蔔一起，我看他上回也這麼和學妹搭話，這種人最愛釣魚了啦，來水族館剛剛好。」

簡建還繼續在旁添戲，手裡假裝拿著釣竿揮了揮，「快去釣啊，種類很多，任君挑選。」

我被他誇張的動作給逗笑了。

宋延佑死命瞪他，但見我笑得開心，忽然嘴一揚，「妳笑起來很好看。」

面對如此直白的稱讚，我不爭氣的臉一熱，連忙撇開視線。

他似乎覺得我的反應有趣，伸手想摸我的頭，卻被我後方的人一手拍掉，聲音不大不小，在我們幾人之中卻很響亮。

宋延佑臉上的笑意倏地一僵，他的手持在半空中，簡建也驚嚇的抖了一下肩膀，氣氛夾雜著騰騰火花，其他人也紛紛看了過來。

霍閔宇微揚著下巴，眼眸帶笑，神色令人捉摸不定。

宋延佑不滿的挑起一邊的眉，不明所以的看著他。

「有事？」宋延佑問。

霍閔宇從容自若的回道：「她不喜歡。」

氣氛霎時凝結，一旁的田雅梨和闔子昱則一副看好戲的樣子。

我擔心霍閔宇會做出脫序的行為，連忙點頭附和：「呃，對、對。我不喜歡和不熟悉的人靠太近。」我急忙與他劃清界線。

宋延佑挑了挑眉，還想說什麼時，霍閔宇忽然接話，「你的手要是不摸幾下不行的話，不如我讓你摸吧。」

全場一片靜默。

宋延佑立刻護住自己的身體，一副受到性騷擾的模樣，大喊道：「我、我先說，我喜歡女的！女的！」

「你想太多了！霍閔宇交女朋友的時候，你還不知道在哪裡呢！」簡建邊笑邊說，「搞不好還只會偷掀女生裙子呢！」

語畢，我們一群人笑成一團，尷尬的氣氛就此化解。

我們一同走入海洋隧道，淺藍色的流光散落在每個人的臉上，雪色白鯨自我們的頭頂游過。

我看著瞬息萬變的海底世界，收藏所有駭浪，卻未有隻字片語，而我們不過是將大海的一部分侷限在這兒，也同樣讓它看盡所有悲歡離合。

大海其實也挺辛苦的。

我皺了皺鼻子，轉過身便看見簡建一臉憂愁的站在我身旁。

「唉——」

「怎麼了？」看個海洋生物有必要這麼唉聲嘆氣的嗎？

「我是不是沒希望了？」

「啊？」

「小侑，妳老實說，如果我和霍閔宇給妳選，妳會選誰當男朋友？」

呃，我好像沒得選啊。

見我沒吭聲，簡建立即哭喪著臉，「我就知道！長得不帥又不是我的錯，身高太高也不好吧，女生若是太矮會很辛苦的。」

我贊同道：「真的有點麻煩，很多時候都需要踮腳，不然就是要他蹲低。」

簡建看了我一眼，「很有經驗嘛，男朋友不會就是……」

我緊張的叫了一聲，「沒有啊，電視都這麼演啦！」轉了轉眼問道：「你怎麼了？」

他努努嘴要我看向斜後方，我側身便看見霍閔宇和元柔馨站在一起，他們似乎是聊了什麼有趣的話題，霍閔宇的視線落在隧道，嘴角帶笑，而元柔馨就這麼乖順的聽著，清澈的眼底滿是流光溢彩。

兩人在一起的感覺恰到好處，氛圍意外的融洽與舒適。

我瞬間就明白簡建的意思。

「你是覺得……」我的喉嚨有些緊澀，「元柔馨喜歡霍閔宇。」

我最終還是得出這樣的結論了。

「不夠明顯嗎？」簡建一張臉都垮了下來。

是啊，一直都很明顯。

只是我選擇一再忽略，反覆的將所有猜測歸因為我想太多，不把元柔馨一次又一次的暗示當一回事。

簡建的眼睛忽然一亮，像是尋求最後一線希望，「霍閔宇有沒有女朋友？他這麼搶手應該有吧！求妳告訴我他有！」他扯住我的手臂，情緒激動不已。

有啊，就在你面前，還陪你看了一場男朋友與別人有說有笑的畫面。

然而，我竟然無力阻止，我連站出去大喊「霍閔宇是我男朋友」的勇氣都沒有。

面對我們的感情我一直沒有信心，如今那些匿名信件擊碎了我最後的希望，而我早已踏進了他給的關係。

「到底有沒有啊？妳跟他不是青梅竹馬嗎？」簡建搖著我的手，「應該跟他很要好吧。」

青梅竹馬。

我斂下眼，扯了扯嘴角，「我不知道。」

晚飯時，我聽著眾人說笑的聲音有些恍惚，這時「鴿王」又嚷著要唱歌了，現場更加混亂，笑聲也更大了。

晚上七點，全體師生準備去大吊橋欣賞一場煙火秀。同學們興奮的沿路大呼小叫，班導們各個心驚膽跳，就怕誰落單。

為了搶到最好的位置，大家都爭先恐後的推擠，對於需要爭搶的事一向不擅長的我，沒多久就被拋在隊伍後頭。

我也不急，慢騰騰的跟著前進。

大概是霍閔宇太引人注目，即便我們隔著一些距離，我還是一眼就在人群中看見他。

而我也在人海中看見元柔馨白皙純淨的小臉，她個子小，短短幾分鐘內接連好幾次都差點被其他人推倒。

霍閔宇似乎看不過去，伸手提起她的手臂，「妳走我前面。」

元柔馨仰起小臉看向霍閔宇，柔柔一笑，圓亮的雙眼都笑瞇了，霍閔宇也低頭朝她彎起唇。

在這麼危急的狀況下，我以為自己能夠以平常心去看待，霍閔宇僅是出於舉手之勞。

「元柔馨喜歡霍閔宇。」

只要發現她對霍閔宇藏有心思，心情便再也無法坦然了。

我無意識的停下腳步，來不及細想，下一秒就被後頭持續湧上的路人撞了好幾下。我踉蹌幾步，眼看就要撲向地面時——

「小心！」對方立即拉住我的手臂，另一手貼心的圈過我的腰，怕我重心不穩，「沒事吧？」

我驚魂未定的看著任迅暘溫和卻帶著擔憂的表情。

「怎麼心不在焉呢?」他皺眉。

「喔，在想等下夜遊的事，怕漏掉什麼環節。」我朝他笑了笑。

「說謊。」任迅暘不怒反笑，忽然伸手揉了揉我的腦袋，突如其來的重量讓我的眼淚差點落了下來。

我沒有否認，突然說道：「你其實想和你的青梅竹馬和好，對不對?」因為根本無法憎恨，更無法遺忘。

他愣了下，臉上的表情似笑非笑。

「對不起，我最近一直提到你的青梅竹馬，我不是故意的。」

看著任迅暘，就像是看見以後的自己，思念滲透生活的每一個角落，清晰得無處可躲。

許久，他自嘲道：「其實……我很想她。」

這是我第一次見到他清澈無垠的眼神，亦是被他深深掩藏，真正的自己。沉痛密不透風，他從來就沒有好起來過。

忽然，一雙灼熱的大掌熨上我的皮膚，大手攬上我的腰，隔開我周圍的人群，將我撈到他前方。

霍閔宇瞥了一眼任迅暘，接著低眸，「走了。」

我有些慌亂，就怕他又要胡思亂想，於是我下意識的握緊他的手，他的指間有些僵。而後他無奈的呼了一口氣，緊緊回握，帶著滿滿的暖意。

抵達觀賞景點時，視野好的位置幾乎都被搶走了，我們只能眼巴巴的在遠處望著。

因為身高緣故，我的視線只看得見一堆後腦杓在我眼前晃啊晃。在我不知道跳上跳下幾次後，身後的霍閔宇俯身說道：「要不要我抱妳？」

我驚愕的轉過頭，「我不……」話還沒說完，他快速吻了我一口，接著露出得逞的笑容，若無其事的挺起身。

好在夜晚視線不佳，所有人也都專注的在期待著煙火。

看來霍閔宇早就預料到我會拒絕，只是要我轉頭給他親。

無恥！

我用手肘氣呼呼的撞了下他的肚子，惹來他低笑。

我將視線重新放回前方，恰巧和不遠處的元柔馨目光相接，我微微愣怔。個子嬌小的她，彷彿下一秒就會被巨大的人潮淹沒。

她的身邊站著簡建，他似乎成功與她搭上話了，正嘰哩呱啦的和她說著話，認真的想和她拉近關係，建立好印象。

元柔馨依舊噙著淡淡溫柔的笑容，眸光淺淡如水，一瞬不瞬的看著我們，更正確的來說，是看著我身後的霍閔宇。

在那一瞬間，我彷彿讀懂她盈盈目光下所隱含的情緒，有著眷戀、惋惜，甚至是一點點的期盼。

果然是這樣。

下一秒，元柔馨發現我的視線，倉促的朝我笑了下，就轉身面對還在說話的簡建。

「煙火要開始了，妳在看哪裡？」霍閔宇惡質的掐住我的臉頰。

煙火如同盛開在夜空中的繽紛花朵，綻放於漆黑，零星的火花墜入夜幕，讓這座寂寥的城市增添了一絲歡愉。

每個人眼底都映照著絢爛無邊的煙花，包括霍閔宇。

俊挺的鼻梁，性感微彎的脣角，總是帶著輕佻與自信。真難想像，我就這麼的待在他身側，直到現在。

從青梅竹馬變成男女朋友，我們依舊打打鬧鬧，唯一不同的是，多了喜歡。

「這麼想看我，還不如剛剛就待在飯店，我讓妳看個夠。」我一愣，見他不知何時也垂眸看向我。

我扯了扯嘴角，他真是怎麼講都讓人覺得臉紅心跳。

於是，我心一橫，「我看不到啊。」我踮了踮腳，拉長脖子道。

「就說我抱妳了……喂！去哪？」

我快速的在人群中鑽來鑽去，但對人高馬大的霍閔宇來說簡直是寸步難行。

我沒想到他真的會追上來，我只是想找個空曠的地方待著，因為思緒好亂，待在他身邊就會一直胡思亂想。

好不容易鑽出人群，我想也沒想就跳上一旁砌成方形的水泥塊，小心翼翼的撐著一旁有些腐鏽的欄杆，維持平衡。

這個角度只能看見煙火消失的灰燼，如同隕落的流星，點點消逝在空中，最後歸於黑夜。

入夜的風微涼，拂過耳畔，耳邊是橋下潺潺的水聲，我抬眼看著沒有盡頭的夜。

「夏羽侑妳耍我啊？」後來跟上的霍閔宇，頭髮被風吹得有些凌亂，「這裡是要看什麼煙火？」他皺眉站在我身旁，望著眼前一望無際的夜色。

可惡，我坐這麼高，霍閔宇居然只比我矮了半顆頭。

「我想吹吹風。」

他仰眸，接著伸長一隻手臂擱在欄杆上，將我圈在他身側，以防我站不穩摔下來。

看著他不經意的舉動，我眼眶一熱。

別這樣，我會愈來愈捨不得你。

我被心裡頭抗拒的聲音給怔住，隨即斂下眼不讓霍閔宇察覺我的異樣，他的觀察力有時也是精準得令人無所遁形。

我快速轉換心情說道：「這種優越感是怎麼回事？」我低頭看他，眼裡盛滿笑意，「你那股不知從哪來的爆棚自信，就是這麼養出來的啊？」

這是我第一次看到霍閔宇的頭頂，平時他惡作劇的抱我轉圈時，我都因為害怕飛出去，死死的將自己埋在他胸口。

霍閔宇無言，「這跟身高無關。」指了指腦袋，「是這裡。」

我嗤笑一聲，張開手緩緩靠向他，接著環住他的脖子，屬於他的氣息旋繞在我的周圍。

「原來你每次抱我都是這樣的視野啊。」能夠看見我身後的一切，卻看不見自己的。

耳後傳來霍閔宇的哼笑聲，帶著愉悅與滿足。他另一手環過我的腰，臉靠在我的鎖骨處。

風瑟瑟的拂過我的臉頰，吹散了我的髮絲，我的鼻頭莫名一酸。

「我好像都沒有跟你說過……」

「嗯？」

「我喜歡你。」不是信上那個女孩的喜歡，而是我的喜歡。

我能感受到他的身軀微頓，隨後傳來低低的笑聲，他順勢將我抱緊，「嗯，我知道。」

「你才不知道。」我抿了抿脣，儘管他不會看見，我還是硬撐起了笑。

他從我懷中探出頭，眉宇輕攏，帶著一絲無奈的嘆息，「到底要怎麼做，妳才會相信我是認真的？」

我有點慶幸自己還是笑著的，以至於沒讓他撞見我眼底複雜的情緒，「我相信你的這份喜歡是認真的。」

霍閔宇看著我沒說話，眸光在夜色中顯得沉。

我讚賞的伸出手揉了揉他的頭髮，「做得好啊，我們閔宇。認真喜歡一個人的感覺是不是還不賴？」

「妳這是自誇嗎？」

「不敢、不敢。」我失笑。

他挑眉，脣畔彎起好看的弧度，「我說過獎勵不是用說的。」

「那來抱一下。」

「不要。」

「要親是吧？」

他不置可否的等著我。

「你親得到就讓你親嘍。」我微微往後仰，拉開距離，我現在可是比他高。

「是嗎？」

我大方的點頭，「我隨便你。」

「說話算話啊。」霍閔宇勾起笑，讓我心生不安。

「喂，等等，我要講個規則！啊！」他直接把我抱下水泥塊，我的視線由高轉低，傲人的氣勢瞬間消失得無影無蹤。

「我這個人沒規則，妳忘了嗎？」

籠罩在他龐大的氣場下，我整個人縮得死緊，情急之下直接大喊：「女朋友說了算！」

「當然，妳說了算。」我聽了呼了一口氣，孰料他又說：「妳剛說隨便我，所以我要是不做些什麼，就是不把妳的話當一回事了，妳說是嗎？」

我很好奇，他這人歪理說那麼多，怎麼都不會口渴？

「準備好要隨便我了嗎？」他朝我傾身，嘴角彎彎的揚起，眼裡的邪惡之光四溢。

我吞了吞口水，幸好這裡沒什麼人，「真的不能太超過喔！」

「我考慮。」

語落，他靠近我，微熱的指腹撫過我的臉頰，接著雙手捧起我的臉，微微斂下眼。我緩緩閉上眼，直到他溫熱的唇隔著瀏海碰上我的額頭，暖暖的印在我的額際。

「我愛妳。」

我猛然張開眼，心跳彷彿跟不上呼吸，見他慢慢退開，嘴角依舊掛著自我的笑容。我慢半拍的雙手捂著嘴，唇一抿，眼底滿是溼潤的霧氣。

「好煩。」

你這樣，要我怎麼辦？

「我愛妳，妳嫌我煩?」他的笑臉一秒收起。

我失笑出聲，看著他傻臉緊繃，我盈滿眼眶的淚也隨之溢出。

「這樣也要哭。」他皺眉，用指尖劃開我的淚水。

「我這是感動、感動。」吸了吸可能早已紅通通的鼻子，「你怎麼在不知不覺中長這麼大了?」

霍閔宇的手擦淚擦到一半，轉而惡質的掐住我的臉頰，沒好氣的說：「我可是比妳大三個月。」

「三個月有什麼了不起。」

「智商也高妳三倍。」

「你走開，我要把眼淚吸回去。」

煙火就在所有人的嘆息中結束。

沒有人知道我和霍閔宇看的是一片遼闊的夜色，和零星的住家燈火。

離開前，霍閔宇還不可思議的看著我，「跟妳在一起，我都開始懷疑我的人生到底是出了什麼差錯。」

辛苦擠進人群，最後只看了一片漆黑的景色。

我調皮的朝霍閔宇扮了鬼臉。

他不知道在那短暫的片刻中，我任性的忘卻現下要面對的問題。即便做的是荒謬的事，卻是我心靈最平靜的時候。

因為有他，有我，是我們。

回程的路上，田雅梨跑過來推了我的肩，「剛剛偷偷摸摸跑去哪裡啊?」

「就在旁邊而已。」

「搞得像是地下戀情一樣。」田雅梨撇了撇嘴，「又不是見不得人，這麼保密，我看霍都要憋死了。」

我笑了笑，地下戀情聽起來就不會有好結果。

「如果他能接受……」如果我說了實話，而霍閔宇也不在意的話，等到那時候，我們就正大光明的公開吧。

心安理得的和旁人說，我們在一起了，我們是情侶，霍閔宇是我男朋友，他是喜歡我的。

「接受什麼？」

我模稜兩可的說道：「接受我是她女朋友啊。」

「不是早就是了嗎？」田雅梨不解的說，「真不知道妳到底在想什麼。」

「要是我們都好好的，要不要考慮暑假來個四人約會啊？」

「四人？第四個是誰？」田雅梨愣了愣，精緻的臉蛋一紅，一掌就朝我劈了過來，「我、我跟醃豬腦才不可能！誰准妳擅自配對！」

「小心！我之前也說過這樣的話，結果妳看看……」最後我還是栽在霍閔宇手裡。

我攤手，「話不能說得太死。」

我下意識的瞥向不遠處的霍閔宇，他好似知道我在看他，下一秒目光不偏不倚的對上我。眉宇一挑，一副就是窺探過我腦海想法的自傲模樣。

正當我心虛的想轉過頭時，他身旁的元柔馨也順著他的視線看了我一眼。

今天的她幾乎都會跟著霍閔宇，習慣性的低頭不多言，就連聒噪的簡建都快沒笑話可說了。

大概是不習慣這麼多人的場合，所以只能跟在她最熟悉的霍閔宇身邊。

最熟悉？

我皺了皺眉，忽然想起上回我和霍閔宇吵架時，元柔馨一語就道出霍閔宇的個性。

他個性張揚狂妄，但有些情緒藏得很深，有時候我都不知道他的心情是開心還是生氣。

但是元柔馨好似都知道，兩人共事的時候默契十足。

為什麼？

他們明明只是高一的同班同學，霍閔宇第一次見到她時，甚至還喊不出名字，可見平常沒什麼交集。

那些信會不會是……

我的腦袋閃過一抹荒誕無稽的想法。

不可能啊！她看起來不像是會做出模仿字跡這種事的人。

元柔馨咬唇笑了的模樣，忽然占據我的腦海。

我擰起眉，恍惚間再次對上元柔馨圓潤的雙眸，她微微一笑，眼神柔軟毫無雜質，卻透澈得令人感到不真實。

似乎有什麼變了。

「雅梨，柔馨是念什麼國中啊？」

她聳肩，忙著和身旁的閨子昱打鬧，「不知道，沒聽她提過。搞不好跟我們同一所的，柳高滿多學生以前是念我們國中的。」

「那我怎麼對她沒什麼印象？」

「元柔馨看起來就不是愛搶風頭和高調的人，不知道很正常吧。」她不以為意，「而且我們國中有十二個班，有些還在對面棟，很多人根本都不認識。」

「是喔。」

為什麼我會這麼不安？

「幹麼？」田雅梨隨口一問，我還未回答，她就轉身掐住閻子昱的脖子使勁晃，「你這臭小子，就說不要隨便碰我了！」

我無言，怎麼看都覺得是田雅梨在弄他。

晚上十點，參加夜遊的學生在飯店大廳集合，教官和老師再次提醒集合時間，絮絮叨叨又說了些規定才終於放人。

我們進到了一間桌遊店，在自助吧拿了一些食物後，意見最多的宋延佑馬上就坐不住了，直嚷著要開始玩遊戲。

「先玩撲克牌？」

「那多麻煩，還要發牌、洗牌。我想吃東西，想個簡單一點的。」田雅梨駁回。

閻子昱搔了搔頭，乖巧的喔了一聲。最近看他多次禮讓田雅梨的小忠犬模樣，我就覺得好笑又羨慕。

羨慕他們自然且沒有負擔的相處。

「真心話大冒險！」宋延佑彈了聲響指突然說道。

花花：「好啊，好久沒玩了。誰先開始啊？」

月半：「要加入大冒險喔！」

所有人興致高昂的圍坐成一圈。

我其實很害怕玩這種團康遊戲，因為我通常是最「幸運」的那個人。

宋延佑當場帥氣的灌完一瓶啤酒，直接拿空瓶當作轉盤，「我當第一個。」說完，單手轉起玻璃瓶。

高速旋轉的玻璃瓶漸漸緩了速度，大家屏氣凝神，直到最後靜止。

「小侑！」

我就知道……

宋延佑笑嘻嘻的問：「真心話還是大冒險？」

「真心話。」

「玩這麼小啊？」他有些挑釁，笑得油膩，「不會是怕我對妳怎麼樣吧？」

我笑笑，想都沒想的說：「把大的留給你玩啊。」

也不知這話是有暗示效果還是什麼諧音，總之宋延佑朝我笑得很燦爛。

「既然妳都這麼開口了，我待會兒就直接大冒險！」

語畢，一些男生開始鼓譟叫好，宋延佑得意的仰著下巴。

「妳有沒有喜歡的人？」

現場立即爆出歡呼聲，宋延佑問得有些刻意，彷彿在和大家宣示主權，混淆我們的關係，讓我想跑都跑不掉。

宋延佑眼裡的輕佻未減，定定的看著我，「有嗎？」

「有。」

周遭的朋友拉出曖昧的長音，安慰的拍了拍宋延佑的肩。

「在我們這些人之中？」他似乎是察覺什麼，訕訕問道。

說是的話，就太明顯了。

我的眼神甚至不敢瞟向右前方的霍閔宇，不知道他現在的表情是怎麼樣……

「小侑已經回答過了，如果要問這題要等下一輪。」忽然，一道細柔的嗓音唯唯諾諾的響起。大家順著聲音看去，是坐在霍閔宇身旁的元柔馨。

冬冬：「就是說啊，你不要濫用遊戲規則啦！小侑別理她，換妳轉瓶子了。」

聞言，宋延佑摸了摸鼻子坐下，隨後笑咪咪的對我說：「妳要自己私底下告訴我也是可以喔。」

我笑了笑，「應該是不會有那種時候才對。」

對於我毫不留情的拒絕，大家爆出笑聲，拍著宋延佑的肩，要他堅強活下去。

我默默鬆了一口氣，這樣公開的婉拒，霍閔宇應該就不會太生氣吧。

話是這麼說，但我還是沒膽看他。

我起身轉了瓶子，順著瓶子停下的方向看了過去，是元柔馨頗有難色的臉。

暖暖：「咦？好像說了話就會被轉到，那我現在開始閉嘴。」

賴賴：「白痴，妳已經說話了。」

「小侑，快問吧。」簡建巽常積極，朝我眨了眨眼，又轉轉眼，彷彿顏面神經失調。

他的問題連問都不用問，元柔馨不會喜歡他的，她喜歡的人是……

我看向元柔馨，她緊張的扣著手指，眨著圓潤大眼看著我，似乎是希望我可以手下留情。

我呼了一口氣，「妳寫過情書嗎？」雖然覺得很荒謬，但我還是問了。

聞言，大家面面相覷，完全不明白為什麼我會問這麼莫名其妙的問題。一旁的田雅梨甚至推了推我的手臂，小聲道：「都什麼年代了誰還寫情書啊？」

只見元柔馨默默的咬了咬唇，柔嫩的臉蛋有些紅，輕輕的嗯了一聲。

我的心咯噔一下，忽然覺得有股涼意，腦海不斷重播元柔馨細嫩的肯定聲。

周圍因為這個答案而熱鬧的起鬨，「柔馨好可愛喔！我也好想收到妳寫的情書。」簡建誇張的捧著胸，一旁的人嫌棄的推開他，要元柔馨快跑，別被變態大叔纏上。

「嗯，換妳了。」我笑著看她。

不過就是寫情書，而且女孩子寫信告白很正常，我沒必要為了一個答案而耿耿於懷。

瓶子轉到宋延佑時，他高舉起手，在大家吹捧中浮誇的站了起來。

「剛剛說好要大冒險，元柔馨妳就儘管吩咐吧，想要我幹麼就幹麼。」宋延佑挑了挑眉，依舊是油腔滑調，「都聽妳的！」

元柔馨臉一紅，小臉低垂。

語落，現場的氣氛高昂，大家瘋狂拍手尖叫，大喊著宋延佑是撩妹高手。

「大冒險啊……」元柔馨困擾的轉著大眼，沉吟了幾秒，「不然你隨便和現場的其中一人握手。」

月半：「這太容易了吧！」

花花：「這種時候就是要親一下、親一下、親一下……」

現場一面倒的親、親、親！田雅梨和閣子昱也被這歡樂的氣氛影響，勾著我的肩齊齊喊著。我默默的點點頭，果然高中生壓力大，玩得也很大。

宋延佑自以為帥氣的用手在空中比劃了一下，大家也很配合的安靜下來。

我撐頰，分神的看了一眼牆上的時鐘，要在十二點前回去才行。回過神來，宋延佑已經站在我面前，兩眼含笑的看著我。

我有不好的預感。

「應該可以吧?」

我左看右看了下，決心裝死到底。

「有喜歡的人，不代表不能親，對吧?」宋延佑一臉邪惡。

在還沒搞清楚情書是誰寫的時候，我不能隨意說出霍閔宇是我的男朋友，因為我真的不敢確定，說出來後我們的感情是否還能這麼順利。

「所以可以吧?」宋延佑又問了一次。

「你不能找別人嗎?」

「我就是想親妳呀。」

除了知情我和霍閔宇關係的人外，其餘的人都一致想跪拜撩妹大神。

田雅梨嘖了一聲，「她跟那個人正在曖昧，快在一起了，你就換個人吧，別讓小侑為難。」

「曖昧?」宋延佑揚聲，「曖昧又不是交往，夜遊不就是來玩嗎?何況對方也不在這兒，沒人說出去，誰知道?」

大家都想看好戲，自然紛紛舉手發誓絕對不會透露。

但現在那個人就坐在這!而且我敢肯定，他現在一定想把我埋了!

「我覺得不太好。」我面有難色。

「該不會那個人就在這裡吧?」宋延佑笑得高深莫測，環顧了下周圍，我的心臟一縮。

接著他又皺眉，嘲諷的說：「這就不對啦，看到自己喜歡的人要被別人親了，他還不現身，似乎不太在乎妳喔，妳確定對方不是跟妳玩玩？」

我的額頭滲出冷汗，這麼棘手的狀況，我都不敢想像等一下會發生什麼事。

「簡建，這跟我們當初說得不一樣。」在我身旁的任迅暘忽然說話，聲音一如往常的溫和，卻帶著一絲質問，「我們籌備活動主要是希望大家玩得開心，可是現在明顯是有一點強迫了。」

身為主辦人之一的簡建對於現在尷尬的狀況也有點頭疼，連忙拉過宋延佑，「別鬧了！她和任迅暘是一對的，人家就不喜歡你，你硬來有意思嗎？不要讓我難做人啦！」

我說簡建啊，你是來救我的，還是來害死我的？

「你這麼想親人，我讓你親總行了吧！來！來！過來！」簡建一臉自我犧牲。

「嘖！走開！」宋延佑嫌棄道，「真無聊！大家有伴還來幹麼？什麼都不能玩，搞得我都沒興致了。」他撇嘴，隨後轉頭看向元柔馨，朝她伸手。

元柔馨愣了下。

「妳剛剛不是說隨便和一個人握手嗎？這局大冒險總還是要做吧。」他晃了晃自己的手，催促著元柔馨上前握住，「我還得給自己臺階下。」宋延佑自嘲道。

元柔馨呆呆的點頭，伸出嫩白的小手，當兩人快握上時，她身旁從遊戲開始就未吭聲的人忽然拉住元柔馨的手腕，阻止他們握手。

「閔宇？」

「臺階給這種人是浪費。」他說，聲音清冷，「別握，髒了妳的手。」

再次遭人拒絕的宋延佑臉色徹底黑了，「哇哇！這邊又是怎樣？你們也一對？」

霍閔宇抿唇不語。

「你們五班是怎樣？專出班對？」宋延佑一臉不可思議，「這邊一對、那邊一對，旁邊那兩人看起來也是一對！」他指了指田雅梨他們。

被人這麼正大光明的說出來，田雅梨臉皮薄，立刻就紅著臉跳起來喊道：「誰跟他一對啊？而且我們不同班好嗎！你不要被拒絕就東扯西扯，自己沒本事……」

宋延佑還未回嘴，閣子昱倒是不爽的站起身，質問田雅梨：「妳這話什麼意思？講得好像跟我在一起很倒楣一樣！」

田雅梨一如往常的準備開罵，然而此刻閣子昱卻異常認真的注視著田雅梨，讓她到口的罵聲硬生生吞了回去。

閣子昱的好脾氣是公認的，雖然嘴巴壞了點，但還真沒見過他這麼嚴肅。不見他平時傻里傻氣的笑容，田雅梨貌似也不知如何是好。

但田雅梨的脾氣是出了名的倔，要她道歉是不可能的，而閣子昱這次似乎也鐵了心不給她好臉色看。

而另一旁，宋延佑和霍閔宇正無聲的對視。

看著他們僵持不下，現場氣氛瞬間降到冰點，所有人都不敢吭聲，擔心自己出聲音，馬上就會成為箭靶。

我疲憊的扶額，悄悄和身旁的任迅暘交換了眼神。

認真說起來，身為活動長的我們也有責任，畢竟活動是我們規劃的，結果鬧成這般不愉快。但我實在沒膽子勸阻，總覺得事情就是因我而起的。

「我就要握，你想怎樣？」宋延佑忽然說道，端著輕浮的笑，語氣滿是挑釁與輕蔑。

「你可以試試看。」霍閔宇依舊一臉雲淡風輕，眼神毫無起伏卻埋著凌厲，透出絲絲危險氣息。

宋延佑忽地冷笑，「霍閔宇是吧？早聽過你不少傳聞，據說玩女人很厲害？」他的語調輕佻，轉頭看向元柔馨，「跟著這種人好嗎？怎麼被玩都不知道。」

「宋延佑好了啦！」簡建出聲制止。

「幹麼？你們不說，就我來說啊！反正都是事實。」宋延佑揮開簡建阻攔的手，朝霍閔宇走近。

霍閔宇依舊冷著一張臉，眸底的情緒張狂暗湧。

「老子今天心情好，所以就奉勸你幾句，做人還是正當點，別總是一副自以為是的樣子。」宋延佑伸出手，所有人的神經瞬間緊繃，只見他勾起一邊的嘴角，刻意拍了拍霍閔宇肩膀上的灰塵。隨後帶著充滿善意的笑容，靠在霍閔宇耳邊輕聲說道：「否則，哪天自己的女人怎麼被別人弄都不知道。」

我的呼吸一窒，空氣陷入前所未有的死寂，只剩宋延佑自得其樂。

霍閔宇的瞳孔倏地凝滯，眸光迸出寒光，染上一抹嗜血與厲色。他揚手，下一秒拳頭重重的砸在宋延佑臉上，力道毫無保留。

撞擊聲令現場尖叫四起，所有人皆驚恐的退到牆邊。

宋延佑狼狽的翻滾在地，桌上的碗筷因為他的碰撞掉了一地，清脆的敲在磁磚上，硬生生的碎了滿地，包廂一片混亂。

然而霍閔宇卻不罷休，脣角勾起陰涼的笑容，眼底盡是失控。

「霍閔宇！」我驚愕的喊住他，希望他能停下。

想跑過去阻止他時，身旁的任迅暘忽然拉住我的手，皺起眉，「小侑，別過去，會受傷。」

我愣了愣，發現任迅暘的目光落在一地雜亂的地板上，忽然明白他是怕我赤腳會踩到碎片。

霍閔宇忽然哼笑出聲，嘴角攀上一層冷意，眸色陰霾的掃過任迅暘拉住我的手。

我的心一涼。

霍閔宇沒再看我，轉頭對著趴在地上正粗魯抹臉的宋延佑彎起嘲弄的笑，眸底的狂躁不見退去。眼看他步步逼進宋延佑，好幾次差點踩上陶瓷碎片卻不自知。

我看了好害怕，如此控制不住情緒的霍閔宇，我是第一次見到，而我卻沒有勇氣靠近他。

他在宋延佑面前站定，雙手隨意的插放口袋，居高臨下勾著戲謔的笑容，彷彿宋延佑在他眼裡不過就是隻被逗著玩的寵物。

恐懼盤繞著我。

霍閔宇清俊的臉掛著淺笑，笑意卻不達眼底，他漫不經心的打量著宋延佑，仰著下巴，眸光凜凜。

頃刻間，一道細小柔軟的聲音劃破了沉悶的空氣，「閔宇，拜託不要，已經夠了……」不知何時，嬌小的元柔馨已經橫跨了滿地狼藉，從後環抱住霍閔宇，小小的身軀都在顫抖。

元柔馨明明也很害怕，卻義無反顧的踏著滿地碎片走了過去。

霍閔宇停手了，微微斂下冷峻的眉眼，看著死死纏住他腰際的手臂，驀地勾起一抹自嘲的笑容。

所有人皆鬆了一口氣，簡建趕緊把嚇得縮成一團的宋延佑扶起身，他的牙齒甚至還在發顫。見有人動作後，大家也忙不迭的開始收拾殘局，就怕到時引來服務生通報學校，事情鬧大對誰都沒好處。

現場沒人敢說話，任迅暘和其他班活動長也開始維持秩序，讓所有人直接回飯店。

和眼前的慘況比起來，本來也處於僵局的田雅梨和閻子昱根本是小巫見大巫，於是默默的站在一塊，私下和好了。

「喂，你去看看霍啦。」田雅梨推著身旁的閻子昱。

「為什麼又要我去送死？」閻子昱抱怨，「找小侑啊，他們不是……」

「給我閉嘴！」田雅梨拍了下他的頭，「囉哩囉嗦的，走啦，我們一起去。」她拖著閻子昱的手，回頭給了我一記不要擔心的眼神，接著走向沉著臉的霍閔宇。

我第一次覺得如此無能為力。

我努力打起精神，彎身準備拾起地上破裂的陶瓷碗，這頓飯還真是毀得徹底。

倏地，任迅暘伸手制止了我的舉動，另一手拿走我手上的陶瓷碎片，「這邊交給我來處理，妳先帶柔馨去看醫生，她的腳剛剛應該踩到了一些碎片。」

我後知後覺的看向坐在沙發上的元柔馨，她皺著細眉審視自己的腳，白色的襪子染上一絲絲血跡，幸好有襪子阻隔，否則光著腳踩下去，後果肯定不堪設想。

「我陪妳去包紮。」我走上前說道，「妳還能走嗎？還是我叫計程車？」

元柔馨沒有看我，好似她的傷勢一點都不重要，她分神的看著處在角落面色緊繃的人，「妳還是先去看看閔宇吧。」

我的心一陣酸麻。

元柔馨擔心的不是受傷的自己，而是傷人的霍閔宇。她在意他的情緒，勝過自己的好與壞。

我咬住唇，忽然覺得自己好差勁。

在霍閔宇身邊的是我，他需要我的每個瞬間我卻不在，反倒讓別人來提醒我。

「但妳得先去處理傷口。」最後我還是這麼說了。

因為我知道，即便我留下來也於事無補，現在的我也許安慰不了霍閔宇了。

元柔馨還是不放心，看似有話要說，角落忽然傳來一道淡然低沉的聲音，語氣帶著疲憊和安慰，「聽她的吧，我沒事。」

我看了過去，然而霍閔宇早已轉身，明顯不想和我對眼。

我沒有多說什麼，扶著元柔馨就去看醫生。

幸好傷口沒什麼大礙，僅僅只是微微劃傷，醫生說按時擦藥，保持傷口乾燥，一、兩個禮拜就能恢復了。

「太好了。」我說道，「我陪妳回去吧。」

元柔馨應聲。

坐在計程車上的我們沒有交談，各自望著窗外。

我透著玻璃窗反射見到元柔馨低垂著臉，臉上不知是過於疲累，還是傷口讓她發疼，少了些平時溫順乖巧的模樣。

她看著自己的手若有所思的模樣，我這才意識到，元柔馨剛剛抱了霍閔宇，在他狂怒暴躁的狀態下，她居然有勇氣挺身而出，該說她是勇敢，還是……

我甩了甩頭。

「對不起，霍閔宇讓妳受傷了。」

元柔馨依舊盯著自己的手，沒有回話。

在我以為她不想說話時，她忽然開口：「妳不覺得自己才是最該道歉的人嗎？這件事不是因妳而起的嗎？」

我微頓。

「閔宇這麼在意妳，然而妳給了他什麼？」元柔馨彎起笑，「不安？懷疑？猜忌？讓這一切失控的人難道不是妳嗎？」她看向我，水亮的大眼染上一抹冰冷。

我一瞬間啞口無言。

她太了解霍閔宇了，讓我無從反駁。

我深吸一口氣，「妳喜歡霍閔宇吧。」

元柔馨沒有說話，卻也沒有逃避我的目光，直勾勾的望著我。沉默的對視，反倒讓我感到片刻的心虛。

站在霍閔宇身側的明明是我，然而看著元柔馨，我居然有一瞬間覺得自己沒有資格。

我微微斂下眼睫，意外的發現嘴角再也提不起笑了。

我鼓起勇氣，顫抖的問：「仿冒我的字跡，寫情書給霍閔宇的人……也是妳吧。」

世界上不會有這麼多巧合的！

元柔馨沒有辯駁，更沒有否認。

「為什麼這麼做？」最終，還是我先開口，「如果霍閔宇拿著信來問我，妳的行為就會被拆穿。」

「我知道他不會。」

關於霍閔宇的所有事，元柔馨什麼都知道。

「妳怎麼敢肯定?他這麼難捉摸。」我就是不甘心。

「因為妳是他的青梅竹馬。」元柔馨輕笑，語氣帶著同情，「他不會傷害妳，畢竟妳是像家人的存在。」

我的指尖泛涼。

霍閔宇玩世不恭的外表下，確實有著難以察覺的溫柔。這是我在和他交往後才發現的，而元柔馨早就已經知道了。

然而就如霍閔宇每次的指控，離他最近的我，卻總是什麼都不知道。

我自嘲的笑了笑，諷刺至極。

「什麼時候……」我欲言又止，內心不斷阻止自己問下去。一旦知道的話，就不能當作什麼事都沒發生了。

「這麼做的理由是什麼?」最終我還是抵不過內心的好奇。

「那妳又是為什麼喜歡他呢?」

我啞口，一時半刻竟吐不出任何話。

我清楚我對霍閔宇的感覺，但是到了元柔馨面前，彷彿所有心意都顯得微不足道，甚至可笑。

我擰緊眉，即便元柔馨沒有厲聲逼迫我，但說出口的每句話都讓我覺得——我真的不該和霍閔宇在一起。

元柔馨淺笑，似乎也知道我說不出答案。

第十一章　因為了解，所以分開

「我從國小就喜歡霍閔宇了，他可能不太記得，我們曾短暫的同班一年。」

密閉的車內，元柔馨的聲音依舊細軟，卻透著堅毅與她少有的自信，訴說著她和霍閔宇認識的經過，她又是如何的喜歡他。

國小時的元柔馨很膽小，常常被班上調皮的男同學捉弄，卻又不敢吭聲，安靜到連老師都會忘記她的存在。她沒什麼主見，也不敢主動認識別人，所以她幾乎沒什麼朋友。

當時的她覺得沒關係，心想或許時間久了就會變好。

直到升上三年級，情況還是沒有改善。她忽然好慌，卻也不知道該怎麼辦，想著或許能用好成績讓大家喜歡她。

她很聰明，也很努力，一個學期內就拿了好幾次前三名，其中一次還考了第一名，贏過了總是第一的霍閔宇。

而後，霍閔宇和她說上話了，他也是第一個主動和她交談的人。

「妳很厲害。」

元柔馨說她永遠記得這句話，這是第一次有人這麼誇讚她。

「不過這題妳到底是怎麼解出來的?」霍閔宇拿著卷子，好奇的挨了上去。對於他的主動靠近，元柔馨說，那是她發覺自己喜歡他的時候。

很快，卻也十分明瞭。

這份喜歡延續到了現在，堅定得不可思議。

之後，他們偶爾會討論功課，雖說不會特別聊天，但霍閔宇不會像多數人一樣對她視而不見，偶爾在走廊遇見她時也會帥氣的舉起手和她打招呼。

反倒是她感到不知所措。

回憶起當時的情景，元柔馨水潤的大眼盛滿了幸福，就像陷入回憶的洪流，嘴角帶著淺笑，無瑕的臉頰沾著紅暈。

「四年級後，我們分班了。教室不同棟也隔很遠，要遇到幾乎不可能。」她的唇角勾起苦澀的笑。

「即便之後為了他，硬是選了離家有段距離的國中就讀，然而每次的擦身而過，他卻再也沒有和我說話了。」

因為霍閔宇的記憶沒有她。

我低眸，混雜的思緒在我的腦袋裡翻滾。

我不禁想，如果我也只是他某個時期的朋友，或許我也會和她一樣，被他遺忘，還得欣然接受他的拒絕。

然而這又該算是誰的錯呢？是霍閔宇無心的溫柔，還是元柔馨偷偷摸摸的暗戀？甚至是我的不坦白？

「我喜歡閔宇，但我想不到辦法讓他注意我。」她停了停，「國小時我就知道妳的存在了。」

我震了震，抬起茫然的眼看向元柔馨。

她彎起一抹嘲弄的笑容，平時掛在臉上的溫柔頓時消失得無影無蹤，她輕笑了幾聲，帶著羨慕、忌妒，甚至是一絲不滿。

「我發現妳有時放學會在閔宇的櫃子裡塞紙條，你們是青梅竹馬，妳的紙條他一定會看。」又是青梅竹馬。

「所以我練習妳的字跡，國中時假借妳的名義寫信給他。」她淡淡的說，「我不是一定要他喜歡我，只是很想告訴他這份心情，因為我沒有朋友，沒有人可以聽我說……」

元柔馨抿著脣，脣色乾澀泛白，「妳有田雅梨他們這些願意為妳付出的朋友，但是我誰都沒有，我不知道該怎麼辦，最後只能這麼做……」她眼神漸漸柔和，「因為我好喜歡他，喜歡到覺得他不喜歡我也沒關係，只要我喜歡他就好。」

聞言，我的瞳孔微微凝滯。

突然覺得在她面前的我很可笑，占著霍閔宇女朋友身分的我，有多麼浪費他給的好。有個人這麼喜歡他，喜歡到就算不要他的愛也無所謂。

「聽妳這麼說，我才知道原來那些信他收著了。」元柔馨柔白的臉上掛著難以掩飾的欣喜，大眼明亮了起來。

「妳為什麼不當面跟他說？透過我，只會讓所有事情變得複雜。」

所以霍閔宇將妳的喜歡加諸到我身上，讓我有了愧疚感，也讓我知道原來有個人是這麼冀望著他的愛。

「那妳又為什麼不說喜歡他？妳不也是在騙自己嗎？」

元柔馨的反問再次重重敲擊我的內心。

因為沒有勇氣，因為怕被拒絕，我對霍閔宇的喜歡是這麼的不值一提，微小的讓我甚至連努力的念頭都不敢有。

「至少我嘗試過了。」元柔馨說道，暗諷我總是習慣退縮，「所以就算沒結果也沒關係，我覺得足夠了。」

元柔馨淡淡的注視著窗外，正好計程車也停在飯店前。她打開車門，我從另一頭繞過去打算扶她，但她拒絕了。

「我跟妳一起上樓吧。」

「不用了。」她避開我想扶她的手，「回去好好和閔宇溝通吧，這才是首要之事。」

我看著她嬌弱的背影，步伐有些不穩，卻還是倔強的拖著緩慢的腳步，一步一步的向前走。

她掛念著霍閔宇，她對他的執著與用心超乎我的想像。比起唐娜的愛慕虛榮與忌妒，元柔馨是發自內心的為霍閔宇著想，替他憂心。

「妳難道都不想知道他為什麼收著嗎？」

元柔馨停下腳步，微微側過臉，抿起淺淺的笑，「是什麼都不重要，你們已經在一起了。」

不要我讓，而是要我對他好。

然而，這才是我最害怕的地方。

時間久了，或許這件事就過了，沒有人會提起，因為只有我跟元柔馨知道。

我低頭咬唇，垂放在腿邊的手因緊握而顫抖。

「霍閔宇是喜歡妳的。」看著元柔馨彷彿要被夜風吹散的纖細背影，我的心臟劇烈的跳動，這句話就這麼脫口而出，「妳的喜歡，他看到了。」

田雅梨常說的，我就那張嘴最不受控，就如霍閔宇的取笑，我說不了謊，因為連我自己都會看不起自己。

我就是這麼死心眼。

元柔馨停下腳步，轉頭看我的眼早已蓄滿了淚水，她咬著慘白的脣，小臉複雜卻難掩喜悅。

我閉上眼，心情意外的舒坦，那份長期壓抑在我心口的不踏實總算落下了。

「我會和他說清楚。」這樣的話，就沒有理由不放了。

元柔馨沒有說話，用著早已紅了一圈的雙眼看著我，神色複雜，小手死死的攪扣在一起。

「小侑……」

「只是給我一點時間，」現在的我，可能沒辦法，「拜託。」

回到桌遊店後，同學們都走得差不多了，有的直接回飯店，有的到附近的夜市逛一逛。任迅暘先回去應付老師，大家都不約而同的不再提剛才發生的事。

田雅梨傳了訊息給我，說霍閔宇自己先走了，不想要任何人陪。他們怕他發怒，也不敢偷偷跟著，只能要我多注意。

我試著打電話給霍閔宇，不意外的轉入語音信箱。

他一個男生，應該可以顧好自己吧?雖然這麼想，但我還是不自覺的在飯店周邊到處繞繞。

雖然說是要出來找霍閔宇，但在人生地不熟的城市，我根本不知道他可能會去的地方，又或許他早就回飯店了。

連男朋友最基本的行蹤都不能掌握，我這個女朋友當得還真不稱職。

我漫無目的晃著，夜裡的氣溫有些涼，陣陣蟲鳴聲掠過我的耳畔，寧靜的春日，星點閃爍，我的眼眶卻有些酸澀。

不知道霍閔宇聽到這麼荒唐的事，該是什麼反應呢？

大概會摸摸我的頭，讚歎夏羽侑這個人終於承認自己瘋了，也可能會生我的氣，以為我又再質疑他的感情了吧。

自從在一起之後，他變得很愛生氣。

什麼都不准，什麼都不可以。自作主張的說我是他的，動不動就對我討抱又討親，無時無刻都說些讓人心跳加速的話。

還有啊……

我的眼眶盈滿淚水。

說愛我的他，真的讓我好討厭。

我強迫自己深呼吸，把顫抖的情緒收回去。放在外套中的手緊緊的縮成拳，指甲用力的陷進掌心，想讓痛感蓋過即將潰堤的情緒。

至少在面對霍閔宇的時候要忍住，不可以哭。

我看著不遠處佇立的人影，修長的身影彷彿鑲進混沌的夜色，單薄卻依舊透著堅毅與妄為。他的臉色既疲憊又漠然，眼底漆黑死寂。

儘管衣著平整，我卻覺得此刻的他滿身狼狽。

看著看著，忽然覺得心疼。

是我讓始終意氣風發的他變成這樣的吧?

眸光一抬,我朝他拉起笑容,語氣佯裝輕鬆,「喔,找到你了。」

霍閔宇直立於一片黑,眼眸直勾勾的望著我,沒有怒氣,沒有欣喜,沒有任何情緒,好比我們是陌生人。

我的心一緊,下意識的抿緊脣。

我極力穩住笑容,腳步卻無法向他走去,「一起回去吧。」我怕一邁開步伐,就沒有力氣控制眼淚了。

他不說話,也沒有移動半分。

我也不催他,「好吧,如果你還不想回去,我就陪你待著吧。」

我不敢與他對視太久,怕控制不住情緒,所以選擇低下眼,看著我與他的距離,計算著我需要走幾步才能到他身邊,計算著我需要花多少時間才能走出有他的世界。

一步。

兩步。

三步。

四步。

我數著,後知後覺的發現,我們之間的距離一直在縮短。我抬起頭,一抹幽深的寒光落入我眼底,最終,我還是忍不住朝他走去了。

眼淚就這麼無聲的掉了下來。

說好要忍住的,說好不可以在他面前哭的。但怎麼辦,我還是好捨不得。

我死咬著脣，低著頭，任憑淚水沾溼了臉龐。同時耳際刮過一陣風，霍閔宇修長的身影從旁毫無留戀的走過。心的一角彷彿被人撕裂，隨著他的離去而破碎。

我的眼淚掉得更凶了。

說出來的話，就會是這樣的結果吧……

我沒有哭出聲，也沒有力氣追上他，只能無助的用手背不斷抹掉氾濫的淚水。

好煩……我不想哭，我不要哭。

恍然之間，手臂被人往後一扯，我還來不及反應，就落入讓我熟悉不已的懷抱。他整個人籠罩在我上方，雙臂緊緊的將我禁錮在他寬大的懷裡，力道大的彷彿要讓我全身的骨頭都碎了。

但我卻感覺不到疼痛，反而是好不容易止住的淚水又奪眶而出。

許久，霍閔宇發出微弱又帶點乾啞的聲音，低沉且無助：「告訴我，妳還是我的。」

聞言，我不可抑止的大哭出聲，在他懷裡用力的點頭。

他沒有不要我，只是沒有安全感，所以面對宋延佑的挑釁時，才會無法控制情緒。

因為連他都開始懷疑我的心意了，這也就是為什麼他總說自己不能接受欺瞞。

我不知道我們抱了多久，我的手臂甚至已經麻得沒有知覺，但我卻捨不得離開他的懷抱，貪婪著想再多一點、再多一點……

倏地，他放開手，接著用力推開我的身體，我往後踉蹌了幾步才站穩，一股冷意與空蕩從我的四肢蔓延開來。

我眨了眨哭得有些紅腫的眼睛，看著突然把我從懷中推開的霍閔宇，不懂現在又是怎麼回事？

只見他繃著一張臉，看得出來很生氣。

我第一次因為面對他的怒火而感到開心。

「妳還敢笑？」

聞言，我快速收起笑，心虛的抿了抿脣，「不然我還要繼續哭嗎？」裝模作樣的吸了吸鼻子。

霍閔宇瞪我，「為什麼在最危難的時候不向我求救？當我不存在？還是妳現在他媽的是單身？」

第一次被他如此激烈的怒火給震懾，我一時答不上話。

「不說話是默認？跟我交往讓妳很丟臉？」霍閔宇仰天長歎，彷彿聽到了一件大笑話，臉色看上去非常憤怒。

「現在我不管妳的什麼狗屁低調，我說公開就公開！」

「不行！」

「妳還敢有意見？」

「我還沒有準備好……」這是實話。

見我愁著一張臉，霍閔宇側過頭，聲嗓沉了幾分，「妳是不是根本就不需要我？所以像今天這種情況，妳也不要我幫。」

我愣了愣，很快回道：「我需要你。」但是或許你不需要我了。

「但我感覺不到。」霍閔宇凌厲的神色緩了些，微微斂下眼，「好比今天，妳果然如我所想，一點也不要我插手。」

霍閔宇勾脣冷笑，「結果卻讓毫不相干的任迅暘出面，那我呢？我到底算什麼？」他用審視的目光掃了我一眼，「還是妳喜歡的人根本就是他？」

我舉起手，用著發誓的口吻說道：「沒有！我真的沒有喜歡他！」

霍閔宇冷冽的目光才消退一點，但還是惡狠狠斜了我一眼。

沉默一會兒，他都覺得這樣情緒化的自己很可笑，節骨分明的手指疲憊的支著額頭，轉過頭陰惻惻的看了我一眼，「夏羽侑，妳真的是……」

我下意識的縮了肩膀，眼巴巴的瞅著他，剛哭過的眼睛有些紅潤，看上去也特別可憐。

他無奈的看了我一眼，「過來。」

「你會不會揍我？」

「會。」

「那我不要過去了。」

「妳不過來我一樣揍妳。」

於是，我可憐兮兮的走上前，走一步就停一下，當我走了第三步時，霍閔宇深深的閉上眼，呼了一口氣，開始倒數：「三、二……」

一聽到他毫無人性的從三開始倒數，我根本連猶豫的時間都沒有，就直撲他懷裡，小手死死的揪著他的外套。

面對我突然靠上的重量，毫無心理準備的他後退了一步，手臂還懸在半空中，語氣曖昧，「有這麼等不及？」

論起欲擒故縱，誰能敵過霍閔宇？

他將我攬在懷裡，微微低頭，眉一擰，大掌貼上我的臉頰，有些笨拙卻小心翼翼的輕撫著我的眼角，「妳也哭得太厲害了吧。」

我抿了抿唇，「還不是以為你要走了。」

「我走，有什麼好哭？」他皺眉，「妳不會跟上嗎？」

「你都不知道你的表情多可怕，我才不敢跟。」

霍閔宇沒好氣的用拇指抹掉我臉上的淚痕，語氣帶著一絲心疼，「還知道要怕？那就不會整天想著怎麼惹我，我看都惹出心得來了。」

還在翻舊帳。

我努嘴，「我以為你不要我了。」

霍閔宇嗤笑，「我不要妳，誰要妳？」

我拐了他一下，「不識貨的傢伙，你以為只有你有行情啊？」我哼他兩聲。

跟他在一起的我，唯一明顯的改變就是自信心也跟著長了，因為隨時會被他的自戀攻擊，只好臉皮也跟著厚起來。

「偏偏有人就是不買帳。」霍閔宇哀歎的特別明顯，簡直就是要說給全世界聽了，「對一個人太好，下場就是好意都會被丟去給狗啃喔。」

我朝他咧嘴笑了笑，心裡五味雜陳。

「我們散步一下再回去，好不好？」我突然提議，私心的想和他多相處一些。

霍閔宇沒意見，牽著我走在街頭，氣溫宜人，大街小巷燈火通明，觀光勝地仍舊人滿為患，小販叫賣聲此起彼若。

如此吵雜的夜晚，我的內心卻一片平靜。

「霍閔宇。」

「嗯？」他拉著我過馬路，視線專注的放在變換的號誌。

我深深的看了一眼他俊毅的側臉，咬了咬唇，任憑他牽著我向前走，「不管發生了什麼事，」就算我們分開了，「我們都別不理對方好嗎？」

不能和你在一起，我也沒把握能和你做朋友，但至少見了面，我們還能夠彼此問候，無論是否真心。

「好。」他沒有猶豫，答得輕鬆，好似這根本不是一個值得探討的問題。

「我的男朋友好棒啊。」我感到一陣鼻酸，張手抱了抱他，就怕再看著他，眼淚又要忍不住了。

霍閔宇頓了頓，張揚的笑了，「妳知道得太晚了。」

一路上我盡量不去想任何事，儘管元柔馨還在等我開口，霍閔宇也應該知道真相……

我的思緒雜亂，胸口悶得難受，卻還是極力撐起笑。

「不過你後來有跟宋延佑道歉嗎？」畢竟都把他的臉打腫了。

霍閔宇睨了我一眼，「沒讓他求我，已經對他很寬容了。」

「喔，好吧。」果然是霍閔宇的風格。

「是說看到閻子昱凶田雅梨，我覺得好可怕。」

「我生氣妳都直接無視，他們那種算什麼。」

「喔，還有還有，今天我跟任迅暘其實是在說……」

這人都不能好好聊天耶。

「妳今天話怎麼那麼多？」

「有嗎？」我嘀咕，「那你是聽還不聽？」

「聽，都聽。」他無奈的彎了彎嘴角，「女朋友說的都聽。」

我驕傲的跳上人行道，瞬間就能和霍閔宇平視了。我刻意踩著邊線一直走，張著手保持平衡。他走在馬路上，雙手隨意的插放口袋。

他在我身邊，就像往常我們一起回家一樣，也是我在說話，而他安靜的聽著，偶爾嘴角帶笑。講到他不滿意的事，還會給我臉色看，然後損我幾句，但我卻覺得心裡的幸福快要滿溢而出。

希望最後我們留給彼此的都是美好回憶。

「任迅暘跟我說，他想他的青梅竹馬。」

「嗯，很好啊。」他敷衍道。

「其實他們之前交往過一段時間，可是後來分手了。」

我悄悄瞄了一眼霍閔宇，他黑眸平靜的直視前方，垂放在褲邊的手，把玩著我的手指，沒什麼特別的反應。

見我沒說話，他轉頭看我一眼，「然後呢？」

能夠平視對方，缺點就是當下的表情會直接被看見。

我心一慌，若無其事收回目光，「他們有很長一段時間沒有聯絡，雖然女生說可以繼續當朋友，但任迅暘覺得自己辦不到。」我努努嘴，吐了一口氣。

「不准同情他。」霍閔宇伸手，惡質的掐住我的臉。

我抓下他的手，笑笑的拉著他繼續走著，「為什麼任迅暘就不能和她當回朋友呢？」

「我怎麼會知道。」

「就以你的立場想一下啊，你們都是男生，也剛好有青梅竹馬。」我說，「如果你是他，你覺得是為什麼？」

他擰眉嫌煩，但還是思考了下，緩沉的嗓音飄進我的耳畔，「我不知道他。」霍閔宇看著我，「但如果是我跟妳的話，我也覺得不行。」

聞言，我的心臟狠狠抽痛了下。

「為什麼不行？」

「為什麼可以？」他比我更加疑惑，冷哼一聲，「我想要妳，從來就不是建立在朋友的基礎上，以朋友的名義愛著對方這種事，太白痴了。」

我抿了抿略微乾澀的脣瓣。

「如果雙方的關係不對等，要就賭一次，否則就斷乾淨這種念頭。」他說，「遑論是分手，既然發生了，也無須想什麼挽回和以後，沒有意義。」

這的確是霍閔宇的風格，自我意識高，想要就要拿到手，絕不委屈求全。

他的界線劃得清楚，不存在著模糊地帶，更不可能讓自己處於劣勢。

「也就是說，你覺得分手後不可能當朋友。」我努力讓這句話聽起來平穩且自然，「可是感情有時候並不如你所想的那麼好控制。」

如何完全的抽離一個人，也許需要一輩子的時間來學習。

「那就別分開啊。」他的語氣漫不經心，好似我說了愚蠢的話。「還愛對方為什麼要放開？現實不是連續劇，沒那麼多重逢橋段，更沒有誰等誰一輩子這種事，當全世界的人都死光了嗎？」

我才想問他的浪漫細胞是不是都死光了。

「有時候會有很多外力因素啊，比如說……」

「喂，」他打斷我的話，挑起眉，「妳到底想說什麼？」

我倉皇的抬眸，撞見霍閔宇深不見底的眸光，他太精明了。

我笑了一聲，避開了他的眼神，「沒有啊，就是覺得你把感情看得太容易了，喜歡就在一起，不喜歡就分開，哪有那麼簡單。」

忽然，他伸出長臂摟住我，另一手捏著我的下巴，低頭懲罰性的咬了幾下我的唇。

我佯裝生氣的瞪他一眼，他笑了笑，聲音帶著自信，「確實不容易，但我也說了，誰怎樣都無所謂，唯獨妳，我是不會放妳走。」

我的瞳孔一緊，眼底泛起酸澀，在眼眶打轉許久的眼淚忍不住滑落，我伸手想擦掉，霍閔宇微微蹙起眉，阻止我的動作，傾身吻了吻我的眉眼，隨後攬住我。

「妳怎麼變得這麼愛哭?嗯?」

霍閔宇的語氣有些無奈，但更多的是少見的溫柔。最後詢問的尾音充滿磁性，帶著滿滿的安定感，震撼了我內心最脆弱的一部分，我快要把持不住自己的情緒。

我回抱他，臉頰蹭了蹭他的胸口，搖著頭，語氣斷斷續續，「我以後應該不會再讓你那麼生氣了。」

「妳最好記住妳現在說的話。」他低笑，似乎知道我大概又要哭了，輕拍著我的背，率先安撫我的情緒。

霍閔宇總是這樣，永遠都知道我在想什麼。

「那你覺得任迅暘他們能不能重新在一起?」

「能。」

聽見他如此肯定的答案，我愣了愣，緊咬著脣，「你剛不是說分手後就沒可能了，為什麼現在這麼肯定？」

「這樣他就不會一直出現在我視線裡，所以我無條件支持他們復合。」

聞言，我眨了眨眼，失笑出聲，「其實任迅暘人真的很好。」

「我也覺得我人夠好。」

「呃，你？」

面對我疑惑的眼神，霍閔宇沉下臉，接著說道：「讓一個曾經喜歡自己女朋友的人在旁邊打轉，我這個肚量根本是海納百川了。」

「噗。」我忍不住笑出聲，眼底一陣溼潤，「你能不能別這麼誇張。」不想再讓霍閔宇看見我哭，我勾住他的脖頸，在他還未反應過來的瞬間跳上他的背，任性的說：「揹我。」

怕我滑落，霍閔宇伸手托住我的背，接著兩臂扣著我的雙腿，將我調整至舒服的位置，我的視野忽然高了不少。我圈著他的脖子，鼻息間是他的氣味，聽見他低低的笑了。

薄黃的街燈將我們的影子拉得長長的，吵雜聲似乎離我們愈來愈遠，他的步伐穩健，走得毫不費力，相較小時候的顛簸蹣跚，如今的他雖為所欲為，但不得不說確實有這本事。

圈著他的手漸漸縮緊，我將臉貼著他寬厚的背，仔細聆聽他的心跳聲。

他忽然出聲：「說揹就揹，說哭就哭，我看妳都被寵出脾氣來了。」雖像是在埋怨，沉沉嗓音卻帶著令人醉心的笑，「我看妳以後沒我怎麼辦，誰還能這麼縱著妳？」

我的眼鼻一酸，深吸了幾口氣才沒讓哽咽出聲，「所以啊，你不用怕我被誰拐去，人家任迅暘對我根本沒興趣，搞不好還嫌我公主病。」知道霍閔宇心裡始終在意，而我也不想在這最後的時刻，讓他對我提心吊膽。

「搞不好他之前說喜歡我，只是為了想騙自己不喜歡……」

「妳再替他說話一次，我就親妳一次。」霍閔宇側過臉打斷我的話，黑眸折射出稀薄的月光，比平時更加深沉魅惑。

我下意識的抿了抿唇，扳過他的臉，上前親了他一口，帶點挑釁，「親就親，又不是沒親過。」

霍閔宇愣了愣，下一秒眸光泛深，嘴角惡質的挑起，像是得到了什麼許可似的，某個開關就這樣被開啟。

果然不能把話說得太滿，他輕而易舉的將我抓到他胸前，我來不及掙扎，他俯下身，大掌壓上我的腦袋，接下來的時間，我半句話都說不上，更別說是求饒。

他的手緊束著我的腰，我的嘴唇在他反覆深吻啃咬與舔吮之下變得紅腫不堪。

他愉悅的將我摟在他身側，暖意點點的裹住我的身體。我憤恨的望著他，想和他保持距離，就怕他等等又不受控的對我為所欲為。

「我只是隨便說說，你怎麼可以當真，等等回飯店要是被同學看到怎麼辦……」我氣呼呼的用手肘撞了下他的腰。

他聳肩，「妳隨便說說，我也就隨便親親。」

無恥！

我們互看對方一眼，下一秒就這麼笑出來。

後來，看著還有一點時間，我們牽手跑去看了知名夜景，周圍都是情侶，我們的存在並不突兀。

眼前是一片彷彿墜入地面的星河，閃閃爍爍的映照在我眼底。

我靠在霍閔宇的懷裡，五顏六色的光點宛如鑲在黑夜中的璀璨寶石，折射出耀眼的光芒，卻刺痛了我的眼，讓我的視線有些模糊。

「你有沒有想過，如果我們不是青梅竹馬會怎麼樣？」

他摟過我的腰，帶著磁性的嗓音自他的喉嚨發出，他拉了一聲長音，似乎在思考，「不知道。」

我皺眉，沒好氣的側頭睨了他一眼，發誓下次再也不要和他進行這種內心交流。

霍閔宇笑著低頭吻了我一口，因為他最喜歡我受不了他的模樣。

我曾經問過他為什麼，還記得當時他說：「妳就算受不了我，還是待在我身邊。」很理直氣壯，還有那麼一點道理。

結論就是，我們都很有病。

「那妳覺得呢？」霍閔宇眸眼含笑，將臉埋在我的側頸，帶著與生俱來的傲氣向我撒嬌。

「嗯，應該不會怎麼樣吧。」我抿了抿唇。

如果我不是他的青梅竹馬，我們可能一輩子都說不上話。即便喜歡，我也沒有勇氣告白。

「為什麼？」他顯然不滿意我的答案，微微收緊擱在我腰上手臂的力道，卻怕弄疼我而適時的收斂。

「我是按照現實來說啊，你看我們又沒有同班過，你不會知道我是誰。」我分析給他聽，「不過依照你張揚的個性，一定會弄到眾人皆知你是誰，所以我應該會知道學校有霍閔宇這樣一個人。」

他笑了笑，沒有否認，「然後？」

「就沒有然後了啊。」因為光是看著都覺得很遙遠。

「你那時候的名聲實在太差了。」我朝他皺了皺鼻子，「我才不會喜歡你。」

霍閔宇冷哼一聲，狹長的黑眸由高至下的審視我一遍，「說得好像我那時就喜歡妳了？」

聞言，我也不氣，笑笑的湊近他，親了他的嘴角一下，笑問：「喜歡吧？」

他的身形一僵，對於我偶爾的主動，霍閔宇是既擔心又喜歡。擔心我哪天也會這麼對別人，可是又喜歡我對他這麼做。

霍閔宇的眸光微閃，嘴角勾起邪氣的笑，節骨分明的食指富有興味的繞著我的髮尾，繞緊又鬆，鬆了再繞。反反覆覆幾次，他似乎覺得很有趣。

「說喜歡會再來一次嗎？」

「說不喜歡才再來一次。」我逗他，很滿意的看他緩緩斂起脣角上那抹得意的笑。

「好吧。」

通常這麼聽話一定有詐！

我機警的想從他懷中抽身，但霍閔宇的動作比我快，一手將我禁錮在他懷裡，另一手伸出修長白皙的食指和拇指，輕柔且快速的扣住我的下巴朝他轉去，「那我只好自己來了。」

這話聽起來怎麼好像很委屈。

三分鐘後，我終於能夠正常呼吸。

我哀怨的看著他，他慵懶的朝我投以似笑非笑的目光，我微微向後仰，真的被他親怕了。

半晌，霍閔宇微微向前傾，微熱的胸膛抵在後背，一股暖意蔓延開來，他將一小部分的重量壓在我身上，手臂從後緊緊環過我的腰際。

「是不是青梅竹馬根本就無所謂。」他語氣傲然，挾帶著狂妄，「沒有錯過就好了。」

我的心為之一震，心口發熱，伸手握上他的手，「嗯。」

這樣就好了。

♡

畢旅結束的隔天是假日，我醒來時，已經中午了。

我嚇得翻過身想叫霍閔宇起床，卻撲了空，我頓了頓，心情意外的沉，於是又懶散的躺了回去。

昨晚我徹夜未眠，因為想再多看幾眼躺在我身旁的他，就怕以後再也沒機會了。

我們約好，等他拍攝結束後要一起出去玩，昨晚也是我們第一次建立起良好的溝通，不似以往的爭吵與不相讓，而是心平氣和的聽取對方意見。

可笑的是，或許也是最後一次了，今天我就要和他說實話了。

我躺在床上盯著被陽光照得發亮的天花板，心想我該怎麼開口才好。

枕邊的手機這時亮了亮，我有氣無力的撈過來接起，用著因起床還有些軟柔的鼻音，似是撒嬌的回道：「喂……」

對方停頓了一下，接著含笑的沉沉嗓音便傳來，「光是聽到聲音我就想回去了。」

我笑了笑，「你怎麼沒叫我啊？」

「捨不得妳累啊。」

「你還是罵我吧，我們不適合走這種路線。」

語落，我們一致哈哈大笑。

他說：「很累的話就多睡一點吧。」從電話中聽到他正在走動，「對不起，因為今天有點狀況，拍攝可能會延長兩個小時，我再問攝影師能不能早點讓我走。」

我因為他的道歉而愣住，以至於沒能馬上反應過來。

「怎麼不說話？生氣了？」霍閔宇的語氣有些懊惱，「不然我現在就直接走，妳也準備出門，我在捷運站三號出口等妳。」

面對他的道歉以及突然任意妄為的口吻，我驚得立馬從床上起身，「沒有，我沒有生氣，說得我好像很愛生氣一樣。」我努嘴，「你好好工作吧，結束後再打給我。」

「真的嗎？」

「真、的！」就怕他不信，我還特別強調。

霍閔宇笑著應聲，不忘叮嚀：「餓了就先吃點東西。」

我嗯了一聲，在我準備掛斷時，心口一直有股抑制不住的衝動，如果現在不說，以後大概也沒機會了。

「我會很想你。」

我真的會很想你。

「夏羽侑，妳做虧心事了吧，自首還是有罪，我現在就回去收拾妳。」他的語氣佯裝嚴肅。

我聽了直笑，倒是後頭傳來迪昊阻止的聲音，喊著霍閔宇要是敢踏出攝影棚一步，待會兒我們約會他保證會全程當電燈泡。

「好好工作，晚點見。」

掛上電話後，我又賴床一下才起床漱洗，下樓時，爸媽還很驚訝我怎麼會在家。自從我跟霍閔宇交往後，他們就像是自動放棄我的監護權似的，直接贈送給霍閔宇。

然而這麼一想，痛楚便在我的心底蔓延開來，像是扎了根的玫瑰花，束縛著我的心臟，毫不留情的劃破我的血肉。

我撫了撫胸口，試圖到外頭散心，轉移注意力。

我就這麼四處晃著，不知不覺回到以前就讀的國中。學校建築物沒什麼改變，假日的緣故，四周安靜的彷彿與世隔絕。

我和門口的警衛伯伯閒聊幾句後，填寫了訪客紀錄單，緩緩走了進去。

我走過一班又一班的教室，經過了教務處、學務處、教官室，忽然耳邊傳來了清脆的整點鐘聲，是下課鐘。

我站在原地聽著鐘響完畢，回過神來，才發現自己站在一排鐵灰色置物櫃前。上頭有著斑駁的痕跡，看得出來被一屆又一屆的學生摧殘，然後又被工友一次又一次的搶救。

我尋著上頭的編號，最終站在霍閔宇的櫃前，本來還有些不確定，直到看見滿是刮痕的表面，有著一角未被完全撕除的卡通標籤，藍色筆跡已有些淡，但隱約可以看得出是「霍」這個字，而且這個字是我寫的。

剛上國中時，每個人都會被分配一個置物櫃，一開始大家都記不得自己的櫃子號碼，要不然就是隨便使用別人沒在用的櫃子。

霍閔宇就是那種不帶課本回家的人，所以絕對是把置物櫃的功能發揮到淋漓盡致。

但他討厭別人不知好歹的把東西跟他混放在一起，所以某天看到我因為怕忘記而貼名字的行為，也強逼我幫他寫一張。

當時手中剛好只剩一對卡通標籤，而且是我最珍愛的圖案樣式，本來想分給田雅梨，孰料霍閔宇就大剌剌的搶去，二話不說啪的一聲貼在他的置物櫃上。

無可奈何之下我也只能幫他寫上名字，有段時間還被說我們是情侶櫃，因為用著同樣的標籤，有著同樣的筆跡。

我愈想愈氣，忍不住踹了一腳他以前使用的置物櫃。

由此可知，學校的置物櫃都是這麼壞的。

我伸手觸碰他的置物櫃，冰涼自我的指腹攀爬而上，直至我的心臟，我打了個冷顫，默默的收回手。

那時寫完名字後，我再也沒碰過他的置物櫃了，因為討厭。

我沒有特別查過元柔馨的國中班級，我想似乎也沒有那個必要了。

我深深的嘆口氣，想像著元柔馨每次在這個時間點投信的模樣，而收到信的霍閔宇，嘴角大概也是呈現著自傲的笑吧。

我就這麼盯著置物櫃出神，直到一道腳步聲由遠而近傳入我耳內，我這才恍然回過神。

我瞪著前方始終不敢轉頭，腳步聲在空蕩的走廊特別清晰，我的心臟跳得飛快，四肢彷彿失去了溫度。

我能好好的說出口嗎？可以再給我一點時間嗎？我真的覺得好捨不得……

「羽侑？」

我愣了愣，緩慢的轉頭。

「怎麼了？」

或許是他的聲音太過溫和，輕巧的劃開我內心脆弱的一面，又或者我們是一樣的，都喜歡上了一個不該喜歡的人。

我看著任迅暘，眼淚就這麼奪眶而出，安靜卻奔騰。

他似乎被嚇到了，快步的跑了過來，「怎麼突然哭了？」見我一個勁的搖頭，他又更緊張了，慌張的檢查我的四肢。

我只是一直掉眼淚，甚至到最後我都不知道自己到底有沒有哭出眼淚，只是心裡頭的那份酸澀始終退不去，我只能用哭來宣洩。

如果一直哭的話，那份酸或許能被稀釋，或許我就能好一點。

任迅暘在一旁手足無措的看著我，一雙手不知道該不該碰我，我第一次見他這副侷促不安的模樣，心裡頭也覺得對不起他。

我低下頭用力的揉著眼睛，想把留在眼眶中的眼淚擠出來，想停止這沒有意義的哭鬧。

霍閔宇最討厭女生死纏爛打了，我不能變成他最討厭的那種女生，所以我要笑。

我盡力蠕動著脣，想讓自己提起笑容。

「羽侑……」

我深吸一口氣，即便表情極度不協調，我的語氣依舊是輕鬆的，「沒事，我沒事。只是、只是……」

「沒關係，我不問。」任迅暘站在我身旁，搔了搔頭連忙解釋：「剛剛在街上看到妳，叫了好幾聲妳都沒有理我，我有點擔心，所以就跟過來了。」

我點點頭，沒有多餘的力氣說話，更提不起笑。

「看到妳沒事就好，那我先走了。」

任迅暘微微一笑，轉過身時，我忽然抓住他的衣角，「你可不可以留在這裡一下？」

我不想一個人待著，一個人就會開始胡思亂想。

聞言，任迅暘微微一愣，彎起一如往常的溫暖笑容，「當然可以。」

靜默了幾分鐘，我呆呆的盯著地板的花紋發愣，使勁讓自己放空。

「要不要到處走走？」他提議。

我看向他，撐起笑點了點頭。只要能什麼都不想，都好。

我們繞了一圈校園，連同校區周邊的商店也逛了一遍，我沒什麼印象，只覺得街景不斷在變換，然後任迅暘一直都在我身邊，什麼都沒有問，安靜的陪著我。

「我很抱歉。」他忽然說道。

「嗯？」

「其實我回去有好好反省了。」

我眨了眨眼。

「那天我不該說出那樣的話，明知道一定會刺激到霍閔宇。我一直覺得你們不會有好結果，看著你們幸福的樣子，我就愈不想承認是我自己和她的問題，根本和是不是青梅竹馬無關。」

任迅暘愧疚的斂下眼，臉色被風吹得有些蒼白。

我看著他，半晌都沒有回話。

「但現在我覺得，我好像真該聽你的話。」當初是我極力說服任迅暘重新和他的青梅竹馬聯絡，還不斷說一些自以為是的話，現在想想格外諷刺。

如今，面臨分離的時刻，我才驚覺能夠談論起這件事的任迅暘，比我想像中勇敢太多了。

「是不是因為我的關係？」任迅暘面露歉意，「對不起，我可以去和他解釋，包括要我不要靠近妳都沒關係。」

我趕忙搖了搖頭，「跟誰都無關，是我們一開始就錯了。」

他看著我，彎起苦澀的笑容，「就像妳說的，重來一次還是會做吧。」

聞言，我好不容易平復的情緒再度掀起駭浪。

大概是被我說來就來的眼淚弄怕了，任迅暘有些不知所措，他舉起手求饒，「別哭了，不然別人以為我把妳怎麼了。」

聽完他的話，我咬了咬唇，強忍呼之欲出的情緒。見我要哭不哭的委屈模樣，任迅暘立即改口：「算了算了，要哭就哭，盡情的哭吧。反正誰也不認識我倆，被誤會就算了，也不犯法。」

他白皙的臉龐看上去比我還無奈，我吸了吸鼻子，直接笑了出來。

「又不哭了？」

我點頭又搖頭，想表示我不哭了，但任迅暘反倒被我陰晴不定的心情給弄懵了。

「我不知道該怎麼和他說……」半晌，我愣愣的開口。

「說什麼？」

「分手。」說出這兩個字時，我的胸口幾乎快要喘不過氣。

他皺眉，「為什麼？到底發生什麼事？」

大概因為我和任迅暘同病相憐，所以我一口氣將事情的始末全告訴了他。

「很荒謬吧？」我笑了笑，就連現在說出來給他聽，都像是一個破綻百出的整人遊戲。

任迅暘點點頭，「意思是說霍閔宇現在完全不知道？」

「嗯。」

「所以妳覺得他聽完後，一定會提分手？」

我點頭。

「妳確定嗎？」

「他將一部分的感情寄託在信上，對他來說，無庸置疑信是重要的。」我低眸，「三年來不間斷的寫，柔馨並不求回報，她甚至到最後都不要我將實情說出來，你說我怎麼能自私的和霍閔宇在一起？」

「但與霍閔宇相處的人一直是妳，不能夠全然否定他對妳沒有任何感情。」

「青梅竹馬吧。」對於這個頭銜我是又愛又恨，因為無關夏羽侑這個人，而是因為我們的關係，才讓霍閔宇記得我。

「不過他一開始的預想就是妳在寫這些信，我覺得妳……」

我不敢抱有任何期望，期望愈高，就愈捨不得。我打斷任迅暘，「那柔馨該怎麼辦？」她對霍閔宇的愛遠遠勝於我，比起我，我覺得她更適合和霍閔宇在一起。

霍閔宇喜歡那些信，裡頭溫柔的字句與安慰，是他的精神慰藉，而元柔馨對他的感情更是半分不假。

我說不出任何一個他們不該在一起的理由。

任迅暘沒有再說話了。

我們又陷入一陣安靜，我踢著路邊的小石子，下意識的看了手錶一眼——四點了！

我緊張的摸出口袋裡的手機，未接來電二十三通，訊息也是滿滿一排。

完蛋了……

我瞪著撥號鍵猶豫了幾分，肯定又要挨罵了，好不容易昨天才覺得彼此互相理解了一點。

當我準備按下去時，手機又響了。

我倒抽一口氣，舔了舔脣按下接聽鍵，握著手機的指節有些涼，還未開口，霍閔宇的聲音平穩的傳來，不似預期的急躁，而是一股緊澀的壓抑。

「妳在哪裡？」

我看了一眼身旁的任迅暘，「市區。你拍攝結束了嗎？對不起，我忘了我關靜音，所以一直沒接電話。」

對於我的解釋他置若罔聞，「市區的哪裡？」

霍閔宇突然這麼一問，我也不知道該怎麼說明，張望著四周想看看有沒有明顯的地標。一旁的任迅暘發現我的困擾，指了指我們左前方的路牌，要我直接說路名比較快。

我沉吟了一聲，覺得有點麻煩，「其實你不用特別來找我，我們直接約在最近的捷運站出口就好了。」

電話那頭的霍閔宇忽然沉默，我覺得怪怪的，準備開口問他怎麼了的時候，他突然說道：「妳不想說？」

「嗯？」

「或者我該問，妳隱瞞了我什麼？」

我的耳邊嗡嗡作響，瞳孔驀地一緊。

斑馬線的號誌轉為小綠人，兩側的車輛緩慢停下，只剩行人穿梭在黑白交錯的斑馬線上，腳步聲急促且紛亂。

然而所有一切在我眼中彷彿放慢了速度，只因我在人群中看見了那個熟悉的人。

一如既往的高大帥氣，在人群中耀眼得令人不敢直視。

我愣愣的看著他迎面走來，忽然想哭，直到看見他身旁出現了元柔馨嬌弱的身影，我的夢境瞬間碎裂，清晰銳利的將現實擺在我面前。

不屬於我的，終究會失去。

霍閔宇在我面前站定，俊臉清冷漠然，薄脣抿成一條線，用著我最害怕的陌生神色，直定定的望著我。

我看了他身旁的元柔馨，她微微低下頭，依舊是緊張就會絞著手指，水亮的大眼既無辜又委屈。

這一刻我看著她，不知道為什麼，忽然覺得矯揉造作。

我扯了扯嘴角，知道再拖下去也只是浪費時間而已，「你應該已經知道了吧？」

霍閔宇擰眉，黑眸如死水般深不見底，從他微勾的嘴角可以看出對我的冷諷，不管是針對什麼都無所謂了。

我也沒有等他開口，「那些信不是我寫的。」前陣子，我還以為我這輩子都無法冷靜的說出這些話。

原來在霍閔宇面前，我依然習慣偽裝，對他理直氣壯，不讓他認為我柔弱膽小。

從以前到現在都一樣，我必須告訴自己我不需要他。

只要裝得比他還灑脫，我才能不對他留戀。

「妳在說什麼？」霍閔宇的眉宇皺得緊，眼眸死死的瞪著我，聲調透著冷意，「妳不要跟我瞎扯。」

我愣了愣。

「我就給妳最後一次機會。」霍閔宇駭人的眼神讓我怔忡，眼底充斥著猜忌與懷疑，「妳跟任迅暘為什麼會一起出現在這裡？」

現在是怎麼回事？他不是來質問那些信的事嗎？

我看了一眼他身旁的元柔馨，她的小臉發白，「小侑對不起！我不知道妳還沒說……剛剛閔宇說妳沒接電話，我才跟他說我看到妳跟迅暘在一起。對不起……我真的不知道。」

「妳不需要道歉。」霍閔宇冷聲制止元柔馨，凌厲的眸光掃向我，「妳不告訴我，我還真不知道會被騙多久。」

他帶著嘲弄，「寒假也是吧，好幾次都故意不接電話。」

我垂眸，忽然不知道該怎麼和他說話。我們每一次的爭吵都像在審問與認罪，可是我們是情侶，不是法庭上的法官與犯人。

見我沉默，霍閔宇的臉色更難看了，他疲憊的撐額，神色冷然，瞪著我一言不發。許久，他倨傲的仰高下巴，隨意丟了一句話：「解釋。」

我依舊沒開口。

「說話啊。」霍閔宇咄咄逼人，眸眼寒光四射，令人不寒而慄，「還是這就是妳給我的解釋？」

任迅暘看不過去，忍不住出聲：「我們只是巧遇。」

霍閔宇彷彿聽到什麼笑話，張揚的笑出聲，聲線疏離帶著幾分猙獰，「巧遇？那麼下次打算又在哪巧遇？」他的話著實諷刺傷人。

「既然你不相信，為什麼還要問？」

霍閔宇冷冽的眸光朝我投來。

或許我之前的確讓他太不安了，但我以為上回的溝通早讓他釋懷了。畢竟因為和他交往，我跟任迅暘平常都說不上什麼話。

明明是同班同學，連打招呼都要看他的臉色。

我不知道究竟要做到什麼地步，他才會相信我，難道因為他，我都不能有異性朋友？我們已經不知道為了這種事吵過幾次了。

我累，他也很累。

「妳現在是因為他在對我發脾氣嗎？」霍閔宇斂起唇邊最後一點笑意，眸光陰冽。

「沒有，我就事論事。」我沒有看他。

「妳還有理？跟我約好，卻在這跟別的男人見面。」他的聲音極冷，完全控制不住狂躁的情緒，「夏羽侑，妳可真厲害啊，我到底還要忍妳多久？」

兩人在一起，卻始終在忍耐。

「那就別忍了吧。」

那些信，讓我過得心驚膽跳，明明就是他搞錯，為什麼後果要由我來承擔？

霍閔宇的臉色一沉，伸手想拉過我，我微微向後退，閃避了他的碰觸。

他的臉色覆上了一層寒霜，眼底的陰霾深沉可見。

「閔宇，小侑不是故意的……」元柔馨連忙出來打圓場。

我看向元柔馨，沉默不語，而她似乎也被我緊盯的眼神給嚇住，嫩白的小手下意識的抓住霍閔宇的衣角，縮在他身旁。

仿造我字跡的人明明是她，我有什麼錯？我是不勇敢，但這也是我的選擇，我沒有礙著誰，更沒有傷害人，為什麼要把所有的錯都怪到我身上？

「剛好該在的人都在，我們一次說清楚。」垂放在身側的手隱隱顫抖，我還是提起笑容冷靜的說道，「對不起，拖到現在才說，因為我不知道該怎麼開口。」

我停了停，不斷在心裡替自己打氣。說出來後，就再也不用為了這些事煩惱了。

「那些信都不是我寫的，我從國小之後就再也沒寫信給你了。」我不敢抬頭看霍閔宇的表情，雙眼盯著腳尖，緩緩的說下去，「也就是說從頭到尾你都搞錯人了，那些信跟我沒關係。」

出乎意料的，說出所有真相時，我的內心得到了前所未有的寧靜與安然，如釋重負。

「妳到底在說什麼？」霍閔宇擰眉，「夏羽侑妳又想唬弄……」

「所以每當我們吵架，或是溝通不良的時候，其實不是誰的錯。」從我們認識以來，我一直都是扮演著惹他生氣、不懂得看他的臉色，總是散漫少根筋的角色。

並不是不夠愛他，而是這就是我。

就是因為太喜歡了，開始變得壓抑、自我懷疑。我知道他需要的是信中溫順乖巧，總是給他溫暖的人。

「就只是我們不適合而已。」

淺而易見的答案。

霍閔宇的眼眸愈發深沉冰冷，低眸看了一眼站在她身旁的元柔馨，深邃的眸眼混亂不已，眉宇緊緊攏起。

「剩下的，我覺得還是讓柔馨來跟你說吧。」我覺得我沒勇氣為她解釋，甚至是見證他們互相喜歡的那一刻。

「你說你會因為欺騙而分手，不管那個人是誰。」我頓了頓，死死的咬著脣，低斂下眼，最終鬆開，「那這次可不可以由我來說……」

我帶著笑，看向連最後一刻都因為我而皺眉的他。

「我們分手吧。」

因為我誠實了。

我一直走，一直走，步伐急促不敢有任何停留，因為我不能回頭！

「羽侑！」後方的人忽然拉住我的手臂，我像隻受驚嚇的小動物愣愣的回頭，看清來人是誰後，我最後的一抹期待也消失殆盡了。

我後知後覺的發現天色昏暗，眼前一片霧濛濛的，像極了要下雨的前兆。

「要下雨了嗎？」我又沒帶傘了。

「沒帶傘還敢自己一個人出門，今早新聞不是說降雨機率百分之百，妳再這麼懶惰，到時淋雨又感冒發燒，休想我會……」

「我這不就遇到你了？」

「妳有把握每次妳有困難，我都在？」

「呃……從小到大的經驗，你一直都在。」

「我自己都沒把握了。」

你真的不在了。

任迅暘搖了搖頭，「是妳哭了。」

下一秒，我終於意識到臉頰一片溼潤，眼淚彷彿失控，一次又一次的滑過臉頰。

「妳很勇敢，說出來就好。」

我看向他，下意識的咬唇，喉嚨發出細小哽咽的單音：「嗯。」眼鼻一酸，眼淚又掉了下來。

他看著我沒有說話，給了我一抹笑容，「哭吧，沒關係的。」

聽見任迅暘暖意十足的語氣，堅強的防備一瞬間柔軟，我痛哭失聲。

「給妳的。」任迅暘遞給我一杯熱騰騰的奶茶。

我們坐在便利商店的玻璃窗前，如同剛認識時的情景。

「謝謝。」我吸了吸鼻子，還有著劇烈哭泣而未退的後勁。我捧著奶茶，輕輕的啜了一口，哭啞的嗓子流淌過一片暖。

「好多了嗎？」

我點點頭，再次向他道謝。

我們安靜了幾分鐘，任迅暘托著腮幫子，表情溫柔帶笑，忽然說起一個很遙遠卻被他記著很久的事，「想一想，我們的角色是對調的，妳提分手，我被分手，搞不好還可以互相交流心得。」

「我其實也算是被分手的。」畢竟霍閔宇喜歡的是他以為的我，但我卻還是很喜歡他。

「我只是覺得，如果交往和分手都由他來提，那我真的成了呼來喚去的女生了。」

我也是有自尊心的。

任迅暘笑了笑，帥氣的對我豎起大拇指。

我低笑，笑聲裡都是濃厚的鼻音，知道他是想逗我開心。

「你們當初分手的時候，你怎麼調適的？」

此刻的我，完全不知道該怎麼辦。

之後不可能避不見面，還得和田雅梨他們解釋。我不想因為我和霍閔宇分手，讓他們的立場也變得尷尬。

任迅暘思考了下，「好好生活。」

「啊？」

他聳肩，我錯愕的反應似乎在他預期之中，「如果連這麼簡單的事都做不好，就更別提什麼想重新開始的話，或是認識更好的人，甚至是忘記對方。」

聽了任迅暘既無奈又現實的話，我微微斂下眼。

真的忘得了嗎？

「不過妳先不要想那麼多，回家好好睡上一覺。」他說，「再想著要怎麼和他談吧，這事總不能讓元柔馨一個人去處理，也得顧慮霍閔宇的感受。」

「也是。」

霍閔宇現在或許比我還不知所措。

♡

我們真的分手了。

即便過了一個多月，我仍然覺得分手這詞應該離我們很遙遠才對。

本來以為失戀會是多麼嚴重的事，其實也還好，就是有點不習慣，心裡有點空。

要是知道我這麼想，霍閔宇肯定又要恥笑我的樂觀能治百病……

啊，我又想起他了，果然有點不習慣，我不可以再這樣了。

任迅暘一直要我找時間和霍閔宇心平氣和的談談，畢竟這事他也不知情，但我看得出來，他認為沒什麼好說的了。

穿上制服，我瞥了眼擱在桌上有些時日的藍色信封，早在幾個禮拜前我便將想對他說的話寫好了，只是遲遲未將它交出去。

從我說分手那刻開始，所有的結果就決定好了，和霍閔宇交往只有開始和結束兩種選擇，再多的解釋都於事無補。

如果我要走，他不會攔。

就如同他歷任的前女友，看著他毫不留情的走。我自嘲的笑了笑，而我現在也沒有任何籌碼能夠約束他。

下樓時，老媽已經將早餐準備好了，她順口一問：「最近小宇怎麼都沒來我們家吃飯？你們吵架啦？」

「喔，忙吧。」我心虛的隨口扯道，「都要高三了，他要工作又要上課，睡都睡不飽了，哪還有空來吃什麼飯。」

我咬了一口肉鬆蛋土司。

不知道霍閔宇和霍姨霍叔提我們分手的事了沒，但就最近一片天下太平的樣子來看，他應該也還沒說。

畢竟這種攸關兩家人關係的事肯定很難啟齒。

「看看妳，身為女朋友都不知道關心人家。」媽媽斜了我一眼碎念道，「小宇這麼優秀，小心哪天就被人拐走，到時可別後悔。你們年輕人的事，我們大人可管不著。」

不是我不和他談，而是他對我視而不見。

現在我們的關係說不上太好或太壞，我們會交談，但僅止於班上事務，沒有肢體接觸，沒有笑容，他就像對待不熟識的朋友那樣客套、冷漠。

其實不注意是看不出來的，所以沒人覺得我們的相處哪裡奇怪。

忽然覺得這份心情，就和以往我任性的要求霍閔宇不要公開我們交往的心情很像，真的是很大的諷刺。

他現在連出門時間都刻意和我錯開，擺明就是不想和我單獨相處，在學校也無法明目張膽的談起這件事，加上他現在身邊有元柔馨。

自從我們分手後，我感覺得到元柔馨積極的想待在霍閔宇身邊。

他是一個愛恨分明的人，他沒有拒絕元柔馨的行為，表示他並不討厭，甚至偶爾可以看見他們有說有笑的畫面。班長與副班長同進同出的次數變多，班上甚至傳言他們低調的在一起了。

得知我們分手的田雅梨還說，我成了最苦命的悲劇女主角，還得若無其事看著還愛著的人和別的女生卿卿我我。

但能怎麼辦呢？

我沒有說不的權利。

我走著平時進教室的路，遠遠的就察覺一股劍拔弩張的氣息在教室前發散著，我吞了吞口水，看著站在那對峙的田雅梨和閻子昱。

前幾天不是還在那打情罵俏，雖然我真覺得閻子昱要被打死了。

直覺沒好事的我快速轉身，卻被一堵牆遮住了眼前的視線，我不自覺後退了一步，目光停在對方制服外套上的左胸口，藍色的縫線細細交織出他的名字。

霍閔宇。

我憤恨的閉上眼，前後都是死路。

「喔，小侑妳來得正好。」田雅梨率先一喊。

「霍你來得更好！」幼稚的閻子昱連用詞都要比田雅梨浮誇。

「喂！你幹麼學我？我先叫小侑的。」

「我叫霍，關小侑什麼事？」閻子昱抬高下巴。

我瞪了他們一眼，不知道他們玩什麼花樣，明知道我們現在的關係很糟。

「先說喔，我不加入。」

「也不用算上我。」站在我後頭的人冷冷的開口，繞過我。

這次我們難得有共識，一前一後的準備走進教室。當我們靠近門口時，田雅梨也不知道發什麼瘋，突然向我衝來。

我被她嚇得停住腳步，身體下意識的往後傾靠，身後的霍閔宇反射性的將手臂環過我的腰，將我護在他懷裡。

一股暖燙的氣息隱隱傳來，許久未曾近距離接觸的我們皆是一愣，他一僵，快速收了手。

我們不自然的拉開距離，隨口一問，試圖轉移注意力：「你們一大早到底在吵什麼？」

「小侑妳來評評理。」田雅梨拉過我，一同面對閻子昱，「妳覺得有男女朋友的人，和異性朋友到底要保持多少距離？」

我真不該問的。

「不、不要太誇張就好了吧？」我到底為什麼要結巴，還用著這麼不確定的口吻……

但我貌似說中田雅梨心中的答案，她激動的攫住我的肩，接著將我轉向閻子昱，直接把我當作有力的擋箭牌，一臉理直氣壯道：「是吧！就是朋友而已嘛！又沒有什麼太超過的肢體接觸。」

「不要太誇張的標準是什麼？勾肩搭背？靠在一起？還是單獨一起出去？」閻子昱不服，「都有男女朋友了，這些事能做嗎？」

「喂！你幹麼盡挑些嚴重的說，還有，明明就有一堆有男女朋友的人，還是會跟異性單獨出去啊。」

我功成身退的被田雅梨推到旁邊，正想藉機溜走。

她捲起制服袖，一副「老娘今天不贏你我跟你姓」的表情，「難道有男女朋友就不能有異性朋友？」

田雅梨這話說得好啊！完全說中我的心聲。我停下腳步在旁低調的拍手，因為這點，我決定繼續觀賽。

閻子昱一時啞口，無辜的看著站在一旁冷眼看戲的霍閔宇，「霍你倒是說說話，你覺得你的女朋友可以和別的男生單獨出去嗎？」

「不行。」一道冷然的聲嗓傳來，「以為我開慈善機構？」他帶著嘲弄的笑，明顯衝著我來。

一股火苗油然竄起。

閻子昱彷彿看到希望之星，聲勢瞬間壯大，他刻意的咳了一聲，聲音放低，「是不是！我就說妳們女生有問題！」

田雅梨自然不服輸，張口要反駁回去時，我連忙大聲回道：「那是因為兩人之間沒有信任，要是常常都要這樣起疑，不覺得在一起太累了嗎？不如分開。」

說起敏感的關鍵字，霍閔宇黑眸一凝，寒光朝我投來。

這次我也不甘示弱的瞪了回去，加上分手後他對我視若無睹的態度，明知道我有話要對他說，卻總是故意讓我碰壁。

總之，我們確定是槓上了。

田雅梨似乎被我有些認真的口吻給震住，但隨即立刻點頭贊同，「小侑說得對！除了顯現對方疑心病太重，控制欲太強，我一點也不覺得這樣有被愛的感覺。」

我朝田雅梨感同身受的點了點頭，真心覺得交對了朋友。

「這麼說的話，我們就算夜宿異性家也無所謂，反正什麼事都沒發生，只是圖個方便。」

一旁的閻子昱也不懂為什麼情勢變得緊張起來，但看見自己的老大開金口了，眼裡就沒有對錯，霍閔宇的話就是真理。

「就是說啊！霍說得對！」

夏羽侑冷靜！霍閔宇就是故意舉偏激的例子要激妳而已，別理他！

「真是好笑！都說是巧遇了，你到底有完沒完啊？」我真的忍夠久了！

他冷哼，眸眼冷厲，「到哪裡都可以巧遇，那還真巧，能不能教教我，我也想遇一遇。」夠酸。

「好啊，既然你要這麼認為，那我也不浪費你的想像力。」我聳肩，「我們就是約好了，就故意的，你想怎樣？」

霍閔宇瞇起眼，毫不遮掩的沉下臉，垂放在褲邊的拳頭鬆了又緊，「若要用信任程度來談論愛，恐怕是要對這個世界失望了。」

「不是這樣！」我說，「這本來就不能拿來相提並論，但也是因為我愛你，所以我信任你。如果只是一味的懷疑與不相信，這種關係不會長久，只會覺得累而已。」

聞言，霍閔宇的眼神微微閃動。

我這才後之後覺的發現這句話怎麼哪裡怪怪的？

田雅梨和閣子昱不知何時已默默的站在一塊，怎麼每次我都覺得被他們陰得不知不覺。

霍閔宇沉默，深邃的眼眸平瀾無波，似是聽進去了又像是什麼都沒在聽。

「閔宇。」一道清亮的女聲打斷我們的各有所思，「在聊什麼啊？怎麼大家都圍在走廊。」

元柔馨朝我們走近，她笑盈盈的看著我，眼底卻沒有笑意，取而代之的似是對我的輕視。

「顧著和醃豬腦吵架，害我連早餐都還沒吃。」田雅梨打破沉默，「小侑，陪我去一趟福利社。」

她勾住我的肩，轉頭朝閣子昱豎起中指。

我們坐在福利社外的中庭，田雅梨咬著蛋餅，語重心長的說：「不過就幾張信，沒必要鬧到分開吧。」

「妳剛剛也看到他的態度了吧，他根本就不聽我說話。」我嘆口氣，垂下眼，「就算他能接受信不是我寫的，但我覺得現在的我們根本不適合在一起。」

霍閔宇以自我為中心，所有的解釋對他來說都是辯解，好比任迅暘的事。而在他身邊的我，對於他的耀眼總是感到自卑，想的都是他為什麼會喜歡我？這樣的我有哪裡值得他喜歡？

我知道他已經極力給我他能給的安全感，但這是我自己的問題，久了之後反而成為雙方的壓力。

回到教室後，正巧碰上元柔馨和霍閔宇說說笑笑的走了出來，似乎在說暑假要工作的事。其實這樣的場景在我們分手後見過不少次，但大概是今天難得和霍閔宇說了幾句話，相比之下，忽然覺得自己真糟糕。

說沒幾句就吵了起來，沒有一點溫順的樣子。在一起的時候，沒能好好說幾次心裡話，很多癥結我和他都選擇忽略不說。

直到最後，我們都累了。

霍閔宇沒看我，側頭看了元柔馨一眼，淡淡的說道：「走吧。」

元柔馨柔靜的點點頭，嘴角不可察的勾起笑，兩人掠過我的身側，伴隨而來的風，瞬間即逝。如同他走的時候，什麼也沒留。

我的心一涼。

見他們走後，田雅梨氣呼呼的為我打抱不平，「就這樣看著霍和別的女生走嗎？」

「我以前也都這樣。」

以前可以，沒道理現在不行。

「以前和現在有一樣嗎?」田雅梨說到一半也覺得怪,「嘖,好像一樣!」

我依然不在他心裡。

「我覺得我不能接受。」

我無語,「妳有什麼好不能的。」

「霍現在是和元柔馨交往了嗎?」

「不知道。」

「什麼叫不知道?好歹也去打聽一下啊。」田雅梨跨坐在桌上,晃著腿,「我不是很喜歡元柔馨。」

聞言,我再度無語。

田雅梨擺了擺手,一副懶得跟我多說的模樣,「我要去外掃區了。」

「喂,等我啊!」我放下書包,急忙跟了上去,手就這麼勾倒身旁的椅子,發出砸向地板的巨響,掛在椅上的袋子散落一地。

田雅梨定睛一看,發現是元柔馨的椅子,嘖嘖兩聲,「不爽要說啊,這樣背地裡搞小動作,小侑壞壞喔——」她怪腔怪調的揶揄我。

「哪有,我是不小心的。」我上前扶起元柔馨的椅子,「別說風涼話,快來幫我撿。」否則依照我們現在敏感的關係,搞不好要誤會我在針對她。

田雅梨還未上前,倒是一雙比女生還漂亮的手,輕巧的替我將椅子扶了起來。

我抬頭看向任迅暘,「謝謝。」

他點了點頭。

我將袋子掛回椅上,轉頭問道:「你今天要不要來我家吃飯?之前答應你的。」

「不會不方便嗎？」

我豪邁的揮揮手，「我媽很樂意的，她最大的娛樂就是看別人吃她做的飯，吃得津津有味。」所以才總是希望霍閔宇多來家裡蹭飯。

喂！不能想他！我在心裡警告自己一聲。

我檢查了一下地板周圍，確定元柔馨的東西是否都收好了，我可不要被誤會成報私怨的女人。

忽然，眼角餘光瞄見椅子底下似乎有什麼東西，大概是從袋子裡掉出來的。

我皺了皺眉，伸手下去摸，放到掌心定睛一看——是巧克力。

田雅梨看了立即搶了過去，「妳不覺得這巧克力的包裝很眼熟嗎？」

我邊拿掃除用具，漫不經心的回：「所有要進妳肚子的東西妳都眼熟。」跟任何帥哥妳都覺得眼熟是一樣的道理。

「真的不能吃啊。」

「白痴！」

「幹麼罵我？妳到底是多想吃啊？」

「妳才滿腦都是吃吃吃！」田雅梨大罵，「妳就是這樣沒神經才會天天讓別人找碴！」

「妳在講什麼？」雖然這麼問她，但心裡卻有種不好的預感。

「妳還記得上次的巧克力謀殺抽屜事件嗎？」

自上次那件事後，她和閻子昱扮起偵探，說要解開這個謎團，無聊到還替事件命名。結果當然是三分鐘熱度，沒下文。

「記得啊。」我知道田雅梨想說什麼，但應該不會吧？

「妳仔細看這個包裝，不就是當時出現在霍的抽屜裡嗎？」

確實是一樣的。

「可是這種巧克力大家都會吃啊。」基於沒有確切的證據，我還是這麼說了。

而且那件事都過這麼久了，不能因為元柔馨的座位剛好有同牌的巧克力就懷疑她。

田雅梨抿了抿唇，似乎也覺得她這隨便誣賴人的行為很不妥，「好吧，也是。」她將巧克力丟回元柔馨的袋子。

「是她做的。」

我和田雅梨雙雙愣了愣，轉頭看向一直沒說話的任迅暘。

「我看到了。」

「這種事可不能亂說啊。」田雅梨擰眉。

任迅暘平靜的點點頭。

「那你為什麼現在才說？」田雅梨質問，「都要學期末了，還是你其實喜歡元柔馨？說喜歡小侑根本是幌子？」

田雅梨又在發揮她亂七八糟的想像力了。

任迅暘微垂下眼，搖了搖頭，「因為看著她，就會覺得好像看到以前的自己。」

我看向他。

「為了喜歡的人努力，儘管是用著錯誤的方式。」他緩緩說道，「小侑，對不起。」

「為什麼要說對不起？」

「關於我和她的分手，有一點我一直沒說，也是我最不想承認的。」任迅暘看著我，眼神複雜卻又透著難以言喻的後悔，「喜歡妳這件事，從頭到尾都只是我對霍閔宇的忌妒。」

我驚愕，看著他遲遲沒有回話。

「同樣都是青梅竹馬，我忌妒他能用自己的能力把妳守護好。我也忌妒妳喜歡他，甚至有勇氣做到放棄他。」任迅暘自嘲的笑了，「我看不慣你們太幸福。」

因為像他，所以能理解元柔馨這麼做的心情嗎？為了喜歡的人，就算傷害到別人也沒關係嗎？

「而我也因為這份忌妒，失去了我的她。」

田雅梨不知道什麼時候已默默退場，或者是因為看到閣子昱來了。

有時候真的很羨慕他們，喜歡得這麼單純與自然。

我也想好好喜歡一個人，看到他來時，能夠自然的牽著他的手到處走，和他說說今天發生的事，見不到他的時候能夠旁若無人的喊著好想他。

「我們之所以會分手，是因為我用了錯誤的方式愛她，所以她離我愈來愈遠。」任迅暘泛起苦澀的笑容，「所以她不再和我說心裡話，不再和我撒嬌，所以她選擇離開我。」

早自習鬧哄哄的聲音，在我耳裡彷彿成了和諧的背景樂，操場偶爾傳來的嘻鬧聲與尖銳哨音，似乎也愈來愈遙遠。

我突然好希望所有的一切都是場夢。

醒了，就好了。

任迅暘低下頭，像是對我道歉，也像是得到了心靈的譴責。

「我不相信妳跟霍閔宇能夠走到最後，可是現在看來，是我錯了。」

我沉默了下，輕輕搖頭。

任迅暘是對的。

「你知道嗎？我其實很高興你誠實的告訴我這些話。」我的手抵著桌沿，抿了抿乾澀的脣，「讓我知道我的決定沒有錯。」

應該讓更適合的人去愛他。

「真的很抱歉，」任迅暘的眼眸透著誠摯，「讓你們為了我的事鬧過許多不愉快。」

「我不怪你。」我搖了搖頭，「因為有你，我們才能發現問題，我們的感情確實不夠堅定。」所以才總是充斥著猜忌與懷疑。

何況我們都分手了，追究誰對誰錯也於事無補了。

第十二章　揉碎時光

時間過得比我想像中快，與霍閔宇分手後的第一個學期就這麼過完了。

最近的田雅梨和閣子昱也愈來愈目中無人，一起消失，再裝作若無其事的一起出現。我都忍不住想告訴他們，別忍了吧，我看得都心塞。

我偶爾會和任迅暘一起回家，有時也會邀他來家裡吃飯，算是履行之前說會陪吃的這項約定，反正現在霍閔宇也不會來了。

結業式那天，班上同學心神幾乎都飛了，準備享受高三前的最後一個暑假，班導還在講臺上耳提面命，「現在不讀書，高三讀到哭。」

但大家基本上都當耳邊風。

任迅暘決定回美國一趟，算是跨過心裡那道檻，決定正視自己的感情。

「分手後，我從沒想過會有這一天。」

「很多事都很難說。」

任迅暘贊同，忽然說道：「也許我的行為在他人眼裡看似有些偏激，但換個角度來說，我捍衛自己的愛情，比起在意愛的輕重，我只想知道對方是怎麼想的。」

「羽侑，也許退讓能夠成全一些人、一些事，但妳有沒有想過，妳為什麼得讓？妳是第三者嗎？

妳不夠愛他嗎？」他笑，「別忘了，一直跟他在一起的人是妳。」

我看著任迅暘，眼眶莫名發酸。

這段日子，我盡力不在跟霍閔宇有關的事上鑽牛角尖，不斷自我催眠，放開他是最好的選擇。

他會快樂，我也是。

我努力保持平常心，裝作若無其事，假裝自己其實沒那麼喜歡他，就跟以前一樣，我能騙過自己的。

可是，我忽然沒有力氣了。

我不快樂，全是自欺欺人。

見我沒說話，任迅暘笑著揉了揉我的腦袋，「開學見，希望那時候的我們，比現在快樂。」

「嗯。」

回到家後，爸媽都去參加婚宴了，家裡只剩我一人。

為了怕自己又胡思亂想，我心血來潮的打掃了房間。不清還好，這一清倒是整理出很多霍閔宇的東西。

舉凡手錶、睡衣、教科書，還有他不知何時塞入我桌墊的個人照片，我無言的抽起。

往旁一看，是我們在園遊會的合照，還有第一次一同拍攝情侶裝，替星園宣傳的照片，滿滿的占據了我的桌面。

我愣愣的看著一張張我們的笑臉，他張揚的勾起脣角，我笑眯了眼，嘴角的梨渦隱隱浮現。

我毅然將照片放進抽屜，將霍閔宇的東西全收進袋子，打算找一天送去他家。

這陣子，唯一進步的就是，看著他的時候，不再想哭了。

我拍了拍手上的灰塵，順手想拉開陽臺的窗簾，讓陽光曬一曬房間，欲伸手時，我猛然收回。分手後，好幾次我都忘了我和霍閔宇的房間是互相看得見的，要是他剛好站在窗前，場面一定很尷尬。

我默默收回手，自嘲的笑了笑。

躺在客廳沙發上，我愣愣的望著窗外，午後的陽光，薄透清淡的自窗口流淌而下，照得一室明亮。想起以前霍閔宇假日不用工作，我也懶得出門時，我們就會窩在沙發上。有時他會打電動，或是躺在我腿上睡午覺，我會嫌他重，卻從來沒有拒絕他。

我閉上眼，或許睡著之後，就不會再想起他了。

醒來時，客廳一片昏暗，微弱的路燈光線從窗外照射進來。我揉著眼從沙發坐起，看了一眼手機，居然已經晚上七點了。

我下意識的去找電燈開關，卻發現無論我怎麼按，電燈就是沒反應，「該不會停電了吧？」

我赤腳站在偌大的漆黑空間，覺得背後有股涼意，耳邊不時傳來窗外冷風呼嘯而過的尖銳聲，彷彿女人的哭喊。我打了個冷顫，摩挲了下手臂。

打開手機的手電筒，我爬上二樓，打算去拿錢包出門吃晚餐。

我讓光源始終照著腳下，就怕突然照向別處會看見奇怪的東西。

大概是太安靜了，我全身的神經緊緊的懸著，不敢東張西望。耳旁不時傳來風吹動玻璃的震動聲響，還有偶爾的狗吠聲。

我拍了拍胸口，一面安慰自己。待找到錢包後，我飛也似的衝下樓，焦急和恐懼占據了我的思緒，忽然腳下一空。

「啊——」我的視線一片天旋地轉。

啪！我狼狽的趴在一樓的地板。躺了約莫三秒，我動了動撞暈的腦袋瓜，幸好是從不高的地方摔下來。

我的手掌抵著地板，用力撐起幾乎快散了的身體坐著，手腳一陣痠麻。我轉了轉脖子，甩了甩手，試圖緩解全身多處的痛感。

當我想用力站起身時，右腳踝傳來一陣鑽心的刺痛，我痛得跌坐在地。

手機的光源微弱，我撫著腳踝，似乎有點腫，我決定再站起來試一次，果不其然一股錐心的痛攀上我的腦門。

「嘶——」不會真的扭到了吧。

一時之間我也不知道該怎麼辦，也不知道爸媽什麼時候回來，更不知道電什麼時候來，難不成我要一個人待在烏漆抹黑的屋子裡一整晚……

我搖了搖頭，打算找人求救，結果翻了通訊錄一回，居然找不到任何一個親近的聯絡人，拜託不住附近的田雅梨和閻子昱也不太方便。

嗯，我就是不想拜託住隔壁的人。

大不了就等爸媽回來吧，躺在這兒睡一覺也行。

我伸長腿，試圖轉了轉腳踝，看能不能消點腫，卻只是讓我痛得齜牙咧嘴。

我瞪著通訊錄上霍閔宇的號碼。

這時，我似乎聽見二樓傳來門把震動的聲音，我的四肢一涼，硬著頭皮抬頭看了一眼身後的樓梯，失去照明的階梯，彷彿一條沒有盡頭的蜿蜒深淵。

我咬了咬唇，趕緊別過頭。

四周過於寧靜，似乎下一秒我就會看見不知名的東西，在我眼前無止境的放大。

深呼吸，吐氣——

是假的！那些東西都是不存在的，不存在的……

「嗚——」

「喂？」

當話筒傳來令人熟悉的聲音，不安、慌張、驚恐，一瞬間傾瀉而出。

電話那頭沒有再說話，但仍舊在通話中，我試著穩住情緒，唯獨抽泣聲特別明顯，「霍閔宇……我害怕。」

顫抖的聲音讓我驚覺，原來我是多麼的依賴他。

夏羽侑，妳真的瘋了。

電話毫不留情的被掛斷，摔了腿，現在我連臉都丟光了。

我吸了吸鼻子，同時，大門忽然傳來清脆的鑰匙碰撞聲，緊接著是轉動鎖孔的聲音，聽得出來對方的動作很快，甚至有些急躁。

因為開了第一次沒成功，他又轉了第二次。

這聲音對我來說宛如天籟，當門被打開的剎那，我彷彿看見那人背後發出聖光，「嗚——爸媽我好想你們……」

對方低喘著氣，漆黑中，深邃的眼眸熠熠閃爍，由上而下俯瞰著我趴在地上幾乎快要膜拜他的模樣，眉頭不可察的皺了一下。

我徹底的僵住。

好在腦袋線路還算清晰，我急忙收起眼淚，立即想站起身，全然忘了自己腳扭傷，所以當右腳試圖施力撐住身體時，一陣抽痛直擊心臟，讓我低叫出聲，只能懸著右腳，貼著牆維持平衡。

霍閔宇手裡拿著手電筒大步朝我走來，我見他靠近，下意識的想後退，但我基本上只有腦袋可以自由移動，身體還是因為怕痛老實的站在原地。

他在我面前站定，沒有碰我，單單只是橫了我一眼，便蹲下身。大掌觸上我的腳踝，意外的很溫暖，我不自在的想抽回。

他沒有看我，「再亂動，待會兒我就讓妳痛到沒機會動。」

我不知道這話的真實度有多高，但因為說的人是霍閔宇，反正我是信了。

我乖乖倚著牆，他嘴裡咬著手電筒，手在我的腳踝四處摸索。有點癢，有點暖，剛才的劇烈疼痛彷彿都不存在了。

沒多久，他起身，簡單的命令道：「去看醫生。」將手電筒塞給我，「我揹妳。」

我點點頭沒有多廢話，因為腳真的好痛。

當我攀上他暖烘烘的後背，鼻息中全是屬於他的氣息，柔軟的黑髮，熟悉的體溫，都讓我覺得那天的分手會不會只是一場夢。

他還是我的霍閔宇，我的男朋友，我可以肆無忌憚的對他撒嬌，對他哭鬧。

「好好照路。」

「喔。」礙於氣氛太過尷尬，我試圖找話，「你怎麼有我家鑰匙？」

「阿姨給的。」

「喔。」

「拿我的手機叫計程車。」霍閔宇用手將我往上托了一點，「在我的外套口袋。」

「好。」我乖巧的答，微微斜著身，伸手摸向他的口袋。但不知道是不是動作太大，下一秒我整個人幾乎要從他背上滑了下來。

慌忙之中，我立即用另一隻手勾住他的脖子，往上爬了爬，遠看肯定像坨不明物體掛在他身上。

果不其然立刻遭到斥責：「不要亂動。」

「對不起。」

拿到他的手機後，我開心的伸長手在他眼前晃了兩下，「拿到了。」

他不語。

我後知後覺的想起他沒有多餘的手可以打電話，「你的密碼是多少？」應該換了吧。

「指紋就可以了。」

「告訴我又不會怎樣，你可以回去後再改。」雖然這麼說，但我還是摸上他的手，「哪一隻手指？」

對於我的觸碰，霍閔宇明顯愣了一下。我這才發覺以我們現在的關係，應該要避免非必要的肢體接觸。

「啊，對不起。」我咳了一聲，「所以就讓你告訴我密碼啊。」

「妳的手。」

「嗯？」

「妳的指紋也可以解鎖我的手機。」

「喔！對耶！」之前充當回覆留言的槍手，圖方便設定的。我乾笑兩聲，「對不起，我忘了。」

之後，我們又陷入沉默。

時間彷彿凝滯，沉悶的像是要勒住誰的脖子似的，不斷蔓延擴大。我隱隱約約能感受到霍閔宇在不高興，但不知道是什麼原因？

是擔心元柔馨知道後會胡思亂想嗎？

思及此，當看到計程車來時，我連忙動了動身子讓他放我下來，腳著地，我轉頭朝他伸手，「呃，對不起，可以跟你借個錢嗎？我看完醫生回來就還你。」

我到底為什麼一直在道歉啊！

霍閔宇直定定的看著伸手的我，沒有說話，沒有動作，本就尷尬的氣氛似乎被他弄得更糟了。

計程車司機等了幾分鐘，狐疑的從車窗探出頭看我們一眼，我請他等一下，忍不住轉頭向霍閔宇解釋：「我沒有要你陪我去，我也會還錢，就住在隔壁而已，我不可能欠錢不還。」我試圖說服他。

也不知道霍閔宇是想讓我難堪還是有什麼難言之隱，始終保持沉默的看著我。

於是，我也只能又向他道歉，「對不起，我也不想打電話煩你，只是……」

「上車。」

見我沒動作，他直接將我打橫抱起塞進後座，我驚叫一聲，看著他也坐了進來，冷著臉和司機說了目的地。

一路上，我們都沒交談，見我們各自臭著一張臉，計程車司機也沒多說話，就怕掃到颱風尾。

好不容易到了醫院，輪到我看診時，醫生邊看著我的腳踝邊說道：「好險沒骨折。」他抬眼看了我身旁的霍閔宇，「怎麼讓女朋友摔成這樣？」

「醫生我們不是……」

「她腦袋發展不全，得怪她爸媽，不能怪我。」

醫生笑了笑，替我轉了轉腳，看似沒出多大的力，但我卻痛得幾乎要飆出淚。我下意識的握緊拳頭，臉色因為出力而漲紅。

倏地，一雙溫熱的大掌覆上我的手，節骨分明的長指輕巧的撬開我握緊的手，轉而交扣。如此一來，我也只能死死的抓著他。

我的心為之一震，但想起他一路都在對我擺臉色，我也就毫不客氣的用力捏住他的手。

霍閔宇面不改色的任由我攥緊他的手，反倒是我自己有些過意不去，微微鬆了鬆抓他的力道。

經過醫生的診療，我的腳踝除了有些腫，卻不那麼痛了。

「記得擦藥，太痛的話，可以吃止痛劑，一天最多一顆，別吃太多。」我點點頭，接過藥，後知後覺的發現一竿子的實習護士都在偷看霍閔宇。

嗤，欠債臉有什麼好看的？

回去的路上，沒意外的，我們依舊沒有搭話。明知道應該說清楚，卻在看到他之後，所有的理直氣壯全縮回肚裡。

計程車停在巷口外，剩下的路還是得用走的。這次他沒揹我，而是兩手插放口袋，冷傲的走在我前頭，步伐沒有刻意放緩，卻也沒有加快。

我看著他高眺的背影，一步一步慢騰騰的跟在他身後，心裡沒來由的失落。

「喂。」

不理我。

「霍閔宇。」

還是不甩我。

「你明明就答應我，不管發生了什麼事，都不會不理對方。」我說道，「你現在想食言嗎？」

他停下腳步，墨色的髮絲在黑夜中揚起，顯得他的身影更加倨傲漠然。他冷冷的側過頭，「妳已經不是我女朋友了，我沒必要遵守。」

語落，我的心狠狠抽動了一下。他說得沒錯，現在我的話對他來說，什麼都不是了。

我笑了笑，說不上是什麼心情，明明分手是我提的，為何此刻我卻有種是我被他甩了的感覺。

我鼓起勇氣，「那我們能不能重新當回朋友？」我不敢奢望好朋友，但至少別對我露出這麼陌生的表情。

霍閔宇看了我一眼，神色淡然，眸光泛深，「妳憑什麼這麼要求？」

我咬了咬脣，有時還挺佩服霍閔宇的不留情面，三言兩語就讓對方無話可說。因為我真的沒有資格要求他，前女友這個身分，早讓我們沒有半點可能。

我抿起笑，「好，那就這樣吧。」未等他回話，我平靜的離開他的視線，如果可以，也讓他這麼遠離我的世界吧。

那一天，我和他共有的記憶，停留在我們背道而馳的夜晚，再無其他。

♡

「開學第一天遲到的人，要當一學期的值日生！」班上群組跳出這則通知。

「班導的聖旨。」又一則。

「還有，這禮拜要模擬考喔。」

接下來的留言全是一片問候家人的話。

我看著騰騰直跳的訊息，套上帆布鞋，也不自覺加快動作，「我出門了。」

「待會兒見到小宇，好好跟人家說話啊。」媽媽教訓道，「暑假說什麼要去宜蘭老家住，一聲不吭就把人家丟在這裡，也不覺得不好意思。」她嘴裡叨念著，恨不得我黏在霍閔宇身上似的。

「媽，其實我跟他……」

「對了！前陣子小宇來過家裡一趟，說是要來拿放在妳房間的東西，所以我就讓他進去了。」

「妳讓他進我房間？」我驚愕，「妳怎麼可以讓他進去啦！」

媽媽嗤了一聲，「妳男朋友有什麼不可以？什麼都看過了吧。」

我無語。隨後想了想，我似乎也都把重要東西帶去宜蘭了，而他的東西我也整理好了，光明磊落，確實沒什麼不能被他看見。

「我聽說他最近食欲不太好，心情起伏大，也不知道是發生什麼事，問他也不講。」

我皺眉。

老媽拍了下我的書包，「照顧好人家啊，說不準是有什麼心事，小宇這個孩子，有時性子還滿逞強，妳多體諒他一下。」

都怪老媽一早拉著我說了一堆莫名其妙的話，本來還不錯的心情瞬間陰鬱。下車時，我看了一眼腕錶，「三十五分！」

我使勁跑，一邊祈求能壓線，還有今日的糾察隊能夠大發慈悲不登記我。

我喘著氣，遠遠的就看見校門已關，只開著一旁的小門，讓遲到的學生登記學號，而在一旁盯著的是新上任的學生會長。

我下意識的咬了咬下唇。

不行，我不能被抓，一個學期的值日生耶！我自己的事都做不完了，哪有心力去服務大家。

心一橫，爬牆！

趁著沒人注意，我偷偷的往後門移動，巧妙的避開後門的糾察隊，走往一旁的紅磚牆。

四周雜草叢生，我先將書包投過圍牆，轉了轉脖子，活動一下筋骨。

我注意到身旁疊起的磚塊，看來剛剛也有人爬牆，沒想太多，我踩了上去，一腳直接跨上圍牆上端，俐落的翻牆而上，動作一氣呵成。

暑假待在宜蘭，放眼望去都是田間小路，跳上跳下也就習慣了。

我坐上牆沿拍了拍手，忽然一旁傳來窸窸窣窣的聲音，我頓了頓，一隻胖花貓悠然的探出頭，接著懶懶的轉著尾巴。

「魚子醬是你啊，嚇我一跳，害我以為被發現了。」我拍了拍胸口。

牠今天心情似乎不錯，不似以往總給我臉色看，居然還主動朝我靠上來，雖然還是一臉鄙視。

「喵——」

我伸出手，摸了摸牠柔順蓬鬆的短毛，「怎麼突然對我那麼好？」我露出笑容，皺了皺鼻子，「改天帶好吃的來給你，但我現在得走了。」

跳下圍牆，確定沒被人發現後，我整理了下衣衫，若無其事混進學生群。

正當我鬆了一口氣，忽然有人點了點我的肩，我嚇得差點尖叫出聲。

「做壞事了？」

我沒好氣的看著任迅暘笑得一臉燦爛，以往過於白皙的皮膚黑了一圈，反倒增添了健康和活力。他的笑容依然溫和，卻拂去了如影隨形的灰暗。

他變得不一樣了。

我賊兮兮的用手肘撞了他的腰，直接了當的問道：「估算成功機率有多少？」

他居然將手抵著眉，模樣是少有的俏皮，「報告，我和她見面了，也說了不少話，她看起來並不排斥，我想先暫時維持這樣友好的關係。」

我點點頭，朝他豎起大拇指，贊成他的做法，過於逼迫容易弄巧成拙。

「妳呢？這兩個月還好嗎？」他稍稍打量了我一眼，含著笑，並沒有多做猜測，「終於會笑了。」

我垂眸，笑了笑，「日子總是要過啊，都高三了，我現在比較擔心的是後天的模擬考。」我吶喊了一聲，「真不想開學——」除了要上課，還得面對霍閔宇……

「學姊！小侑學姊！」

我愣愣的循著叫聲看去，是之前園遊會那些學弟妹，他們一群人團團聚在窗前，發現我看了過去，興高采烈的揮著手。

「學姊又更漂亮了啊。」

「那還用得著說，是我最喜歡的學姊！」

「有主了、有主了，別打歪主意，小心我和學長告狀。」

後來，他們嘰嘰喳喳不知道又吵了什麼，我見打掃時間快過了，索性和他們揮手，道別的話才到嘴邊，一抹高䠷挺拔的身影闖入我的視線。

兩個月沒見到霍閔宇了。

墨黑的軟髮短了些，閒散的落在額前，面無表情的模樣，襯得他深邃的輪廓深俊迷人，他好像又長得更好看了。

似乎注意到我的視線，他側過臉，毫無情緒的斜了我一眼。

我的手僵持在半空中，揮手也不是，舉著更怪，於是我默默的收回手。

啊，什麼都過去了。

我與霍閔宇交往的事，不過是一場浪漫的美好奇遇。

然而現在他不是我的男朋友，不是我的霍閔宇，他好像從來就不屬於我。

看著元柔馨嬌小依人走在他身旁的模樣，我早該釋懷了啊。

「走吧。」任迅暘彎起笑沒多說什麼，「待會兒還有開學典禮。」

我應了聲，收回了視線。

坐在禮堂，田雅梨湊過身問道：「妳暑假人間蒸發啊？都不聯絡。」

「回了一趟老家，陪陪他們老人家。」最大的原因，其實是逃避現實。

至少不用見到隔壁鄰居，想起的次數也會少一些。

田雅梨也看出我的口是心非，忍不住說：「妳跟霍到底說清楚了沒有？」

「清了。」一清二楚，毫無關係。

「妳不在這兩個月，世界都變天了。」田雅梨努努下巴，「他們兩個應該是在一起了。」映入眼簾

的是元柔馨和霍閔宇坐在一起的背影

「嗯，遲早的事。」

「妳為什麼不把巧克力那件事跟霍說啊？」田雅梨不解，「元柔馨這種心態，她跟霍在一起真的沒問題嗎？難保哪天不會再對妳出手？」

「換作是任何人，都會這麼做吧。」畢竟是自己喜歡那麼久的人，想得到關注，不想讓他被誰搶去，覺得除了自己誰都沒有資格和他在一起。

這種想法確實很自私，但是誰沒這麼想過？

我深吸一口氣，「我現在和他已經沒關係，他也不會來找我了。」霍閔宇在愛情中最可取的就是斷得乾淨，不留後路。「我想柔馨也想和他好好過日子，沒那閒工夫對我怎麼樣啦。」

畢竟她終於等到她用盡心力想要愛的人了。

開學典禮結束後，全校開始進行例行性的大掃除。見老師不在，幾個男生便開始玩鬧，拿著掃把就在教室裡打鬧，丟著板擦玩起傳接遊戲。

我從外掃區回來就見到班上一陣混亂，本想著不要被波及的走回座位，但田雅梨那女人也跟著玩瘋了，無預警的朝我丟了抹布。

「喂！」

「不高興就丟我啊。」

「可惡！」

我扔下手中的拖把，追著她跑。田雅梨耍著小聰明的躲到隔壁班閻子昱身後，嘴裡不斷對我挑釁，「來啊！丟我啊！笨蛋——」

闔子昱怪叫，「靠！不要拿我當擋箭牌，妳有膽自己站到前面來！」

「沒膽。」

我笑瞇了眼，直接扔了他抹布，闔子昱閃避不及，剛剛不知道擦過什麼的溼黏抹布華麗的掛在他頭上。

「啊！我的頭髮……妳們這群瘋女人都給我過來！膽敢公然挑戰籃球隊長，我接下戰帖了！」

「前隊長。」我默默補了一句。

聞言，闔子昱覺得自己的實力受到質疑，當真動了真格，田雅梨笑罵我一句多嘴。

戰爭瞬間成了我們對抗闔子昱。

「二對一，良心呢？」

「始終沒有。」田雅梨。

「看人給。」我笑。

闔子昱覺得自己被霸凌了，哭哭啼啼的壓著不成調嗓音，詭異又難聽的嚷：「霍，我的老大，老大啊——嗚！」

我被他演得有模有樣的哭戲給逗笑，忘記他口中喊的人並不樂意出現在有我的場合。

我正打算制止他，以免滋生不必要的誤會，然而，也不知是闔子昱的嗓門夠大，或是碰巧，總之霍閔宇下一秒蹙著眉從教室走了出來。

「老大啊——您總算來了！」闔子昱抱著霍閔宇的手臂誇張道。

使用敬語到底是什麼意思？

見霍閔宇轉頭看了過來，我轉開眼，避免和他有任何眼神交集。

閻子昱如常的開始告狀，「您看看她們，您不在，就知道吃我豆腐。」他作勢拉了制服，好似真的被誰非禮。

霍閔宇垂眸看了他一眼。

「別攔我，我打死他！」田雅梨翻了一圈極致的白眼。

我舉高手，「我不攔。」

閻子昱見田雅梨來勢洶洶，仗著霍閔宇選手回歸，指著田雅梨的鼻頭準備開戰，「抹布算什麼？玩水敢不敢啊！」他指著地板的水桶。

田雅梨最激不得，掄起褲管就要對槓，「過來啊！待會兒就不要給我不認輸！」

圍觀的同學被他們兩人叫囂的氣勢給激得滿身熱血，鼓譟著就要加入，眼看事情一發不可收拾，心裡雖然想跟著玩，但內心卻無法心平氣和的看待對手。

我以為兩個月後，面對霍閔宇我至少能做到心如止水，然而今天光是與他處在同一間教室，聽見他的聲音，就連離開座位時，我都害怕不小心與他同了路。

我無法什麼都不想。

「我不加入。」

原先躁動的氣氛被我的一席話給澆熄了熱度，大家面面相覷，一時之間也不知道這比賽還算不算數。

「你們玩。」語落，我也不回教室，逕自走下樓。

待在那裡，真的讓人喘不過氣。

「小侑！臨陣脫逃啊！」閻子昱在後頭喊道。

我的耳邊傳來嘩啦的水流聲和閻子昱的哀號，樓層裡充斥著笑聲和尖叫聲，我愈走愈遠，直到徹底遠離所有聲音。

我坐在噴水池邊，儼然像個被世界遺棄的人。

其實我也不想老是這副落寞的樣子讓人擔心，只是這陣子，我就是想一個人安靜的待著。別管我，我會自己好起來。

「想什麼？」突然靠近的人聲，讓我一震。

看清楚來人後，我低頭，彎起一抹笑，「沒什麼，就是想一個人放空。」

任迅暘沒說什麼，安靜的坐在我旁邊，以朋友之姿，或是以一個過來人的身分，陪著我。

「我好像沒問過你青梅竹馬的名字。」我忽然一提。

「釉恩，吳釉恩。」他白皙的臉上掛著淺淺的笑容，雖說和平時一樣，但能感覺得出來，他對這個名字的眷戀與愛慕。

「說說你們交往的事給我聽吧。」

任迅暘點頭，緩緩開口，聲音如同清脆的溪流，緩慢的流淌過我心扉。

這是我第一次看到任迅暘這樣，明明平靜的在說話，但此刻的他卻閃耀無比，似乎連眼睛都在笑。

和最愛的人在一起，儘管知道最後會失去，但那樣的幸福是無論如何都想得到一次的。

我低斂下眼，微微一笑。

幸好，霍閔宇朝我走來了。

我搖頭，別再想他了。

「我一直以為我所做的一切，她都應該會感到開心。」他自嘲一笑，「然而在她眼裡，卻是我限制了她的自由。她沒有自己的生活，認為所有的一切都繞著我打轉。」

「把她追回來吧！」

聞言，任迅暘驚愕的看向我。

「能夠為了一個人改變，為對方著想，才有資格談愛。」

任迅暘忽然笑道：「果然說起別人的事，腦袋都會特別清楚。」

「我是很認真的，如果你對她還有感情，她也不排斥，我覺得可以試試。」

「那我也很認真的告訴妳，」他的眼神真摯，帶著笑意，「不要把霍閔宇讓給別人。」

我笑了兩聲，跟著他一起走回教室，「他現在沒對我惡言相向就不錯了，我不指望他……」

前腳才剛要踏進教室時，一股熟悉的低氣壓欺上我的腦門。

我下意識的掃了一眼教室外的走廊，水桶被擺得整齊，地板一滴水漬都沒有。

想不到大家還滿負責任的，玩完還會自動收拾，甚至比原先還乾淨。

走進教室時，一片死寂，大家都垂著頭做事不敢吭聲，我看了一眼講臺，才發現班導提前回來了。

「你們兩個去哪了？」班導扳著一張臉，「不是說上午都是大掃除時間嗎？還好有班長和副班長在，否則教室亂成什麼樣子我都不知道！」班導氣急敗壞的指責。

任迅暘正想說話，班導質問的聲音便傳來，「羽侑，我聽說是妳帶頭在打掃時間玩鬧？」

「我？」

然而班導根本不想聽我解釋，罵人的聲音逐漸提高，「你們身為幹部是怎麼以身作則的？都高三了，不知道什麼該做，什麼不該做嗎？」

班導火氣騰騰的聲音迴繞在我耳邊，我的思緒很亂，甚至感到一股心寒與怒意。

沒想到霍閔宇居然會針對我。

我不知道他這麼做的用意是什麼，因為我提分手？還是覺得以前的我對他太壞了，所以現在反過來公報私仇？

我在心底冷笑一聲，不屑看他，更不想爭辯。

「你們兩個回去寫一千字的悔過書交過來。」班導終究還是有些心軟，揮揮手要我們回座位。

「老師，是我起頭的，跟任迅暘沒關係，他當時並不在場。」既然如此，我就順了他的意，反正他就是想要我不好過，「悔過書我一個人寫就好。」

放學，田雅梨坐在我位子前，陪著我寫悔過書，一副有口難言的模樣。

「想說什麼就說吧。」我看了都難受。

田雅梨把憋了一整天的疑問都說了出來：「妳跟霍真的沒事嗎？看起來一點都不像啊！妳知道早上妳一離開氣氛有多糟嗎？簡直跟人間煉獄有得比，當下隨便一個點都能引爆他的炸彈。」

對於她誇張的比擬，我忍不住笑了一聲。我知道霍閔宇的脾氣，一旦他生氣起來，非要大動作的讓全世界都知道他不爽了，但只要順順他的毛，他也就開心了。

「怎麼了？」

田雅梨娓娓道來：「我真的沒見過霍的臉色這麼差，方圓五百里都沒人敢接近。拜託！誰還敢打水仗，全都卯起來大掃除了。」

「挺好的，班級榮譽競賽有望得名。」

「妳還說風涼話，要不是元柔馨……」田雅梨嘖了一聲，有些懊惱自己提起她，但還是硬著頭皮把話說完：「反正要不是她出面緩和氣氛，霍大概要把整間教室掀了吧。」

聞言，我笑了一聲，「讓我走的是他，真的走了他也要借題發揮，妳說我能怎麼辦？難不成要轉學啊。」

我刻意將這事說得像在開玩笑，然而我的嘴角卻一刻也提不起來。

原以為這件事就此落幕，反正我也不可能再與霍閔宇有任何交集。甚至連回家的時間和路線都刻意和他錯開，也盡量不待在教室內，省得惹人嫌。

然而，我太低估霍閔宇了。

「羽侑，地理老師讓妳去拿麥克風。」

「羽侑，這疊國文考卷中午要登記完成績。」

「記得去借化學教室。」

「小侑，點名條麻煩妳了。」我看著元柔馨滿臉歉意的遞上點名條，一看就知道是被人逼來叫我做事。

至於能夠命令起副班長，還能把欺負人的事合理化，班上再也找不到第二個人了。

「好，我現在去幫妳交。」

「我跟妳去吧。」元柔馨看似有話想跟我說。

我們並肩走在放學的走廊。

被前男友當成傭人毫無人性的使喚，現在還得跟他現任女友和平的走在一起，我上輩子肯定做了什麼不可饒恕的事。

「小侑，我很抱歉，是我把事情變得複雜，讓妳和閔宇的關係愈來愈糟，我真的不知道事情會變成這樣……對不起。」她眼眶含淚，習慣性的繞著手指，握著我的手冰涼發顫。

想哭的人是我吧。

我笑了笑，「沒事，最差也不過現在這樣，就當作是我們吵了一場很長的架，總有吵完的一天。」

我不知道這句話究竟是為了安撫她，還是安慰我自己。

現在突然覺得，全世界最糟的根本不是分手，而是分手了還得安慰前男友的現任女友。

我這寬宏大量的程度都可以當聖人了。

「你們最近還好嗎？」我果然有被虐症。

「嗯，閔宇對我很好。」元柔馨漾起甜甜的笑，臉上洋溢著幸福，「真的很好。」

我應了聲，勾起了淡淡的笑。

霍閔宇就是有這樣的本事，喜歡的時候把妳寵上天，討厭的時候便是毫無理智的踐踏到底。

最糟的是，嘗過他給的寵愛，得來的空虛感就愈發沉重。

剩最後一年了，畢業後，我們就會徹底分開，從彼此的生活消失。

我以為想到這心情會是一片豁然開朗，然而心口卻沒來由的抽痛，彷彿破了一個大洞，即便填滿，傷口還是隱隱作痛。

我低下頭，沒讓元柔馨發現我的難過表情，然而在老天爺眼裡顯然我過得還不夠慘，下一秒，熟悉的腳步聲和自傲的氣場，讓我不禁感到絕望。

這下好了，跑都跑不掉。

「閔宇？」元柔馨驚奇的望向他，「怎麼滿身都是汗？」

「去打球了。」他的聲嗓沉沉，帶著一股壓抑的低啞，輕易的撥動我的心弦。

我沒看他，滿腦想閃人。

「去換套衣服吧。」元柔馨柔聲問：「帶衣服了嗎？」

未等他回話，我趕緊先出聲：「那我先走了。」即便再大方，也做不到看著他們曬恩愛。

「站住！」霍閔宇確定是要和我開戰了。

高三的課業壓力與日俱增，模考成績也不如預期，現在還得因為他個人的心情，莫名其妙要我做這做那。

如果他只是想藉此發洩我之前對他的不好而欺壓我，我也已經做得夠多了。

現在全班都知道霍閔宇不怎麼喜歡我，變得不太敢靠近我，關於我和他的傳言眾說紛紜，風向無疑是捧著他。

我真的受夠被人議論的日子了！

我側過頭，眼神無懼的迎向他深如海的眼眸，「不要、不想、沒空，你煩不煩？」

霍閔宇目光如炬，眸光似乎要吞噬周遭的一切，張狂熾熱，眼底的浮躁清晰可見。

這是我們這學期少有的眼神接觸，還是第一次交談，看來非常不愉快。

「走了。」翻臉誰不會。

待確定遠離了他們的視線，我的雙腿驀地一軟，倚著牆有些狼狽的蹲下。從沒想過有一天，我們所有的相處與對談都是不歡而散。

我忽然想不起那些快樂的日子，疲憊感一湧而上，甚至開始懷疑，我們真的相愛過嗎？

♡

十二月初。

一早便看見老媽在廚房裡忙東忙西，我趁她不注意跑往玄關，然而腳都還沒伸進鞋裡，就傳來她特別溫柔的嗓音。

「侑侑啊。」我打了一絲冷顫，該來的總是逃不掉，「今天小宇生日，我烤了一些小蛋糕，妳帶去學校給小宇，是他喜歡的口味，不甜。」

我想都沒想立刻拒絕，「妳晚上讓他自己來拿，或是直接送到隔壁去，我要來不及了。」

他都把我踩在腳底，我還送他東西？

「讓妳拿就拿，待會兒不就見面了嗎？」老媽將綁著蝴蝶結的紙袋塞進我手裡，最後忍不住問了一句：「你們兩個最近沒事吧？」

我想雙方父母都察覺到我們的異樣了，好幾次霍姨也拐彎抹角的詢問我們的感情狀況，但都被我含糊帶過。

我不明白霍閔宇為何不說，難道元柔馨都不介意嗎？

「喔，就那樣吧。」我簡略帶過，如果把父母牽扯進來，事情只會更麻煩而已，「妳別胡思亂想，也別和霍姨亂說話，我們自己會處理。」

我丟下這句話後，拿著紙袋就匆匆出門了。

事實上，我還真不知道怎麼處理。

中午，田雅梨和閻子昱又雙雙不見了，八成是不想我打擾他們的兩人時光。

我轉頭邀了任迅暘一起去大熊餐廳吃飯。

我們才坐下，他就發現了我身旁的紙袋，「是要給霍閔宇的吧？我看妳一整天都拿著。」

聞言，我迅速的將紙袋捧在懷裡，要不是老媽雞婆，在紙袋外寫了「小宇寶貝生日快樂」，我才不想帶著它四處走動。

萬一被人看到，肯定誤會個沒完！

「趁這個機會拿給他啊。」

「什麼？」

任迅暘向左後方一瞥，我好奇的順著他的視線看去，霍閔宇正坐在我們的斜對面。

我隨即瞪大眼倒抽一口氣，順勢拿起紙袋遮住自己的臉。見我慌張得模樣，任迅暘笑出口，「這裡是學校，妳想去哪都是妳的自由。」

我才緩了一口氣，尷尬的咳了幾聲。

也對，我們都分手了，我想跟誰吃飯，跟異性單獨出去霍閔宇都無權干涉，一時之間還真的改不了這反射性動作。

我的眼神不自覺朝他們的方向望去，青晨一群人似乎在替霍閔宇慶生。

和我在一起的日子，霍閔宇幾乎沒和他們混在一起，我都快忘了他們是好朋友。

大概也是因為我不喜歡吵鬧的場合，加上我們不公開的緣故，他估計推辭了不少聚會。

我怎麼會現在才意識到這些事？

元柔馨小鳥依人的靠在霍閔宇身側，在一群起鬨的男生之中特別顯眼，也特別嬌弱溫柔。

霍閔宇一副大爺貌的將手擱在元柔馨身後的沙發，幾乎將她整個人護在懷中，宣示主權的意味非常明顯，也輕易隔開元柔馨與外人的接觸。

「占有欲魔人……」我嘀咕，卻隱藏不住心裡那股酸澀。

元柔馨開心的和他們一起拍手唱生日快樂歌，水潤的大眼笑得迷人。

到了拆禮物的時間，青晨推了推黑框眼鏡，將所有人的禮物推到他面前，笑得斯文敗類。

「來吧，霍大少，十八歲耶！」

霍閔宇揚眉，邪氣的勾起笑，接著從容的坐起身，指骨分明的手打開禮物盒，定睛一看，「我就知道你們這群沒一個好東西。」

「什麼話啊！我們是一群的，同流合汙啊。」

「還喜歡嗎？」

「搞不好馬上就派上用場，哈哈哈！」

「我身上很多了。」霍閔宇玩笑道，直接將盒中的一打保險套全丟到他們身上，擺著高高在上的施捨嘴臉，「這些我就大發慈悲賞給你們。」

「我應該想的是怎麼治你的縱欲過度。」青晨補了一句，「把你想得太純，失算。」

聞言，一票人立即對霍閔宇俯首稱臣，元柔馨在旁笑得臉都紅了。

無恥。

我低頭有些自嘲，卻後知後覺的發現，他的生活我不曾參與。

轉頭就見任迅暘彷彿看穿我心思的眼神，我立即埋頭吃飯，突然意識到一件事，便問道：「你該不會是故意帶我來這裡的吧？」

儘管我現在做的事光明磊落，也沒有良心譴責的問題，我還是不自覺壓低聲音問著對面的任迅暘。

「巧合。」他聳肩，「要過去嗎？」

「過、過去幹麼！」

「今天不是霍閔宇生日嗎？」

「這是我媽準備的，我回去再給他，不急。」

「他今天應該會很晚回家吧，妳要是原封不動的將這袋帶回家，肯定要挨罵了。」

沒錯。不如趁現在拿去給他，趕快交差了事。

我深吸一口氣，吐氣——反覆幾次後，我起身，拍了拍胸口，這是最後一次了。

任迅暘對我投以鼓勵的眼光，我踩著忐忑的腳步慢慢接近歡樂的源頭。

率先注意到我們的是青晨，他帥氣的舉起手和我打招呼，「呦。」

青晨的招呼聲打斷了所有交談聲，現場十幾雙眼睛齊齊的看向我們。有幾張熟悉的面孔，也有沒見過的人。

我開始後悔了。

霍閔宇清冷的目光緩緩移來，單手支著下顎，交疊著雙腿。墨黑的眼眸很沉，嘴角勾著若有似無的笑容。

在我看來，似乎有一點挑釁。

「一起來慶生啊！」青晨邀約道，「羽侑是霍的青梅竹馬，正好趁著他今天生日，大家互相認識認識。」他看了一眼霍閔宇，笑得別有深意。

青梅竹馬啊……

我低頭笑了笑，「不用了。」目光放回霍閔宇身上，把手中的紙袋遞給他，「我媽讓我轉交給你。」

他伸手，我以為他會接下，怎知順手一放，他卻沒有任何動作，僅是淡淡看了自己的手一眼。眼看老媽辛苦烤的蛋糕要落地了，我緊張的想抓回，一雙白皙修長的手比我還要快的接起，才沒有摔壞裡頭的東西。

「小心。」

我們的手碰在一塊。

我驚慌未定，愣愣的看著微微一笑的任迅暘，「謝謝。」

我轉頭瞪向霍閔宇，卻發現他黑眸暗得深，薄唇緊抿，儘管還是噙著笑意，卻讓人冷到骨子裡。

怎麼?這難道是我的錯?

「你如果不想要，可以直接說，不需要這樣。」我冷著一張臉說道。

霍閔宇挑起嘴角，眸眼裡盡是嘲諷，「要，怎麼不要?」他不客氣的搶過我手上的紙袋，下一秒，直接當著大家的面打開。

「大家分吧，」他隨意的扔向桌邊，「我不吃甜食。」

他到底是什麼意思?存心要來激怒我?我冷笑一聲。

沒有人注意到我們之間被點燃的戰火。

聽到有蛋糕可以吃，大家紛紛想搶食，我眼明手快拿起，撲空的眾人面面相覷。

霍閔宇雙手交扣在胸前，閒散的靠著沙發，看上去無關緊要。

他無所謂的模樣徹底折斷我的理智。

我面無表情的說：「既然你不要，我也就不麻煩各位替他善後。」看著身旁的任迅暘，刻意問道：「回去吧，你應該吃甜食吧？」

任迅暘點點頭，笑道：「很喜歡。」

我回以一笑，「那太好了。」

我們頭也不回的離開。

晚上，我邀請任迅暘來家裡吃飯，怕他一個人覺得無聊，我也邀了田雅梨和閻子昱。

在所有人都到齊的狀況下，霍閔宇的缺席自然特別顯眼。爸媽再次問起他，所有人都識相的低頭吃飯，安靜不作聲。

「和朋友出去過生日了。」我隨口一答，也不算說謊。

「對，小侑這麼做很好！偶爾還是要給彼此一點空間，讓他和朋友聚一聚。」爸爸對我豎起大拇指。

我笑而不語。

吃飽飯後，我們看了幾部電影，屋裡充滿了歡笑聲，閻子昱一如往常搞笑，田雅梨還是老樣子，願賭不服輸。儘管我是笑著，卻總是覺得心口空蕩蕩的。

這時候的他在做什麼呢？

一行人和爸媽道別後，我將田雅梨和閻子昱送到巷口處，便識相的和他們分開，而後我陪著任迅暘走往公車站。

我低著頭，將半張臉埋在圍巾裡，手藏在大外套中，遠看肯定像顆圓滾滾的球。

「妳在笑什麼？」

「我想到每次我包成這樣的時候，霍閔宇都會笑我像隻雪怪。」

任迅暘靜靜的聽著。

「我就回他說，你又沒看過真的雪怪，怎麼知道我像牠。」我彎起笑，「然後他就說，妳一定不像牠，因為妳比牠更可怕。」

我嗤了一聲，仰頭看向任迅暘，「你說他對我嘴巴那麼壞，我怎麼會……」這麼喜歡他。

我真的好討厭喜歡他。

聞言，任迅暘笑了笑，知道我怕丟臉，索性拍了拍我的頭，讓我哭喪的臉徹底埋進暖融融的圍巾內。

我吸了吸鼻子，有些哭腔，「你怎麼知道？」

「都會好轉的。」

「我有預感。」任迅暘似笑非笑，儼然有些話沒說。

我也不在意，愣愣的看著眼前的車水馬龍，「你每次不是說巧合，就是有預感，到底哪一次是真的安排好的？」

「小侑，妳很幸福。」他說，「有很多愛妳的人。」

不過就是失戀，有什麼大不了的。時間還在流動，所有人都在向前走。

我瞬間覺得充滿正面能量，走起路來腳步也特別輕快，卻在下一秒見到從公車下來，依偎在一起的身影，所有的樂觀瞬間消逝。

失戀確實沒什麼大不了，而是明明分手了，卻還是無時無刻都會見到對方，還要天天面對他與現任女友親密的畫面。

嗯，你就會覺得失戀真的沒什麼大不了。

我呼了一口氣，假裝沒看到，「回去吧，到家再傳訊息給我。」我轉身對任迅暘說道。

「嗯，妳回去也小心。」

我點頭，看著他搭上公車，我站在公車亭朝他揮手，接著鼓起勇氣轉身面對元柔馨和霍閔宇。

同條路，同條巷，還住隔壁，這就是「青梅竹馬」的無奈。

我走在他們後頭，刻意保持距離。霍閔宇貌似喝了酒，頎長的背影在夜裡顯得高眺冷峻，步伐還有些淩亂，讓嬌小的元柔馨攙扶得有點吃力。

元柔馨仰著被冷風吹紅的無瑕臉蛋，似乎一點也不覺得累，嘴角帶著溫柔幸福的笑容。

我突然有點後悔走在他們身後，因為目光根本不知道該放哪裡，猶豫著要不要快步越過他們，但又怕尷尬。

天氣這麼冷，看著他們走一步，退兩步的緩慢節奏，我決定豁出去，一鼓作氣往前衝。

就在我成功繞過他們時，後頭驀地傳來霍閔宇嘲諷的笑，「妳還真冷漠。」帶著醉意的嗓調，有些飄晃不定，卻還是透著慣有的驕傲。

我愣了愣。

「看到鄰居、同學都不打招呼?」

現在是什麼狀況?為什麼叫住我?想繼續刺激我,讓我看看元柔馨對他有多好?

思及此,我大方轉頭,朝霍閔宇微微一笑,「嗨、再見。」舉起藏在外套口袋中的手,轉身走人。

混蛋!

待走到巷子口,正巧遇到霍姨和我媽在聊天,「他們最近一定出了什麼問題,唉唷,真擔心小侑不要他了……這臭小子大概又做了什麼事惹小侑生氣,他那副死個性到底是像誰了?」

我抽了抽嘴角,瞄了一眼身後的兩人。

元柔馨肯定很介意我們還沒跟家人提分手這件事。

霍閔宇真是會給我找麻煩!

眼尖的霍姨立即發現我們三人停在巷口處,彎起笑,「唉唷小侑,妳替我找回兒子啦,阿姨有妳這兒媳婦真是太好了。」

霍姨喜孜孜的走來,但看到霍閔宇喝得有些醉,全身有著難聞的酒氣味,劈頭就罵:「你這小子,生日了不起了!這天可是母難日,你不好好感謝我就算了,還玩到現在才回家……」

看霍姨這說教氣勢,我估計她一時半刻無法結束,便開口道:「阿姨,生日開心,所以就喝了一點。」我不自覺袒護他,「他也安全到家了,看他現在不太舒服的樣子,就別再罵他了。」

「唉唷!還是我們小侑貼心。」霍姨疼愛的看了我一眼,接著轉頭惡狠狠的瞋了霍閔宇一聲,「臭小子!你要對小侑好一點。」

霍閔宇變臉的速度，原來是遺傳自阿姨啊……

思及此，我有些想笑，但在這嚴肅的氣氛下，決定還是忍住了。為了轉移注意力，我往旁看去，猛地碰上元柔馨死死盯著我的眼神，脣邊那抹甜美的笑不知何時已收起。

我心裡頓時有些發毛。

霍姨似乎終於發現元柔馨的存在，「妳是閔宇的同學嗎？」

元柔馨的小臉立即堆起笑容，乖巧的應了聲，「因為有點擔心閔宇，所以就送他回來了。」

「讓妳一個女生送他回來，辛苦妳了。」霍姨接過手，但霍閔宇畢竟是個手長腳長的巨人，霍姨猛然被他這麼一壓，也有點站不住腳。

我和元柔馨同時伸出手扶住霍閔宇，就怕他們一起摔倒。

而後，我們各自頓了一下，我鎮定的收回手。霍閔宇似乎是覺得難受，長臂在空中胡亂揮舞，抓到東西就全然不顧的撲上去，我抽回的手正好被他抓去，他一撈，直接將我固定在他懷裡，我瞬間成了支撐他重量的支柱。

好重！

他溫熱的氣息帶點微醺的酒味，許久未與他這麼靠近的我突然有些發愣。

元柔馨的手還懸在半空中，柔嫩的小臉有些困窘，笑容僵了僵。

「喂，霍閔宇！」我斥責道，推了推他的胸膛要他鬆手，殊不知他不為所動，反而愈箍愈緊。

全場只有霍姨和我媽笑得花枝亂顫，「年輕真好。」

我一臉為難，這狀況下又不好說出已經分手的事實。

霍閔宇擰眉，將頭靠在我的肩頸處，鼻息呼出的熱氣，搔得我的脖子有些癢。我的臉不自覺漲紅，全身的血液彷彿沸騰一般。

「既然這樣，小侑就替阿姨送閔宇回房間好嗎？我還有些事想和妳媽聊一聊。」

接著，霍姨轉頭對元柔馨道謝，「謝謝妳送他回來，下次要是再這樣，就直接把他丟在路邊，別管他！」

「這樣我們小侑多虧啊。」老媽一語驚人。

「媽！不要亂說！」我喊道。

「幹麼？我是在維護妳的權益啊。」

「妳媽說得對！這小子之前就管不動了，這下成年，肯定要無法無天了。」霍姨語重心長，「妳可要顧好他，妳也知道阿姨老了拿他沒轍。」

語落，耳邊傳來媽媽們的誇張笑聲。

「這位同學，那妳回去小心，還是我讓叔叔送妳到公車站？」

聞言，元柔馨禮貌的彎起笑，「不麻煩叔叔阿姨了，還有阿姨，我叫元柔馨，之前閔宇曾來過我在南部的老家。」

霍姨想了一下，笑道：「原來有這麼一回事啊，那真是謝謝妳幫忙了！」

元柔馨臉上的笑容定了定，嘴角弧度明顯低了一些。

「不好意思，妳也知道這小子，從來不知道什麼叫報備，所以我也一直不知情，還希望妳別介意。」

元柔馨的笑容僵了僵，接著趕忙溫順的搖了搖頭，「阿姨別這麼說，這是應該的。」

霍姨點點頭，微微一笑，「趕緊回去吧，女孩子不要太晚回家。」說完轉頭看向我，「小侑，那小子麻煩妳了。」

「呃……」我轉了轉眼，不自覺瞥向準備要離開的元柔馨。她的視線正巧也落在我身上，圓潤的大眼有些寒冷。

「拜託妳了。」霍姨俏皮的朝我雙手合十。

不是我不幫，而是現在我的身分有點敏感，「不如讓柔馨一起幫忙，霍閔宇太重了。」

他蹭了蹭我的脖子，薄唇輕巧的摩挲過我的肌膚，我下意識的縮了下，嫌惡的推了推他的腦袋，他居然咬上我的手。

這小子是狗轉世的吧！

「霍閔宇，你很噁心！」我下意識的低叫，將手上的口水抹上他的外套。

霍姨投以曖昧的眼光，還想說什麼時，元柔馨猛然打斷她，「阿姨，我也送閔宇上去吧，小侑一個人太辛苦了。」

她小心翼翼的讓霍閔宇的一條手臂擱在自己肩上，細聲細語的靠在他耳旁要他小心走路，與我的粗魯恰巧成了對比。

我不自覺翻了翻白眼，悄悄捏了霍閔宇的手臂一把，反正他醉酒不會有記憶，但也不知道是我太用力，還是霍閔宇就連在喝醉的狀態下都對我記恨。

下一秒，他手臂一勾，將我緊緊勒在他胸口前，滾燙的氣息拂過我的頭頂。

我微愣，下意識側頭看他，黑眸猛地一張，下一秒我們四目交接，他深邃的眼瞳宛如一潭幽深的湖水，原先的迷茫彷彿撥雲見日般清澈。

我吞了吞口水，這傢伙該不會根本沒醉吧？

我遲疑的同時，他緩緩閉上眼，肩上的手臂一沉，他似乎又睡著了。

我頓時呼了一口氣，嚇死寶寶了。

我和元柔馨合力將霍閔宇送上床，我轉了轉被他壓得痠疼的肩膀，元柔馨溫柔的替他蓋實了棉被。

我不打算多留，「我先走了。」

她忽然輕笑，「原來一抬眼就能看見妳的房間。」

我順著她的目光看過去，我的房間被窗簾蓋得緊實，分手後，我再也沒拉開過了。

我應了聲。

「妳知道閔宇是喜歡我的吧。」她的語氣肯定。

我一點也不意外會聽到這個答案，只是親耳聽見時，還是微微愣住了。

「希望妳能明白自己現在的身分。」她的語氣多了警告的意味，很難得見到元柔馨這般強勢與堅定。

原來，這就是愛情的力量，讓人改變，也讓人臣服。

我微微一笑，低斂下眼，「嗯，我知道。」不該有的期待，我都會放掉的。

「小侑，我知道這種事不容易……」

此刻她眼中的憐憫，讓我覺得自己像個笑話。

「我愛閔宇，我可以為他做任何事。我們是最適合的，妳能理解我嗎？」

忽然想起前陣子我才和霍閔宇說過一樣的話，而他嗤之以鼻。

到底怎麼樣才叫適合？

或許一直都是誰的自私和不勇敢，因為不想為了對方改變。一旦為了誰改變自己的原則，也就表示我將自己的所有交付給對方。

我沒有那種勇氣。

所以只要說了我們不適合，誰就都沒有錯了。

看似仁慈，其實殘忍。

霍閔宇說對了，他確實很了解我。

見我不說話，元柔馨以為我不贊同，連忙說道：「妳難道想一直糾纏閔宇嗎？妳也知道他最討厭這種女人了。」

她接著說：「我也是為了妳好，我會盡量替妳和閔宇說些好話，你們還是可以當朋友。」

我尷尬的笑了笑，對於她的一片好意，我實在承受不起，「霍閔宇應該沒那麼好說服。」因為自我意識強烈，還自以為是，「然後沒意外的話，我們是做不成朋友的。」

就拿最近相處的氛圍來說，他沒掐死我就萬幸了。

大概是被我直白的話嚇到了，元柔馨忽然不知做何反應。

田雅梨常說，總有一天我一定會被自己這張嘴害死。

「我沒有反對妳的意思，但我覺得那不是適合，是配合。」反正我這張嘴就是不受控，索性也不忍了。

雖然不知道他們現在相處的狀況，也始終沒敢問，但就元柔馨剛剛的說法來看，與其說是愛，倒不如說是討好。

如同之前的我們，都只是在配合對方，不是真正的相處。

元柔馨瞪大眼死死的看著我，嘴角緩緩斂下，而我此刻更能清楚的看見她眼底那股深層的憤怒。

我微愣，居然有些害怕。

元柔馨銳利的眼神緊盯著我，彷彿要將我給刨出一個洞。

我吞了吞口水，穩了穩心神說道：「因為我們就是這樣分手的。」看了她一眼，微微一嘆，「大家都不想經歷分手這個環節，我也不希望霍閔宇再次受到打擊，所以……」

雖說他總是一臉無所謂的模樣，但內心肯定傷得比誰都還要重。他是一個這麼高傲不羈的人，很多事他不會說，也不會問。

元柔馨看著我。

「請好好對他。」語畢，我在心底呼了一口氣，果然把心裡話都說出來的感覺很好。

聽完，元柔馨笑道，笑聲有著滿滿的鄙夷和痴狂，「說了那麼多，可是妳終究還是離開了他，也傷了他。我可是一刻都沒想過要放棄！

我垂眸，「我只是想讓他快樂一些。」跟我在一起他太壓抑了，他沒說，但我看得出來。「讓更愛他的人愛他，我想會更好。」

他是如此高傲不羈，他給出的愛，必定要得到雙倍的回報。

元柔馨微微瞇了眼。

待我走出霍閔宇房間時，我的手臂倏地被人攥緊，用力往後一扯，倉皇之中我看見元柔馨一向溫柔帶笑的臉，此刻正有著不符合她氣質的猙獰與妒意。

「妳……」

她的力氣比我想像中大，讓我想起上回在攝影棚，她也是這麼讓霍閔宇鬆開我的手。我忽然意識到，或許元柔馨根本就不是我想得那樣柔和心善。

我回過神看著她，恍然之間，我竟然有種她想把我徹底毀掉的恐怖想法。

「別自以為聖女，妳對閔宇的愛也不過如此，我才是真正愛他的人！」元柔馨的聲音尖銳，大眼布滿血絲。她甩開我的手，直直朝我逼進，「妳也不過就是一個閔宇不要的女人！」

「妳要做什麼?」我是真的有些畏縮了。

比起當時唐娜對我張牙舞爪、動手動腳的模樣，我反而覺得元柔馨此時的反差與眼底那抹真切的陰狠，才真正讓我的內心感到恐懼。

好像她什麼事都做得出來。

元柔馨置若罔聞，狠狠推了我一把，我踉蹌幾步，差點失足摔下樓。

她彷彿沒看見，冷冷的勾起笑，「沒人可以懷疑我對閔宇的感情，妳也不過就是幸運了點，是他的青梅竹馬，妳贏過我的地方只有這裡！」

我愣了愣，此時的元柔馨根本不是我認識的她。

「別再靠近他了，否則我不知道自己會做出什麼事。」

她的面容恢復平靜，卻吐出這不符合她形象的威脅話語，但她似乎一點也不覺得奇怪，反而還有種駕輕就熟的協調感。

第十三章 All Because Of Love

聖誕節快到了，最近學生會開始宣傳聖誕祈願活動，讓大家將心願卡別在學校中央那棵巨大聖誕樹上。

每年聖誕夜，學校會聯合隔壁學校一起舉辦聖誕晚會，點亮最頂端的星星，祈求大家的願望成真，歷屆校友也會在這天返校一起慶祝。

晚會這天是星期五，全年級皆不用課後輔導，高三的晚自習也暫停一次。

晚會七點開始，只要著高中制服皆可入校。大部分的學生都會趁著這段空檔和朋友出去玩，或是回家裝扮後再來。

當臺上的老師高喊放學後，全班皆爆出興奮的喊叫聲，一邊討論待會兒要去哪裡玩，一邊收拾書包。

「小侑，我要先回家換衣服，妳跟不跟？」

「閻子昱今天不用練球嗎？」我邊穿外套邊問。

最近輔導課結束，田雅梨就往籃球場跑，而我和任迅暘也識趣的不等她。被我這麼明白一問，平時大剌剌的她難得有些不自在，「誰、誰理他！我要回家把自己打扮得美美的，隔壁校可是有很多極品。」田雅梨端著一張冷靜的臉，朝我豎起拇指。

看她急忙想撇清的模樣，我忍不住笑她。

天氣這麼冷，我一點都不想回家後再來學校，其實更怕的是碰到霍閔宇和元柔馨，尤其還是在我一個人的情況下遇到，我可不希望被閃瞎眼睛。

不知道他們會不會參加今天的晚會？如果不參加，又會去哪裡呢？

我搖了搖頭。

元柔馨說得沒錯，我該明白自己現在的身分，不該總是自取其辱，「好，我跟！」

進到田雅梨房間，滿床的衣物，閃亮的梳妝臺，桌上擺滿瓶瓶罐罐和指甲油，簡直像是一整組的調色盤。

打開衣櫃是各種色系的衣服和飾品配件。

我倒抽一口氣，好奇的東摸西摸，隨後感嘆道：「難怪霍閔宇老說我是男的。」

語落，我驚愕的回頭，接著拍了拍額頭，都過多久了，還總是不受控的想起他。

田雅梨見我這副狼狽的模樣，有些心疼的看了看我，隨即突然興奮的說：「知道分手後要幹麼嗎？」

「呃，我只分手過一次。」不是很有經驗。

田雅梨翻了一圈白眼，「讓對方後悔！」

「啊？」

「笨蛋！」田雅梨敲敲我的頭，「難不成妳之後都不交男朋友了？難道要一輩子活像個寡婦？」她直白的說道。

「男生都是視覺動物，對於漂亮的事物是經不起誘惑的。」

我低斂下眼。

也就是說我會和另一個男生在一起，而我曾和霍閔宇一起做過的事，有一天也會跟別人做。就像現在的他和元柔馨。

發現我愈發低迷的情緒，田雅梨拍手兩下重振士氣，「來，讓姊姊我來替妳打扮、打扮。」

田雅梨用電棒捲將我的頭髮夾捲，把我的長瀏海吹得蓬鬆。

我照了照鏡子，看著自己完美的髮型有些懊惱，怎麼每次我自己吹頭髮，最後整顆頭都像被手榴彈炸到似的，就連霍閔宇也比我會整理我的頭髮。交往期間，都是他在幫我吹頭髮，剛分手時還真有點不習慣。

又想到他了，我真是不爭氣。

後來田雅梨便去打理她自己，我則依照化妝師姊姊每次上妝時給的建議，畫了淡妝。

晚會開始前十分鐘，我們和闇子昱約在校門口前會合。他的頭髮用髮膠抓出了造型，對比平時粗魯、孩子氣的模樣，今晚看上去特別成熟。

田雅梨畫著精緻的妝容，充分突顯立體的五官，加上身材比例姣好，增加不少回頭率，要不是一旁有闇子昱凶神惡煞的盯著，肯定會有不少人上前搭話。

任迅暘則被學生會指定去當晚會開場的鋼琴伴奏，我們說好等等在臺下幫他聲援。

學校的外牆攀掛著五顏六色的霓虹燈，繽紛閃爍，替夜晚的校園增添了熱鬧的氣氛。歡快的聖誕組曲環繞於耳旁，隔壁校的學生也陸續進場，所有人聚集在偌大的廣場上。

黑色舞臺上有著巨大的液晶螢幕，畫面正是今晚的主角聖誕樹，高大聳立的矗立在空曠的後門。

主持人熱烈的炒熱氣氛，現場一片歡聲雷動。

沒多久，任迅暘步出後臺，頭髮梳得一絲不苟，舉止優雅的宛如貴族，他抿起一道親和的微笑，襯著白皙俊毅的臉龐更加優柔完美。

我們激動的在臺下朝他揮手，注意到閻子昱浮誇的吼叫聲，任迅暘朝我們笑了笑，讓一票女生不自覺低叫臉紅。

當第一個輕盈的音符響起，大家很有默契的安靜不作聲。我看著他修長分明的手指輕盈的滑動在黑白相間的琴鍵上，專注且自信。

相信他的青梅竹馬一定就是喜歡這樣子的他，就像我每次看著在拍攝的霍閔宇，那種全力以赴的表情。

田雅梨的頭早在不知不覺中擱在閻子昱的肩上，兩人親暱的靠在一起，聽得如痴如醉。

我笑了下，悄悄走出人群，一個人跑到聖誕樹前，金亮的光輝落了滿地，我仰望著它的溫暖，內心感到一陣祥和。

趁著現在人少還能夠靜靜欣賞，待會兒點亮星星時，人潮蜂擁而上，肯定擠不進來。

繞了一圈我才終於找到我們班掛置心願卡的位置。礙於距離有點高，我只能踮著腳勉強看了幾眼。

忽然好想知道霍閔宇今年的聖誕願望。

不過沒有規定每個人都要寫，他那麼怕麻煩，搞不好連這個活動都不知曉。

雖然心裡這麼想，但我還是忍不住在數十張心願卡中找尋他的字跡。

翻了許久，幾乎都是「考上第一志願」、「身體健康」、「盡早脫魯」、「減肥成功」、「男神回頭看我」、「小三退散」這類的字眼。

「果然沒有寫吧……」我嘆口氣，長時間暴露在冷空氣外的手指都凍紅了。

我喪氣的放下手，轉過頭時，圍巾似乎勾落了什麼，一張金黃色的心願卡在我面前緩緩翻轉而下。

我跨步一接，順手翻來看。

「希望她不要再哭了。」

霍閔宇？

我愣了愣，內心激起一道小小的漣漪。

來不及細想，就被突然靠近的腳步聲給嚇住，我慌張的抬頭，下意識的將手中的心願卡藏進口袋裡。

定睛一看，是幾個外校男生，他們開心的竊竊私語：「喂，好像滿正的！」

「她看起來不像缺男友吧。」其中一個人皺眉說道，「確定那個女生說的是真的嗎？我們會不會被騙了。」

「看制服是柳高的，不會錯。」他點頭，隨後打量我，露出鄙視的眼神，「通常這種很缺的，一定是那種很隨便三八的女生，感覺很髒。」

我認出其中一個男生，就是上回在鬆餅店被霍閔宇整了的顧江，他似乎也認出我了，朝我咧嘴一笑。

「好巧，今天原本就是想來碰碰運氣看看能不能遇到妳，妳很久沒去鬆餅店了。」顧江笑得讓人一陣不舒服，「妳也覺得裡面很擠對吧？」

「不會。」我不給他接話的可能，也沒給好臉色，對他們剛才低級的談話感到噁心。

「哇——被打槍了！」另一個男生幸災樂禍的說道，「不過我喜歡嗆的！」他油膩的朝我勾起嘴角。

田雅梨不是說隔壁校有一堆極品？說是瑕疵品我還嫌抬舉。

「看妳只有一個人，不如就跟我們一起出去玩啊。」顧江一臉積極，「我們請妳吃晚餐怎麼樣？吃完看妳想幹麼，我們都奉陪。」

我疏離的勾了勾嘴角，「吃過了。」不打算浪費太多時間在他們身上，「你們找別人吧。」

顧江見我要走，快速的抓過我的手臂。

「放開！」我瞪大眼，嘗試抽回手，對方卻不為所動。

「別這樣嘛，妳之前不是有意跟我認識？」他笑笑，「我知道上次那個男生不是妳男朋友，要不是他攪局，或許我們現在早就不一樣了。」

這傢伙也太自戀了。

「我說了，我不要，你聽不懂嗎？」

「有什麼好害羞的？這時候就別裝矜持了，過頭會讓人反胃。」顧江笑得猥瑣，「反正大家都有好處，妳也不吃虧。」他靠上前，熱氣噴灑在我臉上，讓我一陣不舒服。

我試圖想擺脫他，但我的力氣對他來說根本不構成威脅，掙扎毫無用處。

我有種不好的預感。

所有人現在的注意力都在舞臺上，偏偏這裡又是死角，如果他們強行帶走我，或許真的沒有人會發現。

看著我驚慌的表情，他們露出不懷好意的笑容。

我的身體開始發冷……

誰都好，快來救救我！

倏地，鞋底摩擦石子的細碎聲音，輕快卻沉，「不如我跟你們玩吧。」一道既熟悉又透著陰冷的愉悅嗓音，彷彿從天而降。

霍閔宇噙著笑，雙手依舊隨興的插放口袋，聖誕樹散著的暖黃燈光暈染了他高眺的身影。

我看著他，竟有點想哭。

即便他沒有特別做什麼，與生俱來的傲然，和不怒則威的氣場，慵懶卻蘊藏著侵略性。他仰高下巴，黑眸冷傲。

他隨意的掃過我被抓住的手腕，目光迸射出冷意。

顧江似乎被這無聲的恐嚇給震了震，佯裝鎮靜的鬆開我的手。他四處張望，若無其事的抓了抓脖子，扔了一句話，「怎麼又是你？」

霍閔宇笑得無害，眼神卻沉得駭人，語調漫不經心，「不滿意？」

對方嘀咕幾句：「那個女生明明就跟我說她沒男朋友，可惡！」

他們不甘願的退場，我頓時鬆了一口氣，緊繃的肩膀猛地垂落。

我轉了轉眼，似乎感覺一道目光正盯著我，頭一抬，便撞見那抹深潭般的眼眸，心臟像是被誰掐緊不放。

好疼。

霍閔宇低斂下眉眼，頎長的身影混進夜色，顯得冷硬肅然，難以親近。

我想起那張心願卡，死死的抓緊口袋，不敢亂動。

「謝謝……」我微弱的聲音消逝在風中，竟還參雜著恐懼過後的顫抖。

我的雙手緊扣，咬著下唇，恐慌的餘韻尚未退去。我試圖想遏止那不聽使喚的顫抖，指節處因使力而微微泛白。

倏地，一股暖意無聲的向我靠攏，我錯愕的盯著他的鞋尖，始終不敢抬頭，就怕與他四目相接，我會壓不下眼淚。

這次，他不會再安慰我了，他會走，所以我不能哭，不要再讓自己顯得不堪。

霍閔宇低頭不語，微熱的手掌觸上我冰涼的小手，一股暖意流淌而過，我下意識的縮了縮想移開，下一秒卻被他緊緊抓起，接著輕置在他厚實的掌心中。

他的手比我想像中還要大、還要暖和。

我愣愣的看著他伸出另一隻手，安靜且溫柔的撬開我一根一根掐進肉的手指，直到我的手在他掌心完全攤開。

他耐心的拉起我另一隻手，做著同樣的動作。

我呆呆的看著他，不敢多想，眼眶卻酸澀無比。

許久，霍閔宇淡漠的語調落下，不輕不重，「別一個人來這種地方，下次就沒那麼幸運了。」

「嗯。」

「閻子昱他們呢？」

「不知道去哪裡了，他和田雅梨好像在一起了。」

「喔。」

回過神，我才驚覺我們居然心平氣和的在說話，我真的好想念。

忽然，不遠處傳來人群移動的聲音，接著便是響遍整座校園的倒數聲。

我愣愣的看了一眼身旁的聖誕樹，要點亮星星了。

人潮蜂擁而至，大家都想紀錄這最重要的一刻，所有人拿出手機、相機，不顧旁人的推擠衝撞，讓我幾乎站不穩腳步。

眼看手就要從霍閔宇掌心抽離時，他忽然一拉，伸手將我攬在他寬大的懷中，我的雙手抵著他的胸膛，令人安心的味道環繞在我鼻尖。

我還來不及多想，下一批人潮又來了。

「抓好我。」霍閔宇說道。

我點點頭，下意識的縮在他懷裡，小手揪著他的衣服，但又不想錯過星星發光的剎那，於是我抬起頭，眼前居然是一片黑麻麻的後腦杓。

我懊惱的皺眉。

忽然，身旁的霍閔宇微俯下身，清冽的氣息擦過我的臉頰，我還來不及反應，身體就被人抱起。我驚呼，手臂環上他的肩頸，姿勢親暱且曖昧，但我卻一點也不覺得陌生。

我瞪大眼，這次總算與他對視了。

「你、你幹麼?」

「再看我，就要錯過點燈了。」

我慌張的轉過頭，赫然發現我們站得好前面。仍是灰暗的聖誕星星，因為距離所造成的視差，彷彿就在我眼前一般，伸手便可觸及。

我也真的朝空中伸出手，五指併攏微微屈起。

霍閔宇疑惑的看了我一眼。

三！二！一！

我側過頭說：「聖誕快樂。」還有，「希望你的願望成真。」

當星光四溢時，星星宛如被我捧在手裡。

霍閔宇一愣，不知是燈光散去了他一直以來的目中無人與高傲，還是看著我的他始終都是這麼溫柔窒人。

他笑了。

星星亮起後，隔了一會兒人群才逐漸散去。學生會也呼籲大家盡早回家，別在外逗留。

霍閔宇將我放了下來，原先開心的情緒隨著晚會的落幕，變得有點尷尬。

我微微收起嘴邊的笑，將手背在後頭。

以我們現在這種好壞難說的關係，好像不適合說太多話，但我依舊還是攔不住嘴，也忍不住什麼情緒，既然抓到機會了，不說白不說：「那個……」

「閔宇！」一聲嬌柔的聲音自不遠處傳來，元柔馨纖弱的身影在夜中顯得瘦小。

她小跑步過來，在快接近我們時，腳突然拐了一下，霍閔宇趕忙伸手接她。

她縮著身子輕倚在霍閔宇懷中，白嫩的小手緊緊抓著他的外套，是我剛剛抓著的地方。

「謝謝。」

我輕拉起嘴角，胸口泛澀，到口的話硬生生吞了回去。

確實是沒什麼好說的了。

元柔馨自霍閔宇的懷中抬起眼，圓亮杏眼此時卻染上一層陰狠之色，她的雙臂下意識的攬緊霍閔宇的腰，彷彿在提醒著我，霍閔宇早已不屬於我了。

她得意的看了我一眼，似乎在嘲笑我只是她的替代品，我根本不應該出現在這兒，甚至是打擾他們。

「我們走吧，學校九點半就要關了。」元柔馨仰眸，輕聲提醒始終沒說話的霍閔宇。

我下意識的看向他，他沒有看我，反倒垂眸看了一眼懷中的元柔馨，溫柔的應了聲。

我似乎聽到心臟碎裂的聲音。

我抿了抿脣，拉了拉脖子上的圍巾，總覺得有些緊，勒得我好難受、好痛苦。

他們走了幾步，元柔馨忽然轉頭，朝我微微一笑，「小侑，妳自己回家小心。」說完毫無留戀的在我眼前轉身離去。

我愣愣的望著他們的背影，眼底湧上一股酸意，我別不開眼，也無法轉身。

當我看著你來的時候，就得要有看著你走的勇氣。

「小侑！」

我轉身，看著任迅暘走來。

「妳跑去哪裡了？雅梨他們都在找妳。」他說道，視線卻落在前方逐漸融入夜色的人影。他看了我一眼，「你們說了什麼？」

我點頭，想了想又搖頭，「沒說什麼。」

田雅梨和閻子昱也來了，後來我們隨著人潮走出校門，一個很久沒見的妖豔身影突然晃進我的視線。

對方依舊畫著精緻的妝容，挑釁的看了我一眼，「我還想說這誰呢。」她搔首弄姿道。

唐娜。

一時之間見到她也不知道該說什麼，索性回道：「嗨。」

唐娜先是愣了一下，隨後嗤了一聲，「妳這女的怎麼還是這麼討打？」

我抿起笑，「學姊也回來玩啊。」

唐娜瞟了我一眼，「不能嗎？怕我搶妳的青梅竹馬？告訴妳，那種男人送我都不要！」

「真的嗎？」當初不知道是誰為了他哭得死去活來。

她瞪了我一眼，清了清喉嚨，「是說他最近交了新女朋友？」

我笑了笑，「學姊該不會是想從我這探敵情吧？剛不是說送妳也不要？」

「我問什麼妳就回什麼，哪來這麼多廢話！」

「學姊看到什麼就是什麼嘍。」我聳肩，沒辦法裝作若無其事細談他們，那就乾脆什麼也不說。

聽了我模稜兩可的答案，唐娜當然不滿意，「那個女生叫什麼名字？」

此時，一旁的田雅梨跳了出來，「學姊，妳要是這麼好奇，就去問霍吧，相信他會很願意回答妳。」

「問當事人還是比較準，免得怪我們亂說話。」閻子昱也搭腔。

這兩人這麼快就夫唱婦隨了？

被所有人反擊，唐娜明顯弱勢，裝腔弄勢的挺起胸，撥了下瀏海，「我就覺得那個女生很眼熟，隨便問一下而已，你們真以為我對霍還有留戀？」

她高傲的哼了一聲，看在我們眼裡卻是欲蓋彌彰。

「誰當他女朋友誰倒楣，分手都是預料中的事，他不可能在誰身上停留太久。臉好看是好看，有身材有腦袋，但人品根本超級差。」唐娜的語氣，明顯是吃不到葡萄說葡萄酸。

我聽了很不高興，霍閔宇才不是這種人，他不會隨便給承諾。

「學姊這麼說就不對了，當初妳不也是看上這些，所以才跟他交往？」我說，「這麼說的話，學姊的人品也不怎麼樣嘛，何況說謊在先的人不是妳嗎？」

聞言，田雅梨噗哧一笑，甚至開心的和身旁的閨子旵擊掌。

唐娜氣紅了眼，但見我人多勢眾，也不敢對我怎樣。

倒是一旁的任迅暘忽然問道：「眼熟是什麼意思？」

唐娜看了對方一眼，原本驕傲如公雞的模樣，霎時成了小女人般嬌羞，微微將垂落的頭髮往後勾去，「之前在學校很常看到她。」

「很常？」任迅暘皺眉。

「我也說不清楚，反正就是有一陣子我走到哪都會碰見她。」唐娜疑惑的說，「而且她似乎長得不太一樣了。」

元柔馨的變化確實很大。

「大概什麼時候？」

唐娜沉吟了一聲，「似乎是跟閔宇交往的那段時間。分手後，就很少遇到她了。我看八成也是覬覦他的女生，現在總算爬上位了吧。」

唐娜鄙視的一笑，卻讓我心生不安。

元柔馨確實對霍閔宇的種種瞭若指掌，以前我一直沒細想，以為是霍閔宇個性張揚狂妄，所以誰都知道他的所作所為。

只是現在想想，似乎有很多霍閔宇沒說，而我也不知道的事，元柔馨卻都知道。

她為什麼會知道？難道她一直都跟著霍閔宇？

我感到震驚，被自己所想出來的答案給嚇到。

回家的路上，田雅梨似乎也百思不得其解，「我真的覺得元柔馨這個女生很怪，我沒有偏見，就是女人的直覺。」

這次，我難得沒有反駁她。

想起她背地裡對我做過的事，甚至把這件事栽贓給她喜歡的霍閔宇，也就表示，她不只是想要警告我，也希望我和霍閔宇反目成仇，徹底斬斷所有關係。

我忽然覺得她好可怕。

學測將近，我沒有多餘的心思去細想元柔馨的事，何況已經太遲了，早就不是我能干涉的了……

♡

兩天的學測，三年的努力化作填卡卷上的答案。

一個禮拜的年假過後，馬上迎來開學。

大家的話題無疑都繞著學測打轉，班導再三提醒我們別因學測結束而鬆懈，成績出來前都別太自信，依然要認真準備指考。

這幾天總覺得班上同學有意無意的對我投以不善的目光，排擠的意味十分明顯。

這種情形愈發嚴重，有的同學見我靠近，甚至會自動讓開，默默的走往別處。

這到底是什麼狀況？

「夏羽侑，妳過來。」田雅梨在門口朝我招手，正好讓我脫離班上的詭異氣氛。

「雅梨，妳不覺得最近班上怪怪的嗎？」

她遞給我手機，畫面上是校版。

我平時很少關注校版文章，因為幾乎都是些無趣的互罵文或是告白文，總之不會跟我扯上關係。

「夏X侑就是個人人都能上的婊子！」

我愣了愣，心跳得很快，搶過她的手機。

文章內容大概是說我腳踏兩條船，一下跟任迅暘搞曖昧，又跟自己的青梅竹馬摟摟抱抱。結果現在霍閔宇不要我了，我卻還跑去破壞他跟別人的戀情，然後回頭想和任迅暘重修舊好。

整篇文章沒有一句話屬實。

雖然不是熱門文章，但看過的人不在少數，加上這麼指名道姓，只要是班級和我同樓層的人，多少都能知道這是在說我。就算沒有，謠言的威力也是很大的。

所以，我一直很排斥被誰議論，無論好壞，我都不想要。

我抿著泛白的唇，神情凝重，難怪大家最近對我這麼反感。

加上過去我和霍閔宇青梅竹馬的關係，早就不知道得罪多少女性，更別提異性會主動接近我了。

田雅梨搶過手機，憤憤的說道：「這種匿名文章就是見不得人好，躲在螢幕背後碎嘴，看我怎麼檢舉你到死！」她拚命壓著手機鍵盤。

「雅梨，我真的沒有這樣……」我無力的說著，「我不是這種人，對不對？」像是在尋求最後一絲希望，如果連她都不相信我，我不知道自己還有沒有勇氣面對接下來的事。

誰知田雅梨根本沒看我，雙手忙著找出其他有關於我的文章，一邊按著檢舉，嘴裡念著各種詛咒。

她又接著說：「廢話！妳要是這樣的人，我第一個就替天行道了，還跟妳當朋友？我又不是婊子。」

「喂！」我現在對這字眼很敏感。

語落，我和田雅梨大笑出聲，我張手抱住她，「謝謝妳。」

田雅梨愣了下，豪氣的勾住我的肩，「我是嚇人嚇大的，這種背地裡搞小動作的人，姊玩死他！」她凶神惡煞的用手劃了下脖子，「別怕！我給妳撐腰！」

我感動的扁了扁嘴，應了聲。

回到教室後，我左思右想就是沒頭緒。雖然文章沒有一句屬實，但卻把霍閔宇和任迅暘這兩個人湊在一起，想必是對我們有一定程度的了解。

我的腦袋閃過一絲不切實際的想法，我下意識的看向元柔馨，然而她似乎有感，視線直定定的落在我身上，笑容甜美，看不出任何驚慌與心虛。

我想起唐娜在聖誕晚會說的話，以及她和霍閔宇分手那段期間的謠言風波，正巧就在說她是個四處拈花惹草、生活淫亂的女人。

而這正是霍閔宇的大忌。

他是個占有欲極強的人，對於感情唯一的要求便是忠貞。他唯我獨尊慣了，看上的東西，別人休想沾染半分，更不允許對方有任何出軌行為。

看來匿名毀謗我的人，連最後一條退路都不願給我。

「為什麼這麼做呢？妳已經得到妳想要的了。」

我以為我會任憑這件事發生，不辯解、不反抗，待時間將流言沖散。捍衛自己這件事，我想過，卻沒有勇氣做過。

然而，我現在卻站在只有我和元柔馨在的教室裡，質問她這件事，看來霍閔宇這陣子對我的欺壓，把我的膽量都訓練得變強了。

而她似乎也等著我問，沒有任何怕被拆穿的惶恐。

「對我來說不夠啊。」元柔馨的聲音很輕，嬌弱的身板在此刻站得挺直，「何況妳確實就是這樣的女人，有什麼好不承認的？周旋在兩個人之間，一點廉恥心都沒有。閔宇就是太心軟，才會讓妳到現在還覺得自己可憐。」

做錯事的人，居然連個自我反省的樣子都沒有。

回想起每次見到她的時候，嬌弱膽小卻十分有禮貌，待人和善，讓人忍不住想幫她。雖然與她認識的時間並沒有田雅梨那麼久，但我真誠的信任過她，沒想到她從一開始就是處心積慮的在接近我。

「妳說妳愛他，可是卻在背後不斷破壞他的感情，讓他一再失去，重複面對那些傷害。」可笑的是我居然還退讓了。

元柔馨沒有絲毫愧疚，反而自豪一笑，「那些女人根本就配不上閔宇，留一個不適合的人在他身邊，不如由我來讓閔宇看清她們的真面目。」

聽著她荒謬的言論，我完全說不出話。

「那些女人都太三心二意，不過是看上他的外表。我了解閔宇，我不可能讓她們留在他身邊。」她露出嫌惡的表情，隨後輕盈一笑，「我後來發現，全世界的女人根本都配不上他，只有我這種替他瞻前顧後，體諒他、包容他的人才配得上他。我愛了他那麼多年，從未變心，他就是需要我這種對他一心一意的女人，他就應該跟我在一起！」

元柔馨高傲的抬著下巴，圓亮的眼布滿猩紅，她笑得猙獰無比，全然沒了平時的溫柔與恬靜。極端的言語，似乎走火入魔。

「柔馨，這不是愛，妳只不過成為他喜歡的樣子。」我說，「可是這樣的感情能維持多久？」

元柔馨勾起一邊的嘴角，對我的話置若罔聞，「至少現在的我擁有他。」她的笑顏絕美，眼裡對我是滿滿的憐憫。

她微微皺眉，同情的笑了一聲，「而妳，什麼也不是。」

元柔馨確實說對了。

現在的我，在霍閔宇心裡卑微如塵土，他不屑關注，更不會過問，我的存在不過是一再挑戰他的底線。

我找不到時機與他說話，元柔馨更不可能給我這種機會。

毀謗的貼文雖被檢舉刪文，但看過的人不在少數。這幾日，諸如此類的謠言滿天飛。

對於我和霍閔宇的關係早就眾說紛紜，如今被這麼放上檯面檢視，以前做過的事、說過的話全被拿來加油添醋。

「就說他們很有問題，以前死不承認，而且任迅暘不是轉學生嗎？手腳真快，馬上就勾上人家了。」

「這樣到底是哪一個男生被戴綠帽啊？」

「唉唷！漂亮的女生通常都很不要臉，仗著自己有點長相，就開始使喚對方、搞曖昧，事後再來裝無辜說只是朋友。」

「不知道元柔馨會怎麼想，果然男朋友太帥也不是好事，整天有不要臉的人見不得人好。」

「不過要是有這種煩惱就好了！」

「輪不到你啦！哈哈！」

「身為女生還是自愛點吧，又不是所有男生都愛別人穿過的破鞋。」

元柔馨就像高高在上的勝利者，利用同學間的猜測、玩笑，將自己營造成受害者，讓我毫無翻身的餘地。

全班漠然的眼神，異樣的眼光，就像把我判了死刑。

啪！啪！啪！

田雅梨響亮的掌聲在靜謐的教室特別清晰，她露出讚歎的表情，嘖了兩聲，接著長腿一跨直接站在椅子上。

身高本來就高的她，加上椅子的助威，她的視線直接俯瞰全場，「還真的什麼人都有。」

那群女生斜她一眼，「我看妳自己才小心吧，哪天夏羽侑就搶走妳的男人，到時候才來哭就來不及了。」

我與田雅梨四目交接，用眼神示意她，我對閣子昱真的沒啥興趣，拜託妳收好，別放出來！

她賞了我一根中指，全班大概只有任迅暘會意過來，手握著拳抵脣偷笑。

我一副徵求認同的看向他，只見任迅暘點了點頭，田雅梨直接朝我們翻了白眼，餘光碰巧瞥見霍閔宇仍然不為所動，繼續睡他的。

好歹他也是這場風波的受害人之一啊。

田雅梨忽然問：「妳們是不是處女啊？」

「我們是不是關妳什麼事？」

「那夏羽侑跟誰交往又關妳們什麼事？」

「妳……」

「她是搶了妳們的男人？還是妳們就是單純眼紅？」田雅梨嗤笑一聲，女王的氣勢一覽無遺，「有本事妳們就去追人家，不要只出一張嘴。」

基於田雅梨實在太凶狠，她們紛紛瞪我一眼。

「會不會上勾，也是要雙方你情我願吧？」田雅梨微笑回頭，「對吧？迅迅。」

幹麼問他啊！

「喂，妳別把我愈描愈黑好嗎？」我小聲的說道。

「是。」任迅暘溫和一笑。

我沒好氣的看向他，卻瞄見霍閔宇不知何時已經環胸坐起，我沒敢看他的臉色，慌忙的轉頭。

「好好讀書吧，別出來突顯自己智商有多低。」田雅梨露出慈母般的笑容，「同樣身為女性，我會覺得丟臉，加油好嗎？」

她自椅子上下來，像是發表完一場舉世聞名的演講，驕傲的招手要我遞水按肩。

那些女生自然不服氣，但沒膽與田雅梨針鋒相對，自然就把苗頭指向我。

「妳還真是交到一個好朋友，什麼臭爛名聲都讓別人擋，自己就裝得楚楚可憐，真讓人倒胃口。」

「也是啊，什麼人有什麼朋友啦。」

我瞪向她們，可以對我口出惡言，但是隨便誣賴為我挺身而出的田雅梨，就是不行！

「說夠了吧。」她們似乎沒預料到我會回嘴，有些發愣，「請問妳們是基於什麼身分來對我說這些話？」

礙於這陣子過得實在太憋屈，怒氣一下子衝到最高點。憑什麼我要承受那些不屬實的謠言？

「我們好像沒有很熟吧。」我說，「如果真的想知道事情的緣由，不該是來問我本人嗎？為什麼聽信一個連名字都不敢公布的人。」

「既然有人這麼說，代表妳就是做過啊！否則為什麼不說別人，偏要針對妳？」對方裝腔弄勢的抬了抬下巴。

「所以那個人是誰？他為什麼不當面來指責我？」我刻意轉頭看向元柔馨。

她沒預料到我會如此直接，更沒想到我會起身反抗，小臉略微慌張。她立即低下頭，鎮定的遮掩所有表情。

「妳、妳幹麼啊？我們也只是說說而已……」

「說說而已？」我笑了一聲，「所以我現在也可以四處說妳不是處女，同時與不同的男生交往，私生活亂得不像樣，反正我也不過是說說，無傷大雅。」我聳聳肩，抿唇一笑。

其他人聽了紛紛噓了幾聲，田雅梨在後頭笑得大聲，豎起大拇指，「夏羽侑，超正點！娶我娶我！」

對方見自己的聲勢薄弱，氣得七竅生煙，眼底的怒意幾乎要把我生吞活剝，然而我卻一點都不畏懼。

以前的我大概會默不吭聲等風波平息，從沒想過自己有天會站出來捍衛自己，原以為會是多麼丟臉的事，沒想到把心中的話全部說出來是這麼痛快。

我朝田雅梨笑了笑，任迅暘也讚賞的點了點頭。

眼一瞥，恰巧看見霍閔宇彎了彎唇，不知道是什麼意思，但絕對不是好徵兆。

「妳叫什麼名字？」霍閔宇不耐的問道，明顯就是起床氣發作。

「我、我們都同班快兩年了。」她一臉不可置信。

霍閔宇冷峻的抵著下顎，眸光深沉，對方也不敢再說話。

「算了，不重要。」對方想回答時，霍閔宇忽然揚手制止，「下個月輪到我們班掃廁所，就妳去吧。」

「什、什麼？」

「衛生股長在嗎？登記一下。」霍閔宇隨意一掃，收到命令的衛生股長立即拿出紙筆。

「為什麼是我？你明顯就是幫夏羽侑說話吧！別以為你是班長就可以隨便發號施令！」她憤憤的說道，「我會去和班導說你濫用職權。」

語落，我都想好心的舉手提醒她，霍閔宇現在說什麼，妳除了點頭接受之外，剩下的就是死路一條啊！

霍閔宇不怒反笑，簡單的說了一句：「早自習吵鬧。」

「那、那又怎樣？又不是只有我在吵，全班都有說話啊。」她挑釁的歪著頭，「夏羽侑也說話了啊。」

「我就看妳不順眼。」他毫不遮掩，「快去找妳那群朋友幫忙，否則下個月就是妳一個人掃整間廁所了。」霍閔宇雙手插放口袋，翹著椅，長腿抵著桌下的橫槓，嘴角噙著笑。

教室沉悶得可怕，所有人看著對峙的兩人，一個漫不經心，一個像是在熱鍋上的螞蟻，勝負很明顯。

那個女生被動的轉頭看向她朋友，只見她們乾笑了幾聲，默默的走回座位，而後所有人也都識相的低頭，安靜做自己的事。

田雅梨看了一眼自己精緻的指甲油，懶懶的說道：「什麼人有什麼朋友啦。」

放學後，我沒有馬上回家，搭著捷運憑著直覺出站，用手機找了那區評價不錯的晚餐，準備外帶回家。

等待的時間，我試圖釐清自己的思緒。

我不明白霍閔宇為何要出手，而後我們的關係依然沒有好轉，他仍舊對我視若無睹。

大概是那些文章也關係到他的名譽，如此自視甚高的人，被人貶得一文不值，理應不爽。

我隨意掃了一眼周遭的人，就這麼和剛推門進來的男人對眼，我當下的第一個反應就是趕緊撇開眼。

但來不及了。

我沒打算和他搭話，擺著生人勿近的臉走往別處。

「嘿，小侑。」

我深深的嘆了一口氣，「別跟我說話。」這人真的陰魂不散。

「自己一個人來啊？」李桀閎不要臉的靠上來，語氣調侃，「霍閔宇呢？怎麼沒一起？捨得妳自己出來喔？」

「他要是在這裡，你不會和我說上話的。」

聞言，李桀閎臉一黑，咳了一聲，不死心的再次湊近，「吵架啦？還是怎麼了？」

「到底關你什麼事？」我擰眉，好好的一個獨處時間全被這個髒東西給毀了。

然而，李桀閎不知恥的繼續和我說話：「怎麼我們每次見面，都不能好好聊一聊？上次被妳家那口狠狠洗臉的可是我。」他說道，「我可是連面子都不顧主動來和妳說話，妳好歹賞個臉呀。」

「你不要面子我還要。」說得自己多委屈似的，「跟你說話我丟臉，走開！」

「你們果然有什麼事吧？火氣這麼大。」

「我只要看到你火氣都很大。」

「妳還在記仇啊？我都跟妳道歉了，也被霍閔宇整慘了，妳還要我怎樣？」

聽他這麼說，我微小的良知總算跳了出來。李桀閎確實被教訓得夠慘了，雖然他還是那副無所謂的模樣，但面對霍閔宇時，自尊肯定都掉光了。

「不想怎樣，以後別隨便跟我說話。」我的語氣緩了緩。

「霍閔宇會生氣啊？」

這小子就是欠人罵！

「跟他無關。」煩死了，一直提起他。

李桀閎聳肩，「你們就是吵架了嘛。」

果然不應該對他心軟。

「他沒讓妳啊？照理來說，對妳他絕對是退一百步都還嫌不夠的人。」他本來想繼續說，忽然像是想到什麼，問道：「咦？難道你們還沒在一起嗎？」

「我們有沒有在一起又關你什麼事？」這個人真的很莫名其妙，每一句話都說得好像很了解我們一樣。

「當然啊！我可是被他揍了，他那種認真程度，絕不單單只是為了替妳討公道。」他的聲音突然提高，「雖然我也是揍了他不少下，說起打架我多少還是有在練的。」他轉了轉手臂，有點自豪。

「打架？」我皺眉，想起霍閔宇高一時臉上那些傷口。

「他沒跟你說嗎？我以為這滿值得驕傲的。」李桀閎有點驚訝，「畢竟為了自己的女人動手，對男人來說，絕對值得拿來炫耀啊。」

隨後他又說：「不過霍閔宇那麼心高氣傲，吃醋、嫉妒這種詆毀自己格調的事，他絕不會說出來。」

對，因為都是直接表現出來。我在心裡默默腹誹。

「還是吃我這種人的醋。」他自嘲幾聲，我突然覺得這句話也挺悲傷的，他的自信心果然都被霍閔宇擊得七零八落了。

「他為什麼跟你打架？因為唐娜？」當時因為唐娜的事鬧得轟轟烈烈，而且霍閔宇也說了，唐娜對他扯謊說不認識李桀閎，搞不好勝負欲作祟就跟人打了起來。

霍閔宇視為的所有物經不起別人碰的。

李桀閎倒抽一口氣，「看來妳好像真的什麼都不知道，霍閔宇對妳到底保護到什麼程度?別人都是爸媽寶，我看妳根本是霍寶。」

要不是我餐點的錢都付了不得不等，否則我一定直接離開現場，順便踹他一腳。

「你到底想說什麼?」

「他不就是為了妳跟我打架。」他嘖了兩聲，似乎有點受不了我的遲鈍，「出手一點都不輕呢。」

我一愣，「為了我?你沒搞錯吧，當時我們只是朋友而已。」

「這麼說你們果然交往啦。」李桀閎因為套出我的話而笑得賊。

「沒有。」

「這有什麼好不承認?」他說道。

「我說沒有就沒有，你吵死了!」

李桀閎被我突然燃起的怒火給嚇住，「沒有就沒有，幹麼那麼凶啊?」

「我給不起你好口氣。」隨後我咳了一聲，還是想知道原因，「你跟霍閔宇打架的時候，他這麼告訴你的?」

「這還用得著他說?」李桀閎看我的眼神充滿了憐憫，彷彿在看一個笨蛋，「他從國中就看我不順眼了，妳覺得是為什麼?」

「因為你長得欠打。」

他一臉受傷。

「不是喔?」我滿意的看著他的表情，「那可能是你特別衰吧。」

李桀闋無奈的看了我一眼，「因為妳。」

我愣了愣。

「霍閔宇老早就喜歡妳了。」

我的心臟猛然一縮。

「我不知道他基於什麼一直沒說，大概是怕妳拒絕他吧。」李桀闋的語氣有些幸災樂禍，「不過妳真的不喜歡他嗎？」

我搖頭，眼眶一陣酸澀，眉心擰著生疼。

「以朋友的名義愛著對方這種事，太白痴了。」

結果他自己做了什麼……

「有時候想想，霍閔宇什麼都好，唯獨碰上妳，我看一世英名都毀得差不多了。」他說道，看了我一眼，暗示明顯，「不過看樣子他現在過得不好，那我也就放心了。」

「你無緣無故跟我說這些，該不會是有什麼目的吧？」自從被他騙了幾次，我總算有些防範意識了。

李桀闋拍了拍我的頭，我沒來得及閃避，「我只想還妳個人情，今後我不會再出現在你們面前，就算巧遇我們也裝作不認識吧。」

什麼人情？該不會是……

「喂，你跟唐娜……」話語未落，李桀闋已經轉身，沒有回頭，僅是舉起手朝我揮了揮，高大的身形消失在店門口。

我必須和霍閔宇說清楚。

我回家翻出上回寫好卻遲遲沒送出去的藍色信封，反覆看了幾次，深吸一口氣，覺得這種事還是當面說比較清楚。

然而隔天，我還沒碰到霍閔宇，倒是元柔馨先傳來了訊息，要我中午去趟生物教室，說是有話跟我說。

田雅梨他們都勸我不要單獨赴約，自從他們知道她在背後的種種行為，暗地裡都叫她毒蟲，而霍閔宇是藥頭。

先前的謠言風波幾乎淡去了，但看來她似乎還不打算善罷甘休。我接受了，在人來人往的校園裡，她也不可能對我怎麼樣。

這次，不能再退縮了。

走去生物教室的路上，我腦袋都在想見到霍閔宇時應該說些什麼。自從學測後，他更加放縱了，幾乎都不來上課。

依照他的實力和個性，他絕對不考指考。如果他真的不想見我，那我們可能到畢業前都不會見面。

時間拖得愈久，這些話也愈來愈沒意義。

事實上，我也不知道我現在的話他能聽進去多少，也不知道他跟元柔馨的關係究竟到了什麼程度。

唰——

我拉開生物教室的門，映入眼簾的是兩道交疊的身影，我瞪著眼前的景象，思緒停擺。

元柔馨躺在桌上，裸露的肩膀膚如凝脂，金褐色的長捲髮凌亂的散在桌面，雙頰緋紅，柔嫩的小手揪著霍閔宇的領帶，他胸前的襯衫扣子已剝落兩顆。

霍閔宇頎長的身影站立在桌邊，兩手以侵略之姿撐在她的身側，眸光沉沉的俯瞰著她，嘴角揚起一抹淺淡的笑容。

陽光透過窗灑在他們親密的身影，而我就像璀璨世界外的黑白地帶，顯得不堪與可笑。

不是早就該想到會這樣了嗎?霍閔宇早就不是我的了。

時間在我的眼中彷彿停滯了，空氣乾燥微暖，透著光能夠清楚看見懸浮在空氣中的微小塵埃，而我卻沒有力氣走開。

「得到妳想要的吧。」恍然間，霍閔宇扯脣一笑，語調低醇清晰。

元柔馨的眼裡滿是愛慕之情，緋紅的臉頰春色蕩漾。她輕輕應了聲，聲音像是塗了蜜般甜膩且纏人。

霍閔宇瞇眼一笑，下一秒大方的舉起兩手，退了幾步，「那我們散戲了啊，我真的忍不了。」他重新扣上釦子，又拉了幾下領帶，無視元柔馨錯愕的表情，蹙眉嘀咕了幾句：「學校的領帶也太好解開了吧，該檢討。」

我愣怔的站在原地，腦袋亂轟轟，然而當霍閔宇側身看向我的那一瞬間，我突然明白，他從來就沒有離開過。

深邃的眸眼漆上光，抹去了所有陰霾與深沉，他朝我咧嘴一笑，明亮燦爛，「我都要被人強了，妳還傻在那，真要我的身體被別人看光啊?」

所有的事情發生得太快，全然不在我的預期內，我忽然不知該作何反應，腦袋發脹，分不清這是現實，還是我的幻想。

我不敢細想，轉身走人。

「喂！」他追了上來。

我不理會他的叫喊，難過、生氣、委屈、不知所措全湧上心頭，與他分手後那些暗無天日的時日，一幕幕浮現在我眼前，所有壓抑頓時釋放，難過得無以復加。

我倏地停下腳步，背對著他冷靜的問：「你其實全都知道對不對？」

見我情緒不佳，霍閔宇也不敢再向前走，語氣難得心虛，「嗯。」

「你有沒有……」我低下頭，那些梗在喉嚨的話怎麼樣都說不出口，覺得腦袋混亂，連同指尖都在顫抖。

「你、你跟她……」

「沒有，我們什麼也沒做。」他答得飛快，往前走了一步，「真的。」似乎怕我不信，他篤定的再說一次。

當肯定的答案落下，心中最沉重的心事也解了套。雜亂的情緒在下一秒全化為怒氣，「你真的死定了！」

我毫不客氣的踹上霍閔宇的膝蓋，他反應不及，立刻痛得直不起身。看著他痛得動彈不得，我哼笑一聲，一點都不同情。

「你明明知道元柔馨有問題，為什麼不告訴我？」我仰天大笑了一聲，「說什麼討厭別人騙你，結果你自己又做了什麼？」

我氣得想再補一腳，但看他都站不挺了，只好雙手插腰，重重呼了一口氣，以緩解我心中的熊熊怒火。

「還有！跟李棨閎打架很了不起嗎？為什麼要讓我變得像個壞人一樣？你根本不需要為我做這麼多……」

霍閔宇默默的為我付出，任由我任性胡鬧，放任我對他惡言相向，殊不知我所有順遂的一切，都是他給的。

「你幹麼要喜歡我啊？我對你一點都不好，還一直找你麻煩。你有那麼多選擇，不要我就好了啊。」我咬了咬脣，怒瞪著仍蹲在地的他，但更多的是難掩的心疼。

心疼他總是先想到我，心疼他不顧一切的對我好，心疼他知道我一定不要這種平白無故的待遇，所以總是透過使壞來掩蓋他的好。

「我真的好討厭你喔……」我的聲音被哽咽攪亂，原先龐然的氣勢忽地顯得飄蕩不定，眼眶裏上一層霧氣，「更討厭喜歡你的我。」

我狼狽的撫額，眼淚啪嗒啪嗒的掉了下來，這陣子拚命忍住的情緒終於潰堤。

我低著頭，泣不成聲。

我氣他對我好、對我妥協，更氣我自己總是讓他受傷，讓他無可奈何。

我吸了一口氣，用力抹去臉上的淚，打算丟下他回教室，卻聽見他沉穩的嗓音輕揚，緩緩站起，深邃的眸眼清澈碩亮。

「妳說得我都不否認，妳也確實該對我感到抱歉，並且最好給我好好懺悔。」

見他說得比我還理直氣壯，我一瞬間接不了話，含淚愣愣的望著他。

「還有，妳都讓我做到這種程度，現在還說要走，夏羽侑妳真敢啊。」黑眸冷凝，霍閔宇冷聲道。

我縮了一下，後退幾步保持安全距離。

「那、那你為什麼不跟我說？每天這樣欺負我很好玩嗎？看我難過你很開心嗎？」

「因為生氣。」他冷哼，「妳敢對我隨便提分手，當然要給妳一點教訓。」

我簡直不敢置信。

「整件事說起來，我也算是受害者，我也很痛苦啊，怎麼知道事情會變成這樣……」

明明上一秒還抱著你、說愛你的人，卻在轉身之後就成了毫無關係的陌生人。

他根本不知道我做這個決定要承擔多大的風險。

「所以誰讓妳放了？」霍閔宇繃著俊臉，語調清冷，「我的忠誠度難道就這麼不值得妳堅持？」

「可是我沒有理由留住你，我們在一起也很不快樂。」所以我想到的只有分開。

聞言，霍閔宇微愣，原先飽含怒氣的目光緩緩低斂，他遲疑了下，眉頭緊蹙，疲憊的低下頭，按了按側頸。

「也許真正適合的人真的不存在，但也是有分能在一起和不能在一起的。」我停了停，心口酸軟，「有時候光是只有喜歡是不夠的。」

我和他爭吵太多，甚至都忘了當初是為什麼在一起。

「現在的我們，走不下去。」我嘆口氣，冷靜的道出這殘酷的事實，「所以我並不是全然因為那些信才向你提出分手。」

我心裡也很在意霍閔宇並不是那麼喜歡我，甚至覺得他的寵溺摻雜著對別人的喜歡，這樣的感情我不想要。

除了分開，我不知道還能怎麼樣維持我們的關係。

霍閔宇看了我一眼，突然低嘆，聲音出奇的緊澀沙啞，「我一開始確實很混亂。」

「嗯？」

「不知道該怎麼面對元柔馨，甚至是妳。」

他突然說起內心話，嗓音低沉溫柔，我有些不能適應。

見我不說話，霍閔宇斜了我一眼，「說點什麼啊。」

「喔。」我回過神來，抬頭望著他好看的臉皆寫著不滿，沒見過聊心事還得配合回應的，「然後呢？」

他沒好氣的看了我一眼，「我就想，既然妳有本事提分手，我也就沒什麼好不能找別人。」

真是幼稚。

「所以我決定跟元柔馨試著相處，她也確實符合我的期待，夠懂我，也知道我想要什麼。」

我點了點頭，那陣子我確實都看在眼裡。

霍閔宇瞄了我一眼，「但每當這種時候，我就偏偏會想到妳。」他冷笑一聲，「想妳到底多不在乎這段感情，可以說放就放。更讓我覺得可笑的是，在那種時候還想起妳的我。」

我愣了愣，「就是因為太在乎，所以才希望你能跟自己真正愛的人在一起。」我斂下眼，「我不希望你因為顧慮到我，放棄一些東西。」

所以我選擇先放手，如此一來你才能沒有負擔的去追求所想。

「那妳還真是太不了解我了，因為是妳，任何差錯都不可以有。」

午後陽光將霍閔宇的身影拉得瘦長，他的眸光四溢，「早在我對妳放手一搏的那刻起，我從來就沒想過要放妳走。」

我咬緊下脣，論起感情專一，霍閔宇居然全勝。

他稍稍移動了一小步，但膝蓋處似乎還隱隱作痛。他嘶了一聲，抬頭睨了我一眼，「講認真的，妳到底是吃什麼長大的？」

我懶得理他，問道：「你對元柔馨的信沒有任何想法嗎？」

「我早該想到妳這沒心沒肺的女人怎麼可能會寫信給我。」

我感到無語。

「怎樣，我說錯了嗎？」他瞪我，「說分手眼都不眨一下的。」他仍舊對這事耿耿於懷。

「難道你對元柔馨沒有任何感覺嗎？」雖然她的行為過於極端，但對霍閔宇的愛是毋庸置疑。

「我現在只有想把妳抓起來丟出去的感覺。」他微笑，左右晃了晃脖子，配合的發出筋骨摩擦的細碎聲響，「要不要試試。」

我跟元柔馨究竟在爭什麼？霍閔宇根本沒把這件事放在眼裡！

一陣深深的疲憊感竄上我的腦袋，我只想回教室好好冷靜。

「去哪？打人都不用負責？」

我瞇眼一笑，隨即無情的斂起，「誰叫你要騙我，對你剛好而已，活該！」老愛擅自替我做決定，總以為我膽小又懦弱，這樣只會讓我安於現狀，像個笨蛋一樣。

倏地，他哀叫了一聲，煞有其事的說道：「我好像不能走了，腿廢了怎麼辦？妳要養我一輩子。」

我剛明明就看著你走過來。

「禍害遺千年，你一定能活著的。」我現在對霍閔宇是又氣又討厭，但偏偏他會這麼做都是因為考量到我，想到這裡，我既感動也捨不得。

「這樣的話，我最近就不能去工作了。」

「反正你很常不去。」

「那妳幫我請假。」

「不要。」

「那妳過來抱我。」

「想得美。」

「妳是要幫我請假還是要抱我？」霍閔宇忽然正經的問道。

「為什麼只有這兩個選項？」完全對我不利。

「選啊。」

「我都不要。」

「是不是妳害我變成這樣子的？」他囂張的指著似乎真的有些腫的膝蓋。

我剛剛好像真的太用力了……

趁我分神注意他的傷口時，一股暖燙的溫度忽然攀上我的手臂。

霍閔宇微微一拉，熟稔的氣息撲天蓋地的朝我襲來，我的視線一片天旋地轉，他緊緊抱住我。

屬於他的氣息讓我一瞬間模糊了視線。

「妳的男人剛剛差點和別的女人發生關係，妳竟然轉身就走？」

霍閔宇垂著頭，聲線低啞，墨黑的軟髮撫過我的側頰，微熱的氣息落在我的頸窩。我想掙脫，卻沒有力氣。

我試圖推開他，但他就像塊黏皮糖，使勁往我身上蹭。

「生日那天不是還處得很愉快？」想起那天他對我的冷漠與羞辱，我就來氣，「說起這件事，蛋糕是我媽烤的，你就算生我的氣，也不用這樣糟蹋我媽的心意吧。」

語落，霍閔宇不自在咳了一聲，意識到這是不利於自己的事。接著，他突然問道：「那些蛋糕呢？」

「早就吃完了，否則還留著等你明年吃嗎？」我冷哼。

「被誰吃完？」他冷睨我一眼，質問道：「該不會真的被任迅暘吃了？」

雖然察覺這是危險警報，但我就是想要激怒他，「對啊！全部被他吃了，你自己說不要，而且你也不喜歡吃甜食，不是嗎？」我重覆他當時說的話。

霍閔宇的臉當真垮了下來，手臂緊緊的纏上我。

有些不妙。

我慢半拍的想往後退，卻發現身後是一堵牆。

看見我的困窘，他輕笑，笑意沉得耐人尋味。他垂眸，厚實的大掌貼上我的臉頰輕輕摩挲，灼熱的視線循著我的唇，緩緩描摹，我被他看得心浮氣躁。

我試著要從他懷中抽開身，他不讓，一來一往幾次後，我被他抵在牆上瞬間進退兩難。

高大的身形遮去了春日烈陽，騰出了一塊陰影，斑駁的光影側落在他的下頷，他的眼裡全是肆意的笑。

我擰眉，語句有骨氣，聲音卻嗔得沒出息，「走開，我不要你了。」

他不怒反笑，「我是誰？」

「霍閔宇。」

「那麼，妳憑什麼不要我？」

我嘴一扁，再次紅了眼。

「跟妳分手後，除了做戲，我沒碰過任何女生。」他邀功，「我這麼棒，是不是應該給點獎勵？」

我睜著紅潤的眼看他，一言不發。

他的喉頭緊了緊，伸手挑起我的下巴，就在他彎身要親我的時候，我眼明手快遮住他的嘴，笑了一下，「這位同學，都說分手了，男女授受不親，請你後退啊。」

霍閔宇沉下臉，許久未看到他說變臉就變臉的技能，我忍不住想笑。

見我得意，他幽深的眸光暗了暗，一臉不滿，卻沒有再像以前那樣大呼小叫。我見他憋屈的一聲不吭，反倒是我忍不住妥協了。

「幫你擦藥，好嗎？」

他想都沒想就點頭，順便裝模作樣的皺眉喊疼。

我沒好氣的看了他一眼，有些想笑，有些生氣，但又覺得經歷了這麼多波折的我們，還能夠如常說話，真的好不可思議。

霍閔宇抿著薄薄的唇，持著幽深的目光就這麼安靜的看著我，雖說我擋著不讓他動手動腳，然而他窒人的眼神如絲如縷，緊緊描繪著我的每寸肌膚，沉黑的眸是一片純膩的纏綿。

我都覺得自己像是一絲不掛的站在他面前。

我忍不住轉開眼，渾身燥熱不已，索性說道：「那天，我和任迅暘真的是巧遇，我沒有做出對不起你的事，沒有精神出軌，我和他之間只是朋友。」

知道霍閔宇在意，我再次強調。

「嗯。」

「你不能每次都主觀的評斷事情，這樣沒有意義，你只是選擇你想聽的而已。」

「好，還有什麼？」

「情侶之間應該保有適當的交友空間，我也不會限制你跟誰互動，懂得拿捏分寸就好了。」

「行，還有嗎？」

霍閔宇放低姿態，順應的模樣讓我一陣慌亂，「嗯，暫時只想到這些……」

「那妳抱抱我吧，我的腳要疼死了。」灼灼的目光落在我身上，他說得毫不猶豫，彷彿這才是所有事情的重點。

「我已經好長一段時間都睡不好，我好可憐喔，前陣子還被人避而不見，我多委屈啊——」他不忘控訴。

這傢伙，根本沒在聽我說話，剛才不過就是隨便應付幾聲給我聽吧。

見我不為所動，霍閔宇臉色瞬沉，睫毛微垂，語氣是少有的低落，「妳果然不喜歡我了，對我有那麼多怨言，我說什麼也都不理了。」

我一愣，「不是，我當然喜歡你，只是覺得我們的個性不同，需要溝通。」

「妳說妳討厭我。」霍閔宇低斂著眉眼，格外在意這些話。

我見事態嚴重，湊上前討好的拉了拉他的衣袖，連忙解釋：「我剛才說的都是氣話，我沒有討厭你。你很好，沒有人比你更好了。」

「那妳為什麼不抱我，也不給我碰？」霍閔宇低著嗓，「妳果然就是哄我而已。」他耍脾氣的避開我的碰觸。

此刻真希望他厚顏無恥一點，鬧起彆扭來和小孩子一樣愛鑽牛角尖，真不知道平時爆棚的自信心都去哪裡了。

見他愁眉不展，有意無意的瞥著膝蓋處，讓我瞬間覺得自己像個十惡不赦的壞蛋。

「好、好，你別往心裡去。」我伸手拉過他的手。

見我主動，下一秒他纏住我的手臂，將我壓進他暖燙的懷抱，腦袋擱在我的肩上。

我能聽見他強而有力的心跳聲，與我此時失速的心跳竟意外的合拍，從最開始的劇烈轉為平緩，兩人的心跳聲逐漸合而為一。

他果然是故意裝可憐給我看，然後讓我抱他。

霍閔宇的聲音在我耳後響起，語調有些生硬，說出與此刻表情相違的話：「我同意分開一陣子。」

完全的妥協。

我輕應聲，撒嬌的蹭了蹭他的胸口。

「我真的不會等妳。」

「好，不等。」

「看到漂亮的女生我就去追。」

「嗯，去追。」

「妳哭了也沒用。」

「小氣……」

霍閔宇略涼的臉頰靠在我的脖頸，嘆了一口氣，聲音很低，「既然妳把權利讓給別人，妳就要想辦法拿回來。」

他要我的挽回。

我笑出聲，聲音有些哽咽微弱，我在他懷中用力點頭，淚水再次沾溼了他的制服。

他攫住我的肩膀，輕輕往後一推，擰眉看著我哭鼻子的模樣，修長的手指輕撫過我的眼角，「許願這種事果然是騙人的。」

「嗯?」

「妳還是那麼愛哭。」

我愣怔了下，想起聖誕節那張心願卡，眼淚再次不聽使喚，「你很煩，不要再說話了，嗚——」

霍閔宇失笑，拉過我的手將我帶至他懷裡，再次將我抱緊。

這一刻，我似乎真的看到長大的他。不同於以往的輕狂與妄為，而是學會考慮別人感受，成熟穩重的霍閔宇。

我欣慰的笑了笑，經歷分手後的我們，彷彿一夕之間都長大了。懂得自己要什麼，也能勇敢坦然的面對自己的感情。

我想了想，覺得這句話現在說再適合不過了。

「霍閔宇。」

「嗯?」他沉聲應道，溫柔得膩人。

我一直都是看著他的背影前進，所以總是認為他是那麼遙不可及，直到此刻才發現，原來我們都是一樣的。

在這廣大無垠的世界，我們不過就是渺小的存在，用著自己所能，用力的留下一點什麼，即便只是輕描淡寫。

「我喜歡你。」

他頎長的身形微僵。

「是我的喜歡。」

他輕笑，深深的摟住我，「嗯，我知道。」

♡

我和霍閔宇又回到青梅竹馬的關係了。

自從那次擁抱之後，他對我再也沒有其他的肢體動作，也不會三不五時闖我房間空門，出沒的地點只剩玄關和客廳，就連來我家吃飯，都會先傳訊息知會我一聲，然後就這麼老實的待著。

霍閔宇也將事發經過據實告訴班導，任迅暘也說出巧克力的事，一切都攤在陽光下，真實明朗的揭露在眾人面前，甚至還有不少受害者跳出來證實這些事。

與事件有關的人都免不了被約談，但最讓眾人跌破眼鏡的無疑還是平時文靜乖巧的元柔馨，私底下居然是個善妒心狠之人。

上回那群罵我的女生也跑來和我道歉，但臨走前還是很八卦的問了一句：「所以妳到底跟誰在一起？」

我只是微微一笑，沒有多說什麼，畢竟如果要從頭解釋，有點複雜，怕到時口耳相傳，肯定會掀起另一波不實謠言。

中午，班導讓我去找她。

進辦公室，就見到元柔馨的父母一臉憂慮。

他們一見到我，立刻向我道歉，我感到有點不知所措。見他們站著，我也不敢坐，反而讓我壓力更大了。

「真的很抱歉！是我們身為父母的疏失，沒有時間過問柔馨在學校的事。」

「叔叔、阿姨別這麼說，我能了解，我沒有怪她。」

見自己的父母放下身段拚命道歉，元柔馨全程冷眼看待，神情毫無愧歉之意。

究竟是我太不了解她，還是她把自己隱藏得太深？

之後，班導讓我和元柔馨先回教室，一路上的氣氛靜得像是陷入一片泥沼。

最後，我忍不住開口：「其實我能懂妳的心情，想要那個人只屬於妳，不想要他對誰特別好。就如妳所說，我確實比妳多了青梅竹馬這點優勢。」

元柔馨面無表情看了我一眼。

「但我並不覺得我是因為這樣才擁有他。」

她嗤笑了一聲，眼底透著冷意。

我想，這才是真正的她吧——內心陰暗、不擇手段。

究竟是什麼原因讓她變成今天這副模樣，是不愛她的霍閔宇？還是她的過於執著？

「贏了很開心，所以同情我？還是想讓我哭著跟妳下跪道歉，求妳放我一馬？」她像是被自己的話逗笑了，笑容猖狂，眼神死死的瞪著我，「別作夢了！我死也不會向妳低頭。」

「妳是贏我了，卻輸給自己。」我斂下眼，「妳愛他愛得多，卻也輸在愛他太多。」所以忘記那個單純想透過寫信表達愛慕之意的自己。

元柔馨睜著猩紅的眼，音量驀地轉大，「妳別再為自己的懦弱找藉口了！當初我只不過說了幾句，妳就大方的將閔宇讓給我。這樣的妳，有什麼資格和他在一起？妳不配！」

聞言，我扯出一抹笑。

「笑什麼笑？」她瞪我，「妳就是一個會為了自己，隨便犧牲愛妳的人，妳跟閔宇不會有好結果，永遠不會！」

「如果我真的是那樣的人，我才不會讓妳。」

元柔馨一愣。

分手後的日子，我其實後悔過幾次，後悔我為什麼要離開霍閔宇。

如果我就這麼裝作不知情該有多好，就算逼不得已只能說出真相，到時候我就大哭大鬧幾回給他看。

霍閔宇會對我心軟的，因為我們是像家人般存在的青梅竹馬，他惦記我。

那樣的話，我們也許就不用分手。

「但我發現，即便我不讓妳，我也會良心不安，霍閔宇也會因為我的不安而不快樂。」我苦笑道，「這樣的話，我們在一起就沒有意義了，只是讓彼此愈來愈遠。」

「別再胡說八道！妳就是在看我笑話吧？從一開始就是！」她氣吼，「把閔宇給我之後，就裝裝可憐，妳就是篤定閔宇會放不下妳，因為你們是青梅竹馬！」

我搖頭，「他會不會放不下我，我不知道。我只知道，我希望他過得好，我給不了他的，能夠由別人填補。」

所以我願意放開他，讓他愛他所愛，去他想去的地方。

元柔馨氣憤的呼吸聲在靜謐的樓梯間顯得沉重與清晰。

「之前看著妳的時候，總覺得是我不夠好，甚至是沒有妳那麼愛他。」我深吸一口氣，「現在想想，應該是說每個人愛人的方式不同吧。」

我可以做到放棄他，元柔馨不行，但她可以為了霍閔宇做任何事，即便毀壞自己的名譽也在所不惜，所以根本無須比較。

元柔馨沉靜了下，忽然狂笑了起來，顫動的肩膀，笑聲有幾分猙獰與破碎，「我不甘心，真的好不甘心！妳明明什麼都沒有付出，到底憑什麼得到閔宇！就因為你們從小一起長大？」她失神的笑著，卻淚流滿面。

我看了好難過，卻無法說出任何安慰的話。

我坐在大樹旁的階梯上，曬著溫暖的午後陽光，前些日子還光禿禿的樹梢，如今已是一片綠意盎然。

任迅暘轉學來時，似乎也是這個時節。

我以為我是喜歡他的，卻在霍閔宇告白後，才意識到自己真正的情感，之後便感到前所未有的恐慌，然後還是被他逮到了。

交往後，我始終自我懷疑、貶低自己，所以任性的要他不公開，因為不想遭人評頭論足，而後忽然爆發元柔馨的事，我們本就不穩定的感情，一晃即散。

小時候喜歡霍閔宇的我，大概不會想到，原來要跟他在一起，比考上前三名還更困難重重。

雖然知道霍閔宇是喜歡我的，但還是不禁同情元柔馨。讓一個女生這麼喜歡他，霍閔宇真是令人討厭。

我將下巴抵在併攏的膝蓋上。

元柔馨大概會恨我或是霍閔宇一輩子吧。

「妳在這兒幹麼？」

我愣了愣，抬眼看霍閔宇，「你、你才在這裡幹麼吧？現在不是上課嗎？」

「我們不是同班嗎？」

說的也是。

我往旁挪了挪，騰出身旁的位置給他。

「你怎麼知道我在這兒？」

「誰蹺課像妳這麼明目張膽。」霍閔宇側頭，「嫌操行分數太高？」

我後知後覺的環顧四周，還真的只有我一個人坐在這裡，與其他成群上體育課的班級截然不同，明顯就是偷跑出來的。

「喔，就不想上課。」湛藍的天空，淺淺的劃過一條飛機雲，如同元柔馨在我內心留下的漣漪，微小卻清晰。

我突然問道：「在生物教室的時候，你們到底在幹麼？」對著空中尷尬的比劃了一下，「男上女下。」

霍閔宇的神情極其冷靜，吐出來的話卻相當裸露：「她要上我。」

聞言，我不可遏止的重重咳了一聲，一臉難以置信，「你亂說的吧？」

雖然知道她做過不少心狠手辣的事，但思想也不至於開放成這樣，還是在自己心上人面前，怎麼樣都會表現出最完美的一面。

怎麼想都是霍閔宇撲倒女方，哪裡輪得到別人對他霸王硬上弓。

「大概只有妳不想而已。」

聞言，我漲紅了臉，決定忽略他的話，「你們是在學校，還是在生物教室那種任何人都可以進去的地方，而且你們不是沒交往嗎？」

霍閔宇說他們當時只有表現得曖昧，實則沒有任何關係，一方面是為了氣我，另一方面是要讓元柔馨卸下心房，好讓他取得絕對性的證據。

「想做就做啊，哪有管那麼多。」

「元柔馨真的這麼想嗎？」她不像是如此隨便的人。

「她似乎是打算跟我發生關係後，要我對她負責，把妳叫來就是想讓我們之間徹底沒可能。」他接著說道，「她擅長觀察人性的弱點，也就很容易控制對方的思想，所有的流言就是這麼來的。」

霍閔宇的話聽似漫不經心，卻有著深思熟慮的分析。

「所以要是我真的跟她有了什麼，要擺脫掉就難了。」

「那她也太笨了吧，怎麼可能因為獻身就留住你。」

留住人，卻留不住心，這樣的愛情會幸福嗎？

他鄙夷的一笑，「我第一次見到笨蛋罵人笨，挺稀奇的。」他伸手戳了戳我的腦袋，惡質的說道。

我沒好氣的回瞪他，「你看起來就是一臉我不會負責。」

元柔馨真的把霍閔宇想得太神聖了！

他瞟了我一眼，脣角邪媚的勾起，「妳就來色誘我試試，看我到底會不會負責。」

我還是別講話了。

半晌，我喃喃道：「你為什麼不喜歡元柔馨？她這麼喜歡你。」

「我不知道。」他說，手臂懶懶的擱在石階上。

「喔。」我呼了一口氣，還真是標準的霍氏答案。

「世界上不是什麼事都有標準答案，如果每件事都要有原因，妳怎麼不問妳媽為什麼生妳，不是生元柔馨？」

我皺眉，側過身。「這是什麼奇怪比喻啊，聽起來超不舒服的。」

「就是告訴妳，不用想那麼多，她喜歡我是她的事，我也明白的拒絕過她了。」

其實我也不是擔心霍閔宇會離我而去，只是覺得自己何其幸運，兩個人的喜歡能夠如此死心踏地。

我朝他伸手，忽然想向他撒嬌，「抱一下。」

霍閔宇愣了一下，隨即清了清喉嚨，揚眉，「不要，異性朋友沒在擁抱的。」

果然還在記我當時不公開的仇。

我眨巴著眼，可憐兮兮的瞅著他，「那我們當個幾秒鐘的情侶就好……」

話語未落，霍閔宇側頭傾靠了上來，暖燙的氣息灑在我的臉，暖烘烘的大掌輕托著我的臉頰，距離近得我能細數他的睫毛。

我被迫看著他，眼底所有情意彷彿被他窺探的一清二楚。思及此，我的肌膚微微發熱，全身僵硬得不像話。

我低斂著眼，看著他此刻靠我極近的唇，清冽的氣息環繞在我的鼻尖，只要輕輕一仰，就能吻上。

我下意識的抿起唇。

察覺到我心思的霍閔宇偏不鬆手，刻意維持這個曖昧的姿勢，聲音沉而魅惑，「幾秒妳就滿足？我可是不行。」

他從容的退開起身，嘴角彎起一道愉悅的笑容，「妳不回去我要先回去了，熱死了。」他順手拉了拉制服領口。

這就是所謂的完事後不負責吧，混蛋！

「霍閔宇，你真的很討厭！」我追上他，推了他的背一把。他雙手插放褲袋，一臉不受影響的被我往前推了幾步。

他側過臉，嘴角撩起，「繼續推，反正我也懶得走路。」語畢，他真的將一部分的重量壓在我身上。

「很重啦，快起來！」我在後頭哀叫，「我要是被你壓死，就沒人挽回你這個難搞的人。」我用手臂抵著他寬厚的背，艱難的說著。

「難搞？」他哼笑，聽不出喜怒，「那好啊，我去找別人。」

「那我也去找別人嘍！」我朝他吐舌，從他身後抽離，「任迅暘！」我隨便一喊，果不其然身後一股龐然的氣場旋風而來，直接將我抱起。

我驚呼一聲，雙腳懸浮在空中，低眸就撞見他漆黑陰冷的眼，「我看我最近是對妳太好了。」

「有嗎？我還得想辦法討大爺你歡心，一點都不好。」

「新的一年，真是愈來愈長進了啊，夏羽侑。」他端起笑容，語調輕揚讚賞，聽得我心裡著實發毛。

我乖巧的搖頭，「沒有的事。你快放我下來，待會兒被看見……」

聞言，他微微垂下頭，被風吹得微涼的額頭抵著我的，深沉如海的眸光定定的凝視著我，連呼吸都是他的味道。

「霍閔宇……」被他這麼鬧，我連聲音都奇軟無比。

他眼瞳一緊，突然默不作聲的將我放了下來，接著邁開步伐走了，彷彿剛才的肢體接觸不過是我的想像。

我跟在他身後，隔著空氣對著他的身影拳打腳踢。一方面要擔心學測備審，另一方面還要想辦法討好他，霍閔宇還真是讓我的生活多采多姿啊。

前方高大的身形驀地停下，我愣了愣，也跟著站住腳步，不知道他大爺又想到什麼花招要來弄我了。

修長的指尖疲憊的插進他墨般的短髮，他的聲音很低很輕，似是呢喃：「我就知道會這樣。」

正當我還摸不著頭緒時，霍閔宇忽然回過身，步伐筆直且快速的朝我走來。

我的身體下意識的往後退了一點，下一秒他張手直接將我抱住，像是要把我整個人嵌進他的身體裡一樣，緊而密的摟住我。

我受寵若驚的眨著眼，「你幹麼？」

片刻，埋在我頸肩的聲音有些悶，但還是不失理直氣壯，「因為想抱妳，所以只好便宜妳了。」

聞言，我失笑，心裡滿是膨脹的暖意，「那還真是謝謝你喔。」

我回抱他。

尾聲

五月，個人申請結果陸續下來了，我看著正取的幾間學校，心裡踏實不少。

「你們現在是什麼狀況？」田雅梨咬著吸管，看著外頭被學妹圍繞的霍閔宇。

「唔，關係好一點的朋友吧。」

田雅梨翻了白眼，「這跟以前有什麼不一樣？」

「有！」我大力點頭，「我要挽回他。」

這輩子第一次談戀愛，第一次分手，就連第一次挽回人，全都栽在霍閔宇這個人身上。

我都不知道該讚歎我這人始終如一，還是該說霍閔宇真的是禍害。

見我還有心情開玩笑，田雅梨忍不住問：「你們分開也有半年多了吧，再一個月我們就要畢業了，妳怎麼還一點危機意識都沒有？」

「人啊，再怎麼喜歡一個人，都有一個限度。何況是面對一個看得到卻碰不得的人。霍本身就沒什麼耐心，再說，他也不是沒追求者。」她推了推我的頭，「他為妳想，妳好歹也為他做點什麼。」

我靜了聲，田雅梨說得沒錯。

最近日子過得實在安逸，就怕恢復關係後，爭吵會再重蹈覆轍。

這時，眼尖的田雅梨看見窗外某人正亮著一口白牙，朝她熱情的揮手，她就毫無矜持的衝了出去。

她和閻子昱大學又同校了。

我這才驚覺，我和霍閔宇上大學後，似乎要分開了。

小倆口旁若無人的打鬧，我笑了笑，頭一抬就見霍閔宇站在外頭，蹙著眉伸手在擦玻璃。

下一秒，他無預警的低眸看我一眼，我們視線猛然交會，他居高臨下的揚眉，「怎樣？」

我愣了愣，心虛的抿了抿脣，討好的笑道：「看你擦窗戶帥呢。」

放學時，我欣喜的抱著書包站在一群男生面前，遠看可真像是誤入了狼圈。

狼圈為首的人率先開口：「妳來幹麼？」

我伸出手朝他打招呼，笑道：「我也要一起去啊。」

霍閔宇掃了一眼青晨。

「喂！你別這樣看我，真的不是我叫她來的。」

「是我問他你們平常都去哪裡玩，我想跟。」我連忙說道，笑吟吟的看著其他人，「你們別顧慮我，就跟平常一樣，我只是好奇。」

然而，他們顯然不是在意我。

青晨試探性的看了一眼霍閔宇，察言觀色了一番，雖然在我看來霍閔宇的臉色是沒什麼變化，總之他似乎鬆了一口氣，接著一群人便浩浩蕩蕩的走出校門。

我第一次和他的朋友群接觸，本來以為會尷尬得不知所云，殊不知他們似乎早就對我很感興趣，繞著我打轉，東扯西聊。

大概是因為這麼多年來，我常出現在霍閔宇的日子裡，卻不曾真正參與他的生活。

出校門前還被教官關切了一下，警告我們是高三生，即便滿十八歲也不准進出不良場所。青晨心細，進退得宜，很快的就把教官哄得服服貼貼。

他們今天要和隔壁女校聯誼，約在一家有名的簡餐店，吃完飯還要去唱歌。

他們走著我三年來都不曾發現的小路。十分鐘的路程，本來還顧忌我一個女生在場，他們不好說些露骨的話，但後來便聊開了。

畢竟我從小跟霍閔宇一起長大，男生什麼思維我大概清楚。

走出巷子，映入眼簾的便是市中心的電影院，我感到驚訝，總覺得白等了三年的公車。

到了簡餐店，女校的同學已到齊，看得出來精心打扮過了一番。我識相的坐在靠牆的位子減低存在感，但錯就錯在我順手拉了霍閔宇坐在我旁邊。

存在感不但沒有降低，還直接成了眾人吃瓜的對象。我有些懊惱，剛才腦海只想到他大概不喜歡我跟別人靠肩坐在一起。

霍閔宇沒說什麼，收回被我抓住的手便坐下，倒是青晨笑得意義不明，手一抬，就主持起聯誼，氣氛一下子就熱絡了。

霍閔宇帶頭的這幫人果然都隨主，舉止輕佻帥氣，話語輕浮卻不至於讓人反感，反而撩得對面幾個小女生笑得花枝亂顫。

我乖乖在一旁喝飲料、吃東西，心想原來霍閔宇的日常比我想像中有趣。

我被他們浮誇的玩鬧給逗得直笑，偶爾應答幾句，然而周身的溫度愈發低冷。霍閔宇一言不發，相比其他人的熱情他顯得意興闌珊。

對面幾個女生注意他很久，同時也正打量著我，似乎在確認我跟霍閔宇是什麼關係，但看我們一頓飯吃下來也沒說什麼話，而霍閔宇更是不合群，注意力全放在手遊。

「嘿，你有要準備指考嗎？」

霍閔宇根本打定主意不參與，自然也就忽略所有人的談話，見對面女生臉都窘了，我連忙用手肘推了推他，見他不為所動，我伸手直接遮了他的手機螢幕。

遊戲被迫中斷，霍閔宇冷睨我一眼，我抬了抬下巴，「跟你說話呢。」

霍閔宇將目光移至對面，接收到他視線的女同學忙不迭的害羞低頭，又問了一次。

「沒有。」

「那你志願序填好了嗎？我覺得好難選喔！」女同學大方的念出自己的正取學校，全是頂尖大學。

「你能不能給我建議，還是你有跟我錄取同間學校？這樣我們一起去的話會比較好照應。」

微微透露自己的好感，卻也不咄咄逼人，當我還在暗自讚歎這話術有多高超時，只見當事人冷冷的回：「還沒選，我也不知道。」

完全把話說死。

我看了一眼霍閔宇，突然覺得他平常真的很給我面子。

對方也不在意，大方自信的笑了，不介意他的當眾回絕，「這樣啊。」她揶揄道，「不會因為我一說，就故意不填我剛才說的那幾間吧？」

霍閔宇懶懶的抬眼看她，「妳還不到左右我的程度。」

我的內心一片震撼，這傢伙都這麼跟女生講話的嗎？我以為應該是油腔滑調，盡情調戲。

那他平常跟我講話的那副風流德性是從哪裡學來的？

本來以為他今天會如此安分守己，是因為我在場，然而他的朋友似乎見怪不怪。青晨見我一臉震驚，點了點頭，證實我心中的想法。

這下我對他真的誤會大了！

對他有所好感的女生也紛紛收了想搭話的心思。

青晨熟練的出來打圓場，利用桌遊轉移話題。

礙於我對桌遊本就興致缺缺，再說這是聯誼的場，要是和畢旅那次的狀況一樣，我還是看他們玩好了。

不知過了多久，我昏昏沉沉的醒來，才驚覺自己居然睡著了，我揉著眼，後知後覺發現所有人都不見了！

我怎麼會睡得那麼沉……

我的腦袋擱在熟悉的肩上，鼻尖縈繞著霍閔宇的氣味，這才發覺耳上捂著一隻手，替我隔絕了外界的聲音。

這貼心的舉動，讓我的心跳微微加速，我悄悄仰頭看他，發現他也睡著了。深邃俊挺的五官，薄唇微抿，濃淡合宜充滿英氣的眉，好看的下巴，即便睡著仍透著傲氣與漠然。

而他另一隻空著的手正纏著我的手指。

我彎起笑，調皮的動了動食指撐起了他指節分明的大手，他的手都是暖的。我將指尖緩緩扣上他的手背，玩得不亦樂乎。

忽然，前方傳來了一聲咳嗽聲，「不好意思，我們再五分鐘就要打烊了。」

我一愣，立即抽開身，看著眼前服務生尷尬的表情，我簡直想死了。

「喔，抱歉！」我起身才發現店裡的桌椅都收了，鐵門也拉了一半。

我更想找洞鑽了。

我背起書包，拉著剛睡醒的霍閔宇一邊道歉一邊逃離現場。

大街已退去五光十色，剩下幾家二十四小時的超商還在營業，我看著手錶，居然已經十一點了。

青晨他們居然一聲不響的跑了。

我看向霍閔宇，都不知道要怎麼罵他，畢竟我也睡著了。

我們搭著公車回家，一路上我們都沒說話，倒也不是生疏，就是有些時日沒有一起回家，最近連話都變少了。

我側過身想和他說幾句，他的手橫到了我面前，我下意識的閃避，這抗拒的反應讓他抿緊了脣，下顎繃了幾分，我才剛想解釋，他按了下車鈴直接起身。

我怯生生的跟在他後頭，他的步伐很快，我幾乎要小跑步才能跟上他。

最近霍閔宇老是這樣子，動不動就擺著一張臉，總是若有似無的看向我，有時和我對上眼，還會傲氣的轉頭與別人攀談。

我覺得又氣又好笑，他明明隱忍著，卻從未逼迫我什麼。

他試著體諒我的難處，想要我們的關係穩定長久，所以給我們彼此時間釐清自己想要什麼，看著他為我做著不擅長的事，心裡很高興卻也有點心疼。

田雅梨說得對，我也的確該為他著想了，跨出我心裡始終覺得不踏實的障礙。

畢竟他是個分分秒秒都耐不住寂寞的人，能為我忍到這種程度，還沒有變心，已經不容易了。

本來想讓自己變得更好再走向霍閔宇，但是現在發現，跟他一起變好，才是我最想做的。

我是該好好和霍閔宇談談重新交往的事。

當這個念頭提起，我立刻跑上前張手擋住他的去路，笑咪咪的問：「生氣啦？」

見我還有臉笑，霍閔宇面色鐵青，側過身就要往前走。

「你怎麼這麼愛生氣啊？」我不讓他走。

他臭著一張臉不甩我，也不管什麼風度轉身就走。

我二話不說，跑上前揪住他胸口的制服往下拉，手臂勾住他的脖子向下，讓他整個人傾身靠向我，他深邃的黑眸此刻正呈現少有的慌亂。

我主動親了親他的嘴角，揚起笑，「我愛你。」

我一直欠著他這一句。

霍閔宇平時狂傲的從容模樣全消失殆盡，深邃的眼眸直愣愣的望著我，身形微僵，猜疑、喜悅、怒氣交織在一塊。

見他遲遲不回答，我也有些慌了，心想他會不會沒那麼喜歡我？我頓時收起笑，下意識要退開，不敢得寸進尺。

察覺到我的想法，霍閔宇用力將我往他身上扯。

我還來不及反應，微涼的唇瓣貼上我微張的嘴，他俯身含住我的唇，吻得深入，軟燙的舌霸道且強勢的撬開我的牙齒，強烈且克制不住的捲走我鼻腔裡的所有空氣。

半晌，他緩緩退開，額頭抵著我的，全身都是燙的。

深沉的眸光定定的凝視著我，空氣再次回到我的胸腔，安靜卻激烈的親吻讓我們微微低喘。

「告白的方式誰教妳的?」

「不就你嗎?」我推了推他的胸口，紅著臉不想看他，「誰還能跟你一樣無恥?」

因為他是霍閔宇，不可一世的存在。

不需要浪漫撩人的臺詞，精心挑選的禮物占空間，展現至死不渝的情懷浪費時間。

直接來，是最快的方式。

霍閔宇低低的笑了，眼眸蕩漾著愉悅和溫柔，他輕啄了下我的眉眼，似乎覺得不夠，下一秒直接襲上我的唇，一邊親吻一邊含糊不清的說道:「我真的很想妳。」

聞言，我的眼眶一紅，張手圈住他的脖子，「辛苦你了。」

他攬著我的腰，問道:「妳今天為什麼跟來?」

「想好好了解你啊。」

他的眼神暗鬱深沉。

「以前都是聽別人說，所以才總是產生一些不必要的衝突。我應該信任你一點，所以就讓你來告訴我，什麼才是真的你。」

霍閔宇瞳孔一凝，眼底宛如激起驚濤駭浪，所有渴望似乎一觸即發，聲音乾啞，掩藏著所有衝動，「妳今天真的不想回家了吧。」

他將手指插入髮，黑眸一凜，「這樣真的不行。」

「又怎樣了?」這傢伙這期間到底學會多少折騰人的本事?

「妳變得太懂怎麼討好男人的心。」他又說了一次這樣不行。

「我也只會對你說而已啊。」我會說這麼厚臉皮的話，還不都是歸功於他，「而且我記得你之前說，你喜歡會討男人歡心的女人。」
「那是別的女人可以，妳不行。」
這是什麼雙重標準？
「以後也不准來聚會。」
「為什麼？」以前不了解的時候，以為他們肯定在做偷雞摸狗的事，但真正了解後，發現還挺好玩的，感覺像是見了新世界。
「一群男生，妳一個女生混在裡面，像話嗎？」他煩躁的扯著領帶，「多少人在看妳。」
難怪今天整個晚上都臭著一張臉。
「不管，親我一下。」
「請問關聯何在？」我懶得理他，「我要回家了。」
沒想到他動作比我還快，側身就抱起我的腰，俯身貼上我的脣，沒有更近一步的動作，僅是碰著不動。
反而是這種要進不退的姿勢讓人更加臉紅心跳。
他低嗓誘哄，「妳再說一次。」
我自然是聽懂他要我說什麼，但被他熾熱的目光直溜溜的盯著，皮膚像是熨上一層熱，「不要。唔！霍閔宇……唔嗯！」
最後我被他逼著說了十幾次的我愛你他才罷休，聲音都啞了。
他失笑，挺立的五官彷彿染上一層暖光，閃爍且美好，眸眼的溫柔幾乎滿溢而出，低頭吻了吻我的額頭。

「好。」

♡

我和霍閔宇重新交往了，這次沒有遮掩，大方的公開了。

聽到我告白過程的田雅梨搖頭讚歎，霍閔宇甚至說我把他的格調降低了。我一氣之下不讓他進我房間。

他難得沒有反抗，本來想說可以安穩睡上一陣子，誰知當晚他直接從我家大門上來二樓。一進我房間就笑得光芒萬丈，不費吹灰之力的將我制伏在床上，接著伸出食指輕鬆的推開落地窗的鎖。

「我走了啊。」還在笑。

「待會兒見。」似乎知道我一定會耍手段，臨走前他微笑囑咐，「我不介意多來幾次，甚至是直接讓妳累到起不了身。」

神經病！

之後我依然眼睜睜的看著他穿著睡衣，荒謬的躍過陽臺，悠然的拉開落地窗，輕鬆自如的走進我房間，笑著對我說：「睡覺時間到了喔。」

去你的霍閔宇！

碰上畢業季，大家都想在有限的時間裡，將沒能說出口的話說出來。因此有段時間校園四處都能撞見告白現場和情侶膩歪。

導致校長在升旗時，還特別宣導全體學生遵守紀律，著重課業，學校不是給學生談戀愛的地方。

我側頭睨了一眼黏在我身後呼呼大睡的男人，根本沒在聽，把我當作人形枕頭。

班上對我們偶爾的親密行為早就免疫了。

自從上回去了一次霍閔宇的聚會，和他的幾位朋友熟了，他們偶爾也會找我一起出去玩。

「來！小侑妹子看起來就是涉世未深，讓大哥哥們帶妳見識新世界啊。」他們拍著胸，一臉為兄帶你飛的浪蕩模樣，我笑到不行。

「是要見識什麼？」霍閔宇一腳踹了過去，把我拎走，「不要和他們太靠近，小心被賣掉。」他說得正經，好似他們真是什麼人口販子。

對方一臉內心受創，「有了女人之後，兄弟如衣服。」他朝我招手，「小侑，我跟妳說，他之前死活就是不提妳，小氣巴拉，好像被我們說一下會少塊肉，拜託，誰不知道夏羽侑是他的掌心寶。」

霍閔宇沒有反駁，將我抓在懷裡，伸長了腿橫在空中，和對方隔出了距離，「講話就講話，別動手動腳。」

我側頭看了一眼霍閔宇，先不說別人，最愛上下其手的人就是他！

關於我們是青梅竹馬又是情侶的關係，有人覺得浪漫，也有人不看好，篤定我們熱戀期後一定會分手。

我跟霍閔宇都不是很在意這類的傳言，畢竟他們不知道我們先前早就吵得轟轟烈烈，也分手過了，實在沒有必要再來一次。

交往的過程，依然會碰上對霍閔宇意圖明顯的女生，甚至當著我的面賣弄姿色、拋媚眼，全然不把我這個正牌女友放在眼裡。

有時候我不禁想，如果霍閔宇真的上鉤了，其實對我而言就是看清一個人。對方也許可以得到他，而霍閔宇如果真的吃這一套，那麼一定還有下一個能搶走他的人，我也就看得開。

但為了避免被霍閔宇認為我不在乎他，也實在不想衍生更多問題，身為女朋友，我也將權利發揮得極致，而我的優勢就是——我夠了解霍閔宇。

明目張膽的挑逗他興致缺缺，若有似無的誘惑他更喜歡。

但我一點都不想做到這種地步，因為回去，房門一關，就是我遭殃。

繳交學校志願序那天，我填了臺中的學校，霍閔宇的成績能夠上臺北第一志願。他不願，嘴上說著不想住家裡，霍姨管太多，想換個城市生活。

若是以前我大概會信他，覺得他就是沒事找事做，嚮往自由和無拘無束，但現在的我知道他在想什麼。

因此我事先拒絕他跟我去臺中，最後在雙方各退一步的狀況下，他選了第二志願的新竹。

填志願表時，我還特別盯著他有沒有偷偷竄改學校。

「你高中選校是故意跟我同一所的吧。」

聞言，霍閔宇愣了愣，沒說話，揉了揉我的頭髮，將我拐進他懷裡。

「這次不要再這樣了。」他明明可以選最好的，沒必要為了我退而求其次。

他看著我沒說話，墨黑的瞳仁閃閃爍爍。

「一座城市而已，搭高鐵很快。」現在科技、交通這麼發達，「以後我們還可以一起回家。」我笑了笑，光是想像我們一起搭車的情景就覺得心口暖暖的。

霍閔宇摟著我，語氣有些淡，「我要是常蹺課一定是妳害的。」

這傢伙真的什麼事都愛牽拖到我身上。

「那你別害我成了那種人啊，好好去上課，我叫你起床。」

霍閔宇失笑，更加用力的擁緊我。

畢業那天，霍閔宇拒絕了畢業生代表致詞，與我一同站在臺下。我問他為什麼不上臺，這可是很難得的機會。

他只是玩著我的手指，漫不經心的說道：「那種事，比妳躺在床上還不吸引我。」

我揍了他一拳，他卻笑了。

最後的校園巡禮，我和霍閔宇十指緊扣，走在陪伴我們三年的校園。回憶登時湧現，熙攘的陽光層層交疊出我們的身影。

被唐娜堵在廁所的我，與李桀閎打架的他，說喜歡我的他，爬牆的我們，看著他與元柔馨走過的背影，對我生氣大吼的他，說著討厭他的我……

一幕接著一幕，宛如幻燈片。

眼淚洗禮了每個片段，最後的最後，我們卻笑了。

他的輕佻和狂妄，我的膽小與退縮。面對他，我是既討厭又喜歡。

「恭喜畢業。」周曉亮拿起黑亮亮的相機，晃到我們面前來，「你們是我看過最配的青梅竹馬。」

我仰頭看向霍閔宇，驕傲的一笑，陽光明媚且清朗。

夏季熱風揚起了我的髮，清澈的天空滿是歡送的氣球，畢業歌環繞整座校園，四周傳來學弟妹熱情送別的歡呼聲。

逆著光的他，始終張揚帥氣，雙手隨興的插放口袋，眸光溫柔沉斂，五官深邃分明，薄脣微揚。

下一秒，他的臉孔在我面前驀地放大，脣上一暖，我笑瞇了眼，輕輕的回吻他，他也笑了。

喀嚓！

「謝謝你走向我。」

「不客氣。」

「你真討厭。」

「但是我愛妳。」

全文完

隱藏版番外　妳不知道的事

【一、初戀】

霍閔宇愛玩這件事不是什麼大新聞，夏羽侑從小就知道住她家隔壁的傢伙，天生沒良心。

升上國中後，夏羽侑自動與他劃清界線，舉凡霍閔宇的事，她一概不聽、不看、不表態，更不會主動提起她有一個青梅竹馬。

國一下學期，他們的事曝光，隨之而來的是霍閔宇交女朋友的消息。

夏羽侑相信與她要好的田雅梨不可能會說出去，閻子昱對這種事更沒興趣，那麼會是誰這麼八卦呢？

此消息一出，夏羽侑的世界不再平靜，揶揄她、關心她的人蜂擁而至，一天不知道要應付多少人來問「霍閔宇」的事。

夏羽侑也不想讓霍閔宇出面制止，以免他把這事當作把柄來使喚她，於是她只能默默接受這些令人心煩的事。

唯一讓夏羽侑不能理解的是霍閔宇的在校風評始終優良，即便有些人看不慣，但最終都會被歸類為嫉妒。

因此，她從小就知道，這世道註定不公。

霍閔宇的第一任女朋友是同屆校花，大眼挺鼻，黑長髮襯得她膚如白雪，漂亮的連女生都會多看幾眼。

身穿白色制服，像朵純淨的小白花，頰邊掛著兩團紅，穿校裙時，一雙白皙長腿更是吸睛。入校沒多久，就成了學長們的目標。

如今被霍閔宇捷足先登，眾人也只能摸摸鼻子。

這場戀愛，是兩人的初戀。

霍閔宇的感情觀很簡單，人美個性好，什麼都不是問題。至於感覺、契合這些抽象的東西，全都是多此一舉。

他們交往了幾天還是幾個月，霍閔宇不怎麼有印象，反倒是見夏羽侑每天如常和田雅梨他們嘻嘻哈哈，他莫名有氣。

一句話都沒來問？

那幹麼寫信給他？耍他？

「這週末我們一起去看這個展覽好不好？」校花柔聲，撥了撥長直髮，隨風而來的強烈香味讓霍閔宇蹙了眉。

「什麼味道？」他不答反問。

「嗯？我沒聞到啊……」她疑惑，下意識的朝他靠去，想確認他周圍究竟有什麼味道。

霍閔宇迅速側了身，與她拉開距離，也因她的靠近，鼻間瞬間充斥著刺鼻的香味。他的眉皺得死緊，臉色更沉，冷聲道：「不管是什麼，以後別再用這種東西，很臭。」

直白的話語讓校花著實愣住，她疑惑的話還未出口，霍閔宇已起身離去。

他摸不清這股煩躁從何而來，然而照他直線思考的模式，答案明擺著，他就是因為夏羽侑而不開心，可他不服，甚至覺得好笑。

夏羽侑憑什麼？她就這麼了不起？

內心與理智相互拉扯，狠狠推翻他一貫的認知，霍閔宇真實的感受到何謂嗤之以鼻。意識到這點的他，更加暴躁了。

待他在走廊看見剛午休起來的一團身影，穿著寬鬆的連帽外套，戴起帽子，縮著手臂準備去廁所時，心裡頓時萌生一股惡趣味。

他就是想欺負她，見她敢怒不敢言，見她憋著臉不哭，見她倔著性子不求他。

「夏羽侑！」他兩手掐著她的腰，惡質的從後將她抱起。

「唔哇——」

剛睡醒的混沌腦袋，因雙腳突然離地而完全清醒，尋不著任何支撐點的夏羽侑，下意識的尖叫，熟悉的手勁和聲音讓她直想掙脫。

「放我下來！你發什麼神經啊！」她用手肘抵著他的胸口，睡醒的聲音很軟萌，帶著些許鼻音，「霍閔宇！」

聽著她沒氣勢的喝斥，喊了好幾次他的名字，霍閔宇心中的焦躁慢慢退去，但他並不打算就此放過她，高舉著她，刻意鬆了力道，讓夏羽侑真實體驗自由落體的感覺。

她叫了一聲，狠狠捏住他的手，霍閔宇嘶了一聲，鬆開了她。

夏羽侑安全著地後，警覺性的退了好幾步，霍閔宇不動聲色看著她一退再退，眼睛微微一瞇，抿緊了唇，用力遏止住惡劣的情緒。

「你有病啊！」夏羽侑氣呼呼的瞪他，隱約覺得他心情不好，識相的不和他爭吵，她可不想在學校和他傳出什麼八卦。

思及此，夏羽侑轉身就要跑走。

霍閔宇怎麼會不知道她的心思，她愈是不想和他扯上關係，他就偏不順她的意。

長腿一跨，他扯住了她的衣服，拉了幾下，惡霸似的說：「把外套脫了。」

「回你教室去。」夏羽侑連話都懶得跟他說，左顧右盼就怕被誰看見他們待在一起。

「外套給我，我冷。」

「你無不無聊啊？」夏羽侑不耐，「你的外套呢？」

「就是無聊才來找妳。」他回得沒心沒肺，目光仍執著於她的外套，「沒帶，妳的給我。」

「去找你女朋友借啊。」開什麼玩笑，她的外套要是正大光明的披在霍閔宇身上，她肯定會被活埋！

見夏羽侑泰然自若提起「女朋友」這個詞，霍閔宇的臉色不著痕跡的垮下，語氣冷硬，「妳是脫不脫？」

夏羽侑實在是不想在人來人往的地方和他有過多接觸，臭著臉脫下外套，「我從廁所出來你就要還我。」

霍閔宇不客氣的接下，朝空抖了一下外套，接著披在身上，熟悉的香味，淺淡的縈繞在他的周圍，瞬間拂去他心中的陰霾。

夏羽侑的身上總是散發著一股特別的香味，兩家的沐浴乳和洗髮精分明是同牌子，那傢伙懶，壓根兒不會擦乳液和香水，但每次靠近她總能聞到一絲好聞的味道，似是花，似是糖，讓人忍不住想往懷裡攬。

意識到自己的思緒嚴重偏離正軌，霍閔宇勾脣冷哼，眼底的嘲諷之色明顯，覺得自己這陣子確實過得太無聊了，才會想些有的沒的。

從廁所出來的夏羽侑恰巧看見他陰陽怪氣的模樣，背脊一陣毛。

她心想，難道是分手了，所以轉來折騰她？

不管原因是什麼，她決定先搶回外套再說。

夏羽侑伸手就想搶，這次霍閔宇倒是很快妥協，手一鬆就讓她抽走外套。

霍閔宇抿著脣，這怪模怪樣簡直要把夏羽侑給逼出心臟病。她試探性的問：「你有話要說？」

聞言，霍閔宇定定的看著她，眼底是一片清朗，他沒來由的笑了。

夏羽侑是他最親近的人，兩人從小一起長大，他理所當然會在意她的想法，這沒什麼大不了的。

最近日子果然太無趣了。

學期最後一個月，霍閔宇分手了。

原因無它，他是個占有欲極強的人，對於感情唯一的要求便是忠貞。

校花和學長單獨去看展覽，碰巧被他的朋友瞧見。

霍閔宇狂傲，解釋、辯解在他面前永遠只是多餘的藉口。

校花哭得梨花帶雨，而霍閔宇眼都沒眨。

「這不公平！」

霍閔宇冷眼看她。

「你跟那個叫夏羽侑的女生很要好，但我從未說過什麼，現在你怎能因為一件小事而覺得我背叛你？」

「小事？」他笑，「何況我早就說過了，我和夏羽侑認識，是因為我們是青梅竹馬。」

校花冷笑，「你會告訴我這件事，真的只是因為單純想說嗎？」

霍閔宇眼神一凝，她質疑的口吻像是嘲笑，若有似無的扯動他不會探究的心事，腦海中止不住的喧囂，熟悉的煩躁感又來了。

「你會告訴我，不是因為在乎我。」見他置若罔聞，她也不惱，「是因為夏羽侑。」

霍閔宇在眾人面前說出他和夏羽侑的關係，不但沒有讓她安心，反而增加她的惶恐。

「你不過是藉機宣揚你們是青梅竹馬，讓這件事無法被忽略。」

她開始胡思亂想，他的青梅竹馬是個怎麼樣的人？比她漂亮嗎？他們會一起回家嗎？是不是會常常在一起？

於是，她開始求助於朋友，向他們訴苦，而後愈來愈多人知道霍閔宇有個青梅竹馬。

霍閔宇確實坦蕩，卻也毫無顧忌。

她嘲諷道：「最後我才發現，無論我怎麼介意，你們是青梅竹馬的事實也不會改變。」彷彿看穿霍閔宇所有心事，「而你，樂見其成。」

霍閔宇心中一凜，眼神銳利的掃過她。

他不信。

「或許我不比她了解你，但我在你身旁。」校花蒼涼一笑，「我比誰都看得清楚。」

眸色比往常更加深沉，張揚的氣勢迸發而出，他攥緊了垂放在褲邊的手，冷冷的吐出一個字：「滾。」

即使他從來就不信，然而有些事早已定了局。

【二、學妹】

霍閔宇自視甚高，目中無人，他順從欲望，不受人約束，任何脆弱與不堪都不可能展現在外。

升上國二，他很快的交了第二任女朋友，是學妹，但偶爾還能見到他與其他學姊玩鬧，頻頻傳出曖昧消息，因而增加不少負面評論。

夏羽侑這兒的日子也是不平靜，三天兩頭就有人來問她霍閔宇的感情狀況。但她根本搞不清楚誰是他的正牌女友，誰又是曖昧對象。

對於這樣的狀況她真心感到不解，既然這麼多人厭惡霍閔宇的行為，為什麼還要探聽他的消息呢？

基於人情壓力，縱使她有千百個不願意，也只能低聲下氣去問他，然而下場就是換來霍閔宇的嘲諷，與同學失望的酸言酸語，搞得她裡外不是人。

夏羽侑見過那個學妹幾次，才入學沒多久就造成轟動，一張臉美艷動人，身材前凸後翹，眼眉一揚就勾得異性魂不守舍。

這種女生，大概就是那種女性公敵，男性心目中的女神。

早看清霍閔宇的禽獸體質，夏羽侑一點都不覺得哪裡奇怪，也不在乎這究竟又是第幾任女朋友。大概就是覺得，這世界為什麼總是順著他的意?

夏羽侑也不想理，與霍閔宇有關的事，她避之唯恐不及。升上國二，因為多了一科理化弄得她自顧不暇，每天下課就是到理化老師面前報到。巧的是，理化老師正是學妹的班導師。

夏羽侑近距離觀察過學妹幾次，果真如傳聞所說，五官生得豔麗標緻，對比第一任，學妹明顯活潑多話，周圍經常圍繞著一群朋友。

夏羽侑聽過不少關於她的傳言，幾乎都是負面的評論，說她傲慢無禮、目中無人，整天和異性眉來眼去，但就夏羽侑看來，她反倒覺得學妹是個隨興且不拘小節的人。

明知道她是霍閔宇的青梅竹馬，她卻未曾感受到學妹的敵意，無論是真是假，至少她看得出來，學妹無意找她麻煩，只要她安分守己。

這麼明理的人她很少見，至少在霍閔宇身邊是少之又少。

關於學妹的批評聲浪，或許是因為招人嫉妒。

這是夏羽侑第一次有了落寞的感覺，她想，大概是因為學妹太完美了，找不到原因可以挑剔吧。

而後，他們分手了，毫無預警的。

「學長，我喜歡上別人了。」學妹直爽坦白，是霍閔宇喜歡她的主因。

他沒說什麼，也不打算挽回。對於感情去留他一向不拖泥帶水，頭一點，也就和平分手了。

看著學妹笑吟吟的臉，似乎也預料到他會爽快答應，倒讓霍閔宇起了一點好奇心，「妳說這話，都不怕我不讓妳好過？」

「我們在一起也只是互相耽擱。」她聳肩，「唯一的好處，大概就是你我替彼此擋了一陣子的爛桃花。」

聞言，霍閔宇倒是笑了，「妳可是給我扣了一頂綠帽。」

「早在交往前，你的心就不在我身上，我能撐下去也算是給你面子。」學妹彎唇，一顰一笑依舊勾人心魂，然而霍閔宇始終無動於衷，從未想過要讓關係更進一步。

「你最清楚不是嗎？」

聞言，霍閔宇挑眉，眼神深不見底。

第一任強詞奪理，就連第二任也質疑他的感情。他勾唇，「妳現在是說我對感情不忠？」他哼笑一聲，微揚下巴，張狂的氣場席捲而來。

「我怕這一講出來，你真的不會放過我。」學妹有恃無恐，戲謔的語調讓霍閔宇斂起所有笑容。

霍閔宇抿脣不語，漆黑無光的眼深得駭人。年少輕狂的他，亦不懂得控制情緒，心情惡劣的想將所有忤逆他的人屏除在他的世界外。

「妳倒是說說我的心在誰身上？」

相較之下，學妹就顯得內斂許多，「你要是不承認，我說什麼都只是分手的藉口。」

她端著無懼的笑容，毫不在意他高漲的情緒，甚至一再惹惱他。清亮分明的眼，微勾的眼角，竟讓他想起了誰。

霍閔宇握緊了拳，拇指的指甲狠狠刮過食指的皮膚，拉出了一道紅痕，而他連眉都沒皺一下，內心再次捲起一波煩躁。

又來了！

「據我所知，她現在好像跟一個國三學長很好。」學妹勾起笑，也不明講，「祝學長好運了。」

打從一開始，霍閔宇就沒有走在他所謂的正軌，他的骨子始終頑劣。

【三、唐娜】

霍閔宇和唐娜分手了，交往甚至不到三個月。

此事一出，校園內自然是鬧了一陣看好戲的八卦。霍閔宇被議論慣了，從來就不在意風向指向誰。

合則來，不合則去。

在他眼裡，他認定對的事，即便所有事實都指向錯誤，他也會想盡辦法導向正途。

這是他。

狂妄得令人無法苟同，卻也心甘情願被他征服。

唐娜不甘心。

霍閔宇的存在如同綻放的罌粟花，令人著迷且上癮。他的愛，是一旦得手就捨不得讓出。

為了和他在一起，她費盡了心思，也不搞小動作，明目張膽的威脅了他身邊所有異性，她就是要霍閔宇知道，她唐娜要他。

唐娜從不掩飾對他的喜愛，她倒追他，全校都知道。

他們明明順利在一起了，霍閔宇好不容易才答應她，全是那些不實謠言的錯！

撻伐她的貼文愈來愈多，一則又一則不堪入目的評論，加上唐娜平時為人跋扈，被她冷嘲熱諷的人不在少數，大家也就更不會懷疑這些事的真實度。

唐娜什麼都不怕，就怕霍閔宇信了那些流言蜚語。

霍閔宇不是個會在意外界評論的人，更不計較已經發生過的事，因為沒有意義。

他的底線是——不欺瞞。

唐娜試圖想和霍閔宇談談，但他不是視而不見，就是被他那群朋友拒之門外。

如他所說，開始和結束，決定權始終都在他手裡。

唐娜幾乎要被逼瘋。

既然如此，她要找出破壞他們關係的凶手！

究竟是誰?她的腦海頓時閃過夏羽侑的模樣，思忖幾秒，眼底閃過陰狠，「他的青梅竹馬。」

在霍閔宇身邊幾乎看不見她的身影，他們交往期間，唐娜從未過問，偶然聽到青晨他們提起，才知道霍閔宇有個從小一起長大的青梅竹馬。

夏羽侑。

唐娜見過她幾次，不高，站在霍閔宇身旁更顯嬌小，卻沒有一絲柔弱的模樣，長相雖沒有令人驚艷，卻透著難以言喻的氣質，讓人忍不住想靠近探究。

微揚的眼角勾勒出一絲蘊藏其中的嬌媚，眼底的薄光，淺淡如珠玉，恰到好處的溫順，卻適時的釋出距離感，不讓人主動靠近，也不願和外人過於親近。

離她最近的霍閔宇，張狂邪肆，笑意蔓延，毫不收斂的氣場彷彿將她捆於身側，不允許他人的一丁點沾染，小心翼翼卻能發現他眼底的愉悅。

而她似乎也默許了霍閔宇的行為。

「是她！絕對是她躲在背後搞鬼！」唐娜紅著眼。

沒有人比夏羽侑更了解霍閔宇，所以才能一擊即潰，讓她與霍閔宇的關係沒有任何修復的可能。

「看我怎麼撕爛妳的嘴！」她絕對要霍閔宇回頭！

於是，她不分青紅皂白的將夏羽侑堵在廁所，只想要毀了她，孰料李桀閎卻出現了，壞了所有好事。

未等到霍閔宇找上她，唐娜便在保健室遇見了他。

高眺健碩的身影佇立在窗前，百葉窗簾啪嗒啪嗒的敲著窗框，霍閔宇低頭，隨意掃了一眼桌上的登記表，等著護士阿姨忙完。

護士阿姨正和其他學生說話：「你先躺著休息一節課再回去。告訴我你的班級姓名，我登記一下。」

「一年七班，任迅暘。」

霍閔宇黑眸一瞇，往病床探頭，還沒看清楚，護士阿姨便拉上簾子。

「什麼事？」

「我來借醫藥箱。」他收回視線。

護士阿姨打量他一眼，「是誰受傷了？讓他直接來保健室找我。」

「刮傷。」他沒想太多，「她很膽小又怕痛，我知道怎麼處理，就不麻煩護士阿姨了。」

聞言，護士阿姨邊碎念現在的小孩一點痛就忍不了，邊彎身從櫃子拿出一盒醫藥箱，「用完記得歸還，這是最後一箱了。」

「好。」

霍閔宇轉身，視線便落在站在門外的唐娜。他抿著唇，眼眸冰冷，冽寒氣息完全迸發而出。

被他一身涼意給震懾，唐娜張著唇，恍然間什麼話都不敢說。

見他提著醫藥箱要走，唐娜鼓起勇氣攔住他，「怎麼回事？受傷了嗎？」

然而得來的卻是霍閔宇毫不留情的冷淡語氣，「我不喜歡別人隨便碰我。」

唐娜纖白的手僵在半空中，「閔宇，我真的是被誣賴的，我沒有和別的男生亂來，真的沒有！你信我好不好……」

唐娜說得楚楚可憐，媚眼如絲，哪個男生見了大概都會受不了吧。

「嗯，我信妳。」

「真、真的嗎？」唐娜驚喜萬分，挪動了腳步朝他靠去，「那我們可以好好談談……」

霍閔宇倏地冷笑，「我信，是因為不管真實性有多少，都跟我無關。」他彎唇，「所以妳愛怎樣就怎樣，我不會干涉，相對的妳也別擋我。」

平鋪直敘的言語一字一句落在她的心尖，好似她這個人，在他眼裡早已沒有任何存在價值。

無須理會，更不用浪費口舌。

「霍閔宇！」

他不理會她的歇斯底里，逕自轉身，隨後像是想到了什麼，居高臨下的回首，「現在我們的關係結束了，別不知好歹。」

「你……」唐娜沒想到霍閔宇居然說翻臉就翻臉，一點情意都不留。

「還有，別再隨便碰她。」

唐娜的瞳孔一凝，恍然想起她與霍閔宇交往那天，他倆在廁所門口拉扯的模樣，準確來說是她想吻霍閔宇，卻被躲開，一來一往，遠看就像一對情侶在打情罵俏。

而夏羽侑正巧目睹這一幕。

當時她的心思全在霍閔宇身上，全然不在意夏羽侑眼裡的一些情緒。

但正對著她的霍閔宇卻看得一清二楚，縱使夏羽侑轉身就走。

當時的他，似乎笑了，低下的眉眼全是喜悅，唐娜第一次見到他對著她笑，感到一陣受寵若驚，而他們也在那一天正式交往了。

唐娜這才知道，錯了，所有的一切都錯了。

霍閔宇的底線是——夏羽侑。

【四、李桀闓】

國二下學期，夏羽侑岌岌可危的理化成績逆轉成功，全歸功於李桀闓。她想著一定要請學長吃東西聊表謝意。

孰料半路殺出程咬金，霍閔宇的出現讓她心情都不好了。

吃飯時，夏羽侑又向李桀闓道歉了一次，「那傢伙平常講話就是不經大腦，你別跟他計較。」

「我知道，他在學校很有名。」李桀閎不甚在意，反倒還擔心起霍閔宇，「是說妳那時這麼說他，應該挺傷他的心。」

夏羽侑頓了一下，隨後撇嘴，「他這人沒心沒肺，不用擔心，別被他玩死才重要。」

李桀閎沒說什麼，倒是夾了一塊肉給她，讓夏羽侑有些受寵若驚。

「看妳剛在猶豫這兩種口味，所以我都點了。」

從小到大沒被異性這麼體貼對待過，而離她最近的那傢伙只會給她找麻煩。夏羽侑感動的想叫李桀閎趕快搬來她家隔壁。

一頓飯吃下來很愉快，聊了李桀閎的高中志願，甚至陰錯陽差的說起感情。

「等到高中再好好談戀愛吧。」她說，「國中男生太幼稚了，我受不了。」夏羽侑不禁想起隔壁戶那傢伙的嘴臉，不自覺嘆了一口長氣，命都被他剋短了。

李桀閎見她生無可戀的模樣，大概也知道她想到什麼，忽然笑道：「不是每個人都一樣。」他看著她，語氣溫柔，夏羽侑再怎麼遲鈍也明白他話中的意思。

她想起前陣子田雅梨說過，李桀閎對她這麼好，瞎了眼都知道他對她絕對有好感，不如和他交往試試。

她擰了下眉，覺得這種事荒謬得可以，李桀閎和霍閔宇……她趕緊搖了搖頭，今天怎麼沒事就一直想到他？

「怎麼了？」

「喔，沒什麼。」她笑了笑，和李桀閎一起走出了店外。

他們逛了一圈市區，沿途都是學生情侶，夏羽侑覺得尷尬，但看著李桀閎逛得津津有味，也不好掃了他的興致，就這麼跟著他逛了幾個小時。

最後他們走進一家髮飾店，夏羽侑正覺得奇怪時，李桀閎忽然拿起了上頭由彩鑽鑲嵌而成的星星髮夾，華麗高雅，但並不是她喜歡的樣式。

「試試看？」

「我不適合這種東西，感覺會被我用壞。」她不自在的笑了笑，總覺得氣氛愈來愈曖昧，她沒來由的有些抗拒。

轉身要走時，一旁的店員姊姊連忙慫恿道：「我們家的髮夾很堅固，而且試戴不用錢，妹妹妳長得那麼漂亮，戴上飾品一定更美。」

被他們兩人看得窘促，夏羽侑正想接手時，李桀閎忽然說道：「我幫妳吧，妳自己應該不好夾。」

店員姊姊笑咪咪說道：「你們慢慢試，買三送一喔！」

同時，佇立在對街的霍閔宇就這麼靜靜的看著這一幕，走在他身後的閻子昱馬上嗅出危險的味道，也不敢再喋喋不休剛投籃機差了幾分就破紀錄。

閻子昱頭腦簡單，也沒空細想霍閔宇是為了哪一點不高興，他只知道，老大最不喜歡自己的東西被別人碰。

如今夏羽侑給一個外人又碰又笑的。

出乎意料的，霍閔宇什麼也沒說就走了。

閻子昱看著李桀閎準備掏錢買下髮夾，夏羽侑笑得臉都紅了。他不自覺搖了搖頭，感覺會有一場腥風血雨了。

而後，李桀閎在外校有個女友的事被爆出來，據說還交往了三年。田雅梨得知消息便十萬火急的跑去找夏羽侑。

「哇靠！李桀閎劈腿啊！」

「怎麼樣？有沒有想賞他兩巴掌的衝動？」

「妳倒是說話啊！」田雅梨比她還急，「該不會傷心到講不出話了吧？有這麼嚴重？」

「沒有。」夏羽侑沒好氣。

「妳一臉就是有事的樣子，妳別怕，我給妳靠！」

「我只是有點訝異他居然是這樣的人……」相處了將近一年，也表示他隱瞞了一年。當初那些真誠的話，不過就是虛情假意，從來就不是真心。

她不懂，他怎麼可以這麼狠心的背叛一個如此信任他的人。

夏羽侑真的不明白。

「妳到底有沒有喜歡他啊？這感覺就是栽進去了一半，現在要妳馬上抽離，會不會覺得難受？」

她搖頭，也不知該怎麼描述這種感覺，沒有難過，反而還有些如釋重負。

「就是有些失望。」對人性的失望。

夏羽侑當然找了李桀閎對峙，她只是不希望事情不明不白的被人截過一頁，她又不是好欺負的軟柿子！

李桀閎坦然的態度令她大開眼界，他騙了她這麼久，居然沒有一絲一毫的愧疚，應該說她打從一開始就不了解他吧。

「何況妳沒有喜歡我，不是嗎？」

李棨閎曾透露過對她的喜歡，而她婉轉拒絕了。

這事沒什麼人知道，夏羽侑也沒說，因為讓她更不明白的是，她為什麼沒有半點心動，甚至連想試試看的念頭都沒有？

李棨閎溫柔，成績好，那陣子對她更是好得沒話說。

纏繞的思緒像是捂上一層濛濛大霧，在快要撥雲見日時，夏羽侑猛然打住。

不能想，不能再想了！

她小心翼翼的將呼之欲出的心意再次塵封，然而這像是做了虧心事的小動作，讓她在心裡悶出一股氣，也就更理所當然的把氣撒往李棨閎身上。

李棨閎人品確實不好，調情的話也是說得得心應手，完全不把別人的心意當作一回事。

之後，夏羽侑每見李棨閎一次，就忍不住甩臉色給他看。她怎麼也沒料到，她的舉動倒是讓一些人誤會了。

霍閔宇以為她對李棨閎念念不忘。

四人聚會時，田雅梨老是喜歡把這件事當笑話重提，左一句「好在沒有在一起，差點成為小三」，右一句「長得也還好，情史第一條差點秒敗筆」。

「對啊！上次看到你們一起逛街。」閻子昱笑得賊，「他還送妳東西。」

「你看到了？」

「不知道做虧心事都容易遇到鬼嗎？」

田雅梨大笑一聲，「所以你是鬼嘍？骯髒鬼、小氣鬼、窮酸鬼，哪一種啊？」

閻子昱氣得瞪她，「妳就盡量罵，反正是霍跟我一起看到。」

夏羽侑嘴角的笑僵了僵，突然急於解釋，這舉動更顯欲蓋彌彰，「我跟他沒……」

碰！

巨大的拍桌聲讓眾人肩膀抖了一下，隔壁桌的客人也紛紛看了過來。只見當事人一手拿著雪碧，另一手還慢條斯理貼著桌面，「手滑。」

田雅梨和閻子昱面面相覷，用著眼神交流，也不知道悟出什麼道理，總之兩人一致將目標放到食物上，絕不參戰。

夏羽侑暗自歎息，大概也明白霍閔宇發怒的原因，但也拉不下臉向他道歉。

當初她可是在眾人面前讓他難堪，結果袒護錯人不說，還口出惡言，他明明是為她好。

夏羽侑不自覺側頭看霍閔宇一眼，恰好與他四目交接，她嚇得寒毛直豎，迅速轉頭，以至於沒能看見他暗下的眼眸。

回家的路上，夏羽侑一句話都沒敢跟他說。總覺得是自己做錯事，也沒那臉皮在他面前裝瘋賣傻。

她慢吞吞的走在他後頭，直到前方高大的身形停下，夏羽侑就知道，今天絕對不好過。

「李桀閎就這麼好啊？」霍閔宇背著她，沒頭沒尾的說了這一句。

「就……還好吧。」夏羽侑乾笑兩聲，努力挽救逐漸趨向毀滅的局面。

平常霍閔宇見她就是沒個正經，打打鬧鬧，一天也就和平的過去了。扣除偶爾的起床氣，夏羽侑鮮少見他嚴肅的時候。

他哼笑，眸光陰鷙。

夏羽侑以為霍閔宇大概會把她的祖宗十八代拖出來罵一遍，再問問她長腦了沒，如果還沒，他不介意幫她長點記性……

她在腦中推演一遍他接下來的動作，孰料他什麼也沒說，連看都沒看她一眼，頎長的身影與夜色同框，隨著他的遠去，逐漸淹沒他的身影。

之後，霍閔宇不再提起這件事，即便夏羽侑曾有意想要好好道歉，但看著他瞬然垮下的臉，她也不敢吭聲。

升上國三的生活沒有什麼改變，就是霍閔宇出現在夏羽侑面前的次數更加頻繁。

霍閔宇已分不清楚究竟是不滿她護著外人錯怪他，還是他就是看李桀閎哪裡都不順眼，或者以上皆是。

他不知道。

他唯獨知道的是，他不高興，而這全都是夏羽侑的錯。

而讓他高興的就是，看著夏羽侑因為他的事而露出不耐煩的臉，因為撇不清他們關係而氣急敗壞的模樣。

如此，他心裡就舒爽多了。

【五、嫉妒】

高一下學期，夏羽侑和李桀閎和好了，而霍閔宇是最後一個知道的，夏羽侑甚至沒和他提過半句。

他想，難不成是怕他攪局？

當天，他們為了班際籃球賽要練球，青晨本來是抱著隨意的態度，對這種班級競賽他們一直是興致缺缺，反正能不上課就好。

誰知霍閔宇發狂似的一次又一次抄了所有人的球，根本敵我不分。

最後，根本就是一票人看著霍閔宇不斷的運球與投籃，青晨都覺得那塊籃球板要被砸出一個洞了。

然而，霍閔宇的心事沒人敢猜，何況是議論。

青晨跟著霍閔宇久了，察言觀色一直是他最在行的，反覆幾次後，他總算看明白了，但他選擇不動聲色。青晨識相，必要的時候推波助瀾一把就行了，其餘的不要管。

狹路總是窄，沒幾天霍閔宇和李桀閎在頂樓那碰見了。

霍閔宇正犯睏想找地方睡覺，而對方不請自來的上前打招呼。

「嘿，你也蹺課啊？」

霍閔宇睨他一眼。

「怎麼了，臉色這麼難看，女朋友惹你生氣啦？」李桀閎戲謔的語氣，令霍閔宇覺得腦門隱隱作疼，臉色沉得嚇人。

「你最近不是才跟那個誰分手嗎？女人嘛，哄不了就放掉，省得麻煩。」

霍閔宇挑了挑眉，嘴邊勾起的弧度毫無笑意，「所以這次也打算這麼對夏羽侑？」

李桀閎頓了頓，隨後豪邁的勾上霍閔宇的肩，「哈哈哈，別這麼說嘛，感情的事誰沒犯過錯？對她我真的很抱歉，不過我的確是有點喜歡她，但你也知道我那時有女朋友了……既然小侑現在沒男朋友，我也單身，我就是想試試。」

有點喜歡。

霍閔宇的注意力全落在這幾個字上，他猛地笑了起來，嘴角慵懶的翹起，黑眸微閃，「覺得抱歉的話，至少先下跪求得原諒啊。」

長腿狀似不經意抵向他的膝蓋處，用力一踹，毫無心理準備的李桀閎就這麼跪趴在地，模樣狼狽。

霍閔宇雙手插放口袋，如同君王般，居高臨下俯視李桀閎。

他的唇角帶笑，沒有一絲歉意，「這樣好多了，我看得習慣。」

李桀閎本來還笑著的臉頓時垮下，為了維持風度，語氣還是帶著玩笑，「別鬧了，到時受傷就難看了。」

然而霍閔宇就像沒聽見似的，在李桀閎起身的同時毫不猶豫踩上他的背，筋骨摩擦的聲音清晰嚇人，李桀閎狼狽的趴回地上。

「喔，抱歉。」霍閔宇的語氣沒有絲毫愧疚，笑著朝李桀閎伸手像是要扶他，然而李桀閎的手還未碰到他，霍閔宇一拳便往李桀閎臉上砸去。

劇烈的撞擊聲在空曠的頂樓特別響亮。

李桀閎吃痛的撫著臉，嘴上偽裝的笑容再也掛不住，他起身就往霍閔宇撲去，兩人立刻扭打成一團，誰也不讓誰。

霍閔宇似乎等了這一刻許久，一身狠勁勢不可擋，他抿著唇，眼眸染上一層暴戾，每一拳都像是用盡了全力，直到李桀閎幾近求饒的聲音響起：「咳、咳……你喜歡夏羽侑，對吧？」

聽到令他心煩意亂的名字，霍閔宇落在李棨閎身上的拳總算停下了。他撐膝起身，稍稍恢復理智，然而垂下的眼眸仍存狂躁。

霍閔宇面色平靜，隨意的舉起了手，李棨閎以為他還要繼續，立即縮起身子。孰料他就只是安靜的端詳著，原先乾淨的手背此刻布滿紅腫和怵目驚心的血跡，然而他就像毫無知覺般把手插放口袋，血色與深色的制服褲融在一塊。

對比李棨閎的狼狽，霍閔宇的姿態慵懶且高雅，即便雙手沾染了骯髒也不當一回事。他囂張的無所謂，只因他全然不在意後果。

這樣的人，對於感情若不是棄若敝屣，就是與愛共存亡。他的存在足以撼動所有人，卻也讓人無法喘息。

正好被指派來找霍閔宇的元柔馨就這麼撞見這一幕。她捂著嘴，不知如何是好。

霍閔宇離開頂樓後，淡淡的瞥了她一眼，因為上回的公車事件，他記起這個人了，後來發現原來他們的名次經常不分上下。

「別說出去。」

「不、不會！我一定不會！」她正經八百的舉起小手發誓。

霍閔宇忽然笑了，「謝謝。」

李棨閎見他走後，忽然仰天長笑，「霍閔宇你也會有今天啊。」

霍閔宇確實打贏了，卻也在他出手的那一刻，輸了。

霍閔宇沒去保健室，頂樓也待不下去，索性回教室睡覺。大家見他臉上有傷，也不敢當面問他，便開始私下猜測、討論，而這就是霍閔宇的目的。

他就是要所有人看見，那就表示夏羽侑也會知道。

夏羽侑確實問起他這件事，目的達成了，但他卻忘了想說詞，於是模稜兩可的帶過，心裡稍稍期盼夏羽侑能為他說幾句話。

然而她沒有，依舊用著她最擅長的逃避模式。

霍閔宇雖然已經有些按捺不住，但並不想透過這件事來讓她坦承。

他與李桀閎打架的事絕對不能被夏羽侑知道，除了一定會挨罵，更不想看見她擔心的表情。還有……他不知道該怎麼解釋，自己為什麼會動手。

因為他不想承認，他就是嫉妒瘋了。

當然這些爛帳就在交往後，開始被逐一算起。

某次逛夜市，霍閔宇正好瞄見一攤髮飾店，令人不爽的記憶猛然勾起。他忽然掐住夏羽侑的兩頰，「妳最好現在跟我道歉。」

她被他掐得一愣一愣的，不懂他怎麼突然間發作了。

霍閔宇揚眉，總算能夠正大光明的數落她國中的無知，當時居然還反過來罵他。

李桀閎？眼光真差！

不行，這點不能罵，現在她的男朋友是他。

「人家送妳東西就收？這種行為跟路邊隨地大小便的野狗有什麼不一樣。」

「是不一樣啊。」霍閔宇動不動就把她拿來跟狗比，她是人！是人！

夏羽侑嫌棄的看他一眼，撥開了他的手。

「喂！道歉啊！」

「道什麼歉啊？」他真的三不五時就要發病一次。

霍閔宇指著髮飾攤，「妳當時為什麼收下了李桀閎的東西？還沒交往就收人東西，女生的矜持呢？」

夏羽侑總算知道他的病因了。還有，這時候她就是女生了？

見他也不害臊的指著人家老闆娘，不清楚的人還以為他們是為了老闆娘吵架，重點是對方還一臉心花怒放。

她默默的拉回他的手牽著，「我沒收。」

「沒收？」他皺眉。

「我已經說過了，我從一開始就沒喜歡他，真的不是哄你。」她說，「人情債最難還了，我當然不可能收。」

霍閔宇沒料到是這個結果，一時之間也不知道接什麼話。虧他當時還因為這件事，心煩了好一陣子。

夏羽侑見他面色和緩許多，知道他也不是真的生氣，只是想讓她哄他、誇他，幼稚的令人哭笑不得。

「既然都到這了，不如你給我挑一個吧。」

霍閔宇點頭，但堅決不挑髮夾給她，讓夏羽侑搖頭失笑。

最後，他選了一條黑色髮圈送給她，上頭有幾朵小鑽白花的裝飾，精細小巧卻不過於華麗，很襯她的膚色和氣質。

美麗卻不俗豔，反而耐人尋味。

夏羽侑從霍閔宇手中接下髮圈，這是她剛一眼就看中的，「謝謝你。」

她側身低頭，將髮圈的一邊咬在嘴裡，紅潤的唇輕壓在髮圈上，兩手插入頭髮中將所有頭髮抓成一束馬尾，露出白嫩的脖頸，漂亮的鎖骨，沿著頸線而上是她柔嫩欲滴的唇色，再來是小巧的耳珠。

霍閔宇感到喉頭一緊，不自覺吞了吞口水，眸色忽淺忽深。

夏羽侑將馬尾紮得隨意，五官更加鮮明，幾縷髮絲落在她白皙的肩頸，凌亂卻呈現一股慵懶的性感。她轉頭看向霍閔宇，「好看嗎？」

她歪著腦袋，彎起笑，眼角微勾撩人。

真的是要命了。

此時的霍閔宇根本無暇管什麼髮圈，手一拉就將她攬在懷裡，炙熱的大掌貼上她的腰，「我們回家去。」

「這麼快？不是要出來吃晚餐嗎？」

「先做別的。」他說得一本正經，隨後不耐的嘖了一聲，「太遠了，我們去旅館。」

【六、分手】

霍閔宇第一次見到任迅暘就知道他們是同類人，差別在於，任迅暘藏得深，而他向來不屑浪費這些力氣。

面對任迅暘不明所以的針對，霍閔宇沒放在心上，而事實證明，他輕敵了。

分手那天，當霍閔宇看著他們離去的背影，他第一次覺得全身像是被誰掏空一般，所有的情緒一點都不剩。

他經歷過分手，卻從沒有此刻的狼狽，傾注的一切在一瞬間全化為烏有。

他垂眸，低低的笑了。

這回，他是真的不知道夏羽侑在想什麼。

她不是個擅長說謊的人，至少在他面前是無所遁形，但是這次她是認真的不要他，他感受到了。

霍閔宇不自覺搖頭讚歎，每回夏羽侑總能讓他大開眼界。

交往前要她承認喜歡他，死活都不說，最終還是軟硬兼施才抓住她，現在提分手倒是爽快俐落，真是令人不爽！

他不想要毫無根據的猜，也不想追究事情的是非對錯，對他來說分手沒有二話，說再多都是藉口，他不會挽留。

何況分手是她提的。

「閔宇，對不起！我一直想跟你說，但我……」元柔馨微垂著腦袋，長捲髮柔順的飄蕩在她瘦弱的肩，彷彿下一秒她就會被風吹倒。

「我不知道該怎麼和你說，我、我太害怕了……對不起，真的對不起！」

聞聲，霍閔宇才意識到還有其他人在，他低眸看向元柔馨，思緒雜亂無章，半晌才啟脣：「所以信都是妳寫的？」

他擰眉，望向夏羽侑他們離去的方向，下意識的撫著胸口。

疼。

他看著元柔馨囁嚅了幾句，緊張的攪著手指，一粒粒淚珠就這麼自她白皙的臉蛋滑落。

霍閔宇的眸光微微閃動。

元柔馨抬起盛滿淚光的大眼，瞅著霍閔宇，帶著一絲恐懼，「我知道你討厭別人欺騙你，但是閔宇……我、我喜歡你，真的是因為太喜歡了，所以、所以才會這樣做。你不要生氣好不好？我真的沒想要得到什麼，只是想傳達這份心意……」

「別說了。」霍閔宇驀然打斷她，醇厚的聲音有些冰冷，眸光寒氣陣陣。

元柔馨纖弱的肩膀微微一震，貌似是嚇到了，立即低頭噤聲。

霍閔宇擰緊了眉，隨後語氣溫和了幾分，「眼淚先擦一擦吧，我會等妳跟我解釋清楚。妳這樣我聽不懂。」

聞言，元柔馨用力的點點頭，聽話的抹了抹淚痕，殊不知眼淚只是愈掉愈多。

霍閔宇微嘆，順手掏了掏外套口袋，果不其然摸到了一包面紙。

這是他最近養成的小習慣。

只因夏羽侑比他想像中還愛哭，以前也沒怎麼見她哭，但這陣子三天兩頭就看見她掉眼淚，他忍不住想，之前欺負她時不知道哭了沒有。

霍閔宇將衛生紙遞給元柔馨，他看著她淚眼婆娑，眼睛紅腫，內心忽然一緊，黑眸無聲的透著心疼。

觸及到他關切的眼神，元柔馨顯然受寵若驚，霍閔宇的貼心使得她嘴角微微提起，「謝謝。」

隨後他想，分手都能眼不眨就說出口，真是冷血的女人。

他揉了揉胸口，疼死了。

原來國中收到的告白情書是元柔馨寫的，從頭到尾，夏羽侑沒寫過什麼情書給他。

冷笑，是他最後的反應。

「閔宇……」元柔馨輕喚道，見他臉色陰霾，明顯感受到低冷氣息，她瑟縮的低下頭，顫著瘦弱的肩膀，臉頰都哭紅了。

「對不起，我真的沒想到事情會變成這樣，你快去和小侑談談，我想她只是感到不安。」

「談什麼？」

「閔宇？」

霍閔宇勾了勾脣角，「這樣不是很好嗎？」

預料中的事讓元柔馨沒有太震驚，她佯裝錯愕，勝利的喜悅在心裡一點一滴蔓延。

驕傲如他，霍閔宇從不挽回。

「閔宇，你這是什麼意思？」

他倏地一笑，「感情這種事就是要說出來才知道，憋著有什麼意思？」

元柔馨陷入前所未有的狂喜，以至於沒發現霍閔宇的話充斥著嘲諷。

她上前拉住霍閔宇的手臂，「對不起，我不應該冒充小侑，真的只是因為太喜歡你了，所以你別生我的氣好嗎？」

元柔馨率先示弱，圓潤的眼載著淚光，揪著他手臂不敢用力，軟軟的指腹擱在他的皮膚上，霍閔宇睨了一眼，一股沒來由的窒息感令他不適。

他不著痕跡的抽開手，修長的手指轉而勾起她細緻的下巴，「生氣？生妳的氣嗎？」

元柔馨仰著通紅的臉蛋，小手用力的揪著裙襬，心跳加速。

她夢寐以求的人就在眼前，眼裡倒映的是她的模樣，不是其他女人，更不是夏羽侑。

霍閔宇終於看到她了！

「我更氣的是另一個人。」他的語氣帶著慣有的慵懶與妄為，黑眸暗湧。

夏羽侑居然為了幾封破情書就毫不留情的說分手？

難怪之前有段時間覺得她特別黏他，還以為腦子終於使了力，除了明白男女朋友字面上的意思，行動上也知曉了，殊不知是因為這見鬼的原因。

霍閔宇抿了抿唇，心寒與怒氣交織在一起。

他們明明是最靠近的人，夏羽侑卻沒有先和他坦承，而是直接宣判這段關係死刑。

由此可知，夏羽侑根本沒想過他會有什麼感受，永遠都只知道向著外人。

看來，他們的愛情也不過如此。

「這件事不關小侑的事，她不知情，你不要追究好嗎？」元柔馨溫柔的勸道。

現在的她可以盡情的對著霍閔宇撒嬌，她可是真正寫那些告白情書的人啊！

元柔馨覺得幸福就快從胸口滿溢而出。

既然如此，她不希望霍閔宇再與夏羽侑有任何接觸，她要杜絕他們任何舊情復燃的可能，雖然知道霍閔宇不可能回頭，但她不容許任何意外發生。

霍閔宇垂眸看著身側的元柔馨，她再次挽緊他的手，與平時的嬌羞內向判若兩人，濃烈的愛戀目光緊追著他，眼裡探出的掌控欲讓他隱約覺得不對勁。

「現在的你可能還有點混亂，沒關係，我會等你。」元柔馨不想再隱藏愛意了，她會是個稱職的女朋友，凡事以他為優先，她能夠為他做任何事，在所不惜。

從現在開始霍閔宇是屬於她的。

【七、藍色信封】

夏羽侑消失了。

一聲不響，好似她從未存在於他的世界，什麼都沒帶走，卻也什麼都沒留下，依然心狠。

與前幾任女友分手，霍閔宇一直都是快狠準，不留戀、不廢話、走好不送，路上見面別打招呼，擦肩而過是最好的方式。

他為人隨興大方，但並不喜歡過分糾纏，甚至是假借友誼的噓寒問暖，只會讓他噁心，所以不如誰都別問候。

做人要夠果斷和乾脆，拖拖拉拉只是浪費生命，然而夏羽侑做到了，比他任何一任女友走得還乾淨俐落，斷得比他還絕，彷彿是求之不得。

他真的是小看夏羽侑了。

霍閔宇單手插放口袋，神色冷淡的站在自家落地窗前，遙望對面好久未曾拉開的窗簾。

不知道從什麼時候開始，他注意起對面的窗簾。以前他從不在意這些細節，因為想她，跨過陽臺就可以了。

思及此，霍閔宇低頭冷笑。

想她。

素淨的淡橙色窗簾，裡頭有一層薄紗，上頭繡的是精巧雅緻的花，不惹人注目，然而當你意外發現這樣的巧思時，再也難以忘懷。

很符合夏羽侑的氣質，總是刻意隱藏自己，而藏匿在冰山下的是更深層的藍。

而他是第一個看見那抹湛藍的人。

霍閔宇喜歡她這一點，尤其是在交往後，他恨不得全世界都看不見她的璀璨。

他優越慣了，養成了占有和強取的習性。不遵循世界的規則，也毫不遮掩自己的私欲，他不講理。

他就像找到寶藏的小孩，小心翼翼的呵護，深怕有心人瞧見，或許正因為恐懼在先，而夏羽侑的不公開，讓他從提防到了顧忌。

分手後，霍閔宇開始痛恨這樣的夏羽侑。

她倔強卻也心細，她勇敢卻也果斷。她收斂起所有與他有關的情緒，情感藏得深，找不著任何痕跡。

夏羽侑以從來沒有愛過他的姿態出現在他面前，他不信，隨著他們分開的時間愈長，他開始不得不信。

而後好不容易盼到她的主動，得來的卻是「朋友」兩字。

霍閔宇蒼涼一笑。

確實是夏羽侑，讓他又愛又恨。

這期間，霍閔宇有過各種想法。

好比他就和元柔馨過下去吧，反正她懂他，至少凡事以他為主，不像夏羽侑從不把他放在心上。

可是他又想，他憑什麼要放過夏羽侑?說不準她就是和任迅暘有什麼關係，情書的事根本只是幌子。他要是走了，豈不是順了他們的意?

想到她和任迅暘在他面前親暱，霍閔宇站在落地窗前，眼底的怒意幾乎要把對面緊閉的窗給燒出一個洞，胸口一把無名火燒得旺。

只要意識到她在他觸及不到的地方，他的心情就無法平靜。

可惡!不管怎麼想，全都是夏羽侑。

分手後，他沒有一天能睡好，他覺得夏羽侑的床肯定有什麼魔力，沾她的床就想睡，抱她就能睡得好，睡眠品質都被養壞了。

思及此，霍閔宇煩躁得不能自己，回過神來，人已經出現在夏家玄關。

夏姨見到他熱情的邀他進屋。

「阿姨，我有東西放在夏羽侑的房間，能不能讓我上去拿?」情急之下，他隨口撒了謊，狼狽得可笑。

夏姨不疑有他，連忙點頭說沒問題。

他進了她的房間，熟悉的擺設映入眼簾，空氣中殘存著濃沉的香味，是她身上的味道，縈繞在鼻尖卻不刺鼻，所有的一切彷彿都沒有變。

他依然能夠自由進出這裡，夏羽侑仍舊秉持著沒有實質效用的界線。

霍閔宇環顧四周，床鋪整潔，桌上的書都物歸原處，整齊排放在書架上。

她把一切都整理好了，唯獨書桌上擱著的紙袋

霍閔宇漠著神色，隨意翻動紙袋，果不其然全是他的東西。一股鬱悶之氣在他心底發酵，手一揮便將裡頭的東西全數翻倒。

東西散落的聲音在靜謐的房間更顯刺耳，他睡眠不足的腦門隱隱作痛，心中所有不快接連被牽起。他索性閉眼躺上她的床，發覺並沒有想像中舒適。

他想，或許根本不是床的原因，真正的理由淺而易見。

壓了壓眉心，他不知道自己在做什麼，像個糾纏不清的煩人精，對她念念不忘的模樣窩囊得可以。

他暴躁的起身，順手拿起提袋。既然她想劃分乾淨，他沒有理由不樂意。

隨著他的動作，一張藍色信封自桌面掉了下來。

霍閔宇眼一瞇，彎身撿起，裡頭有信，明顯是要送人的，他沒來由的覺得諷刺。

不曾寫信？那這是什麼？

他下意識的想到任迅暘，難道他們在一起了？

霍閔宇覺得自己再也忍不下去！

也不管偷看的行為有多無恥，忍著撕毀整張信的衝動，他攤開紙，是夏羽侑的筆跡，有那麼一瞬間他不敢細看，就怕真如他所想。

然而他禁不住想探究的心情，想知道分手後夏羽侑究竟是怎麼想的？有沒有那麼一刻想來找過他？

如果她真的和任迅暘在一起……

霍閔宇只覺得此刻頭痛欲裂，他氣，也心寒。

愛和不愛，他一直分得很明白，所以他不挽留也不藏匿自己的愛。他自認是個負責的男人，在愛情裡，他忠貞、盡心，從未愧對任何人，倘若愛消磨了，他也能夠誠實，不浪費彼此的時間。

兩人不再相愛，不是誰的錯。他不強求，也不讓自己委曲求全，至少以往他對每一任都這樣。

穩了穩氣息，他將注意力放在信上，裡頭的字句不多，卻出現了他的名字。

霍閔宇。

他緊繃的情緒頓時放鬆，死死抿著的嘴角緩了緩，這陣子狂悶的心情逐漸緩息，心口處一片柔軟，他的掌心泛著汗，突然有些緊張。

盯著上頭的文字，他不敢看太快，深怕錯過任何一個字。對比國中元柔馨寫的信，夏羽侑對他沒有太多安慰的話。

霍閔宇自嘲，國中的自己太可笑了。

一開始以為是她寫的信，禁不住心裡的驕傲，在她面前也就心高氣傲了起來，壓根兒就忘了她從來就不是那種人，令他混淆的不過是他對她的期盼。

而後發現她的不理睬，他開始惱羞成怒，非要捉弄她，非要氣她，高調的宣揚戀情，不惜把自己弄得廉價隨便，只為了得到她一句：「霍閔宇，你能不能別這麼無聊？」

他早知道她不是個體貼的女孩子，也正因為如此，她不懂得給自己找退路，不對他撒嬌，不無理取鬧，而是以最大的理性祝福他。

霍閔宇的視線停留在最後一句話——

「我很愛你，所以我願意讓你追尋所愛。」

【八、元柔馨】

霍閔宇的面色平靜，眼底卻一陣乾澀，垂放在褲邊的手逐漸攥緊，他深深的閉上眼，沉壓已久的情緒一瞬間喧囂不止。

他欣喜她對他說愛，卻也恨透她因為愛他而放開他。

交往期間，他曾暗自埋怨夏羽侑從不對他表露愛意，對他似乎也不怎麼重視，然而今天看到這封信，他才發現，她是不敢說。

夏羽侑太害怕失去他。

霍閔宇苦笑，眼角卻瞥見信紙末端有一處水漬皺痕，他的心臟忽然疼得不像話，像是被誰削去了心頭肉。

她又哭了。

他忽然想起上回畢旅兩人走著小夜路，她看著他哭了，他從南部提前回來看見任迅暘與她等車的情景，那天她看到他也哭了。

他還記得他當時總揶揄她變得愛哭，可是他沒發現，她哭的原因都是他。

讓夏羽侑哭的都是他。

他無法想像當時的她有多脆弱，一觸即碎，可是她倔，什麼也不說，想靠著自己解決，而後發現元柔馨的可憐經歷，她開始心軟，接著就是放開他。

或許她也是真的愛怕了，不想再參與其中，所以她逃跑了。

霍閔宇深吸一口氣，手指疲憊的插入髮中，埋在臂彎的清俊面容滿是愧歉。他覺得渾身都疼，想抱她，想親她，想得不得了。

明明和他在一起有段時間了，她居然一點都沒長進。霍閔宇忍不住嘆氣，終歸是自己每每都憋不住情感，總想從她身上再要更多，偶爾也該試著讓她主動一點。

思及此，他瞇起眼，食指敲著桌面，接著俐落掏出口袋裡的手機，將信的內容拍了下來。依照他對她的了解，拖了這麼久，想必這封信最後也不會到他手。

他邪氣的勾了勾脣角，無所謂，他更喜歡本人親口坦承。

霍閔宇這才驚覺，對於夏羽侑他從未遵守自己的原則，他做不到放手和灑脫，何況是展現君子風度。

不過得讓她先長長記性。

夏羽侑。

我要妳回來。

「閔宇，別忘了今天要拍攝喔！午餐我訂了你喜歡的那家烏龍麵，我在攝影棚等你來。」

他應聲，掛上電話，淡淡的看著這陣子始終占據訊息欄首位的名字。

元柔馨將他照顧得很好，對於他的嗜好、習慣瞭若指掌，將他周遭的一切打點完美。連他無心提起的話她都謹記在心，從不過問他的事，只要他想做，元柔馨沒有二話。

她對他極盡所能的好，無庸置疑。她是那麼符合他心中的期待。

然而元柔馨不知道的是——他變了，成了習慣照顧人而不是被照顧。

因為夏羽侑連自己都照顧不好了。

他開始習慣回訊息而不是電話，因為夏羽侑不習慣在公眾場合和他膩歪，就怕被別人聽見。

他乾淨的指腹壓在手機鍵盤上。

「我不喜歡烏龍麵，換了。」

這不是他喜歡的，是夏羽侑。

壓下傳送鍵的同時，霍閔宇才驚覺，自己對夏羽侑的執念竟如此深。

到了拍攝現場，元柔馨已經乖巧的坐在準備區等他，所有拍攝套裝整齊的掛在架上，霍閔宇又聽見迪昊在誇她的效率。

「閔宇，你來了。」元柔馨起身，明淨的臉龐漾起可人的笑容，「要不要先吃飯呢?我換了丼飯給你。」

見元柔馨積極的替他擺碗筷，霍閔宇出聲制止：「我還不餓，直接開拍吧。」

敏感的迪昊嗅到空氣中的低氣壓，趁著霍閔宇走後，八卦的湊到元柔馨身旁，「以前都以為不要被他氣死就算萬幸，殊不知還有一個人能惹得那小子全身氣。」迪昊感嘆道：「最近都沒看到他的青梅竹馬，那小子估計在埋怨她不來探班吧。」

他們一致看向進入拍攝狀態的霍閔宇，即便笑得張揚，面容迷人，卻能看出他的心不在焉，整個人悵然若失。

「不知道的人還以為他失戀了。」迪昊不禁搖頭失笑，「有時還挺謝謝羽侑，否則還有誰能來治治那個無法無天的臭小子!」

同時，元柔馨轉頭看迪昊，臉上的笑最終還是瓦解了，水潤的大眼盛滿涼意，「是TOP最近給他的工作量太大才這樣，你別推卸責任。」

迪昊被元柔馨的冷眼盯得有些發毛，「我……」

「明年就要考學測了，你可別為了賺錢，讓閔宇超時工作，他已經夠累了。」

「不是，這是他向我要求……」

元柔馨顯然不在意迪昊的解釋，厲聲打斷，「還有，他現在已經有我了，難道我處理得不夠好？還是我為他做得不夠多？」她勾起邪麗的笑，「你不是總誇我人美又會做事？」

迪昊噤了聲，錯愕的看著元柔馨轉瞬陰狠的神色，僵硬的點頭。

「這些，夏羽侑從來沒做過吧？難道這還不夠證明，我跟她誰比較有資格站在霍閔宇身邊嗎！」

遠遠的，霍閔宇冷靜的看著這一幕，眼裡沒有任何訝異，反倒解決了他心頭的違和感，這樣子的她正常多了。

「閔宇，先休息一下吧！」攝影大哥喊道。

聞聲，元柔馨換上了精緻的笑顏，丟下還處於錯愕的迪昊，手腳俐落的遞水給霍閔宇，溫婉的模樣還是她平時的樣子，安靜不多話，讓人無從挑剔。

她確實有這樣的能力，清楚他的底線，精準的捉摸他的脾性，讓人很難不對她上心，即便沒有愛，感激之心也是有的。

日久，總會生情。霍閔宇忍不住一笑，暗自感嘆自己道行尚淺。

不過既然人都主動送上門，相互利用倒也沒有誰對不起誰。

「笑什麼？」元柔馨的目光沒有一刻從霍閔宇臉上移開，自然捕捉到他所有細微表情。

「沒什麼。」他揚起脣角，心裡盤算著別件事，隨口說道：「妳以後要是餓了可以先吃，不必等我，我吃飯時間不固定。」

「不要緊，一起吃比較有伴啊，我可以等你。」她柔柔一笑，「我會一直等你。」

驚人的執著，令霍閔宇微微揚眉。

元柔馨貼心的替他帶了全新的鐵筷，她知道，霍閔宇不怎麼喜歡使用免洗餐具。

或許這就是大家總說她細心縝密的原因，不動聲色的觀察每個人，不插嘴也不干涉，悄悄將所有人導向她要的走向，待時機成熟，一出手便驚艷所有人。

換個角度來說，緊密的監控，賦予她絕對的控制權。她步步為營，讓所有人心甘情願的進入她所設的圈套，沒有怨言，甚至還會自我譴責。元柔馨只要靜靜看著這場戲一步一步迎向她要的結局，她甚至不會髒了手。

夏羽侑那個白痴。

「閔宇，怎麼了嗎？」

大掌疲憊的撫過太陽穴，寬厚的雙肩往後一靠。他雙手環胸，閉目養神。「沒，想睡而已。」

哎——有得玩了。

【九、生日會】

夏羽侑回來了。

本該是開心的一件事，對霍閔宇來說卻心塞得不得了。

夏羽侑避著他，連眼神接觸都不肯給。

霍閔宇大概能猜到原因，無疑是他那天拒絕了他們以朋友的身分來往。他現在一方面後悔，一方面也想掐死夏羽侑，她何時這麼聽話了？

之前叫她不准和任迅暘接觸，她怎麼半句也沒聽進去？

說起任迅暘，霍閔宇鬱結在胸口的氣又騰騰的竄了上來，她和任迅暘走得太近了，然而夏羽侑現在單身，她名正言順，而他只是一個外人……

外人。

霍閔宇低咒一聲，惡狠狠踹了頂樓的欄杆，而樓下正是夏羽侑和任迅暘交談的身影，他們的肩膀甚至都快靠在一起！

深呼吸，不可以動怒，一切都在他的計畫中。雖然外界謠言紛紛，但霍閔宇並沒有進一步的表明他和元柔馨的關係，而元柔馨已按捺不住，他只需靜觀其變，待她露出馬腳。

「我不加入。」

夏羽侑公開劃清和他之間的界線了。

真狠。

即便知道以她的立場，這麼做確實合乎情理，但他實在太久沒見到她了，沉壓在心底的氾濫思念早已淹沒了理智。

霍閔宇渾身的戾氣擋不住，從她回來到現在他沒法碰她，不能和她說話，身心分分秒秒都是煎熬，可是夏羽侑像個沒事般的人，將他剔除於她的世界，過得安穩。

他怕她和任迅暘就此好了起來。

霍閔宇開始明目張膽的找她麻煩，明著暗著都不放過她，他不顧心裡籌備已久的計謀，他幼稚的想氣她，拚命刷足存在感。

出乎意料的，夏羽侑一聲都不吭，甚至當眾袒護任迅暘，霍閔宇沒想到事情會逆向發展，總覺得自己無意間促進他們的感情。

「不要、不想、沒空，你煩不煩？」

直到最後他真的徹底惹火夏羽侑，目的達成，反倒霍閔宇真的怕了。

她眼裡的決絕、難受，讓他不敢再輕舉妄動，張狂的性子一瞬間被人掐熄，終究是怕夏羽侑對他心死。

霍閔宇十八歲生日那天，是他第一個不與夏羽侑一起過的生日。

自從上回被夏羽侑當眾拒絕後，霍閔宇不再找她麻煩，原先盤算好的計畫也不知道該停手還是繼續，好多事情在他心頭搖擺。

會不會這場感情，堅持的人只有他？

「霍！」青晨遠遠的就注意到他臉色不佳，然而他不解的是，霍閔宇張揚慣了，生日會從不反對盛大甚至是引人注目，何況是慶祝成年。

然而，他最近對任何事都興致缺缺，明顯高漲的惱怒情緒，被他一次又一次的鎮壓下來，青晨都覺得他再忍下去，哪天爆炸都不意外。

但霍閔宇的心事無人敢追問，何況是給建議。

礙於身為主辦人，青晨也不能臨陣脫逃，只好硬著頭皮，死皮賴臉的笑，「今天你吃什麼，都算大家的！別跟我們客氣，盡量點！」

霍閔宇應了聲，目光掃了一眼桌上五顏六色的禮物盒，視線最終落在從沙發起身的元柔馨。

「閔宇，生日快樂。」元柔馨笑了笑，雙手捧著粉色禮物遞給了他。

他微微點頭示意，嘴角揚了幾度，伸手接過她的禮物，接著入座。

見壽星總算笑了，大伙繃緊的神經才稍微放鬆，暗自慶幸找了元柔馨，接著便開始嘻嘻哈哈的唱著不成調的生日快樂歌。

然而霍閔宇惡劣的心情並沒有好轉的跡象，只是盡力的維持嘴角弧度，眸眼卻冰冷攝人。

他的眼神雖落在眼前眾人的慶祝上，注意力卻硬生生逗留在斜對桌談笑的身影。

單獨和任迅暘吃飯？

霍閔宇強迫自己冷靜，然而長指卻不自覺敲著沙發，另一手擱在椅背上，試圖掩蓋心中狂躁的情緒。隨著時間愈久，他胸口的烈焰就愈燒愈張狂。

霍閔宇深知要是再待下去，只怕他要忍不住了，就在他準備起身離開的同時，瞥見夏羽侑面露忐忑的朝他們走來。

待回過神來，他略為焦急的望向她和任迅暘齊齊離去的背影，霍閔宇才驚覺自己失控了。

他握拳抵額，晚上續攤的生日派對他喝了不少酒。望著桌面上的空罐子，他沒有醉，思緒反而更加清晰。此刻的他真的好希望自己能夠昏睡一陣子，疼痛扎實的遍布他的全身，霍閔宇全身都不舒暢。

至少在他神智不清的時候想起夏羽侑的話，似乎就是合情合理了。

等等！合情合理。

霍閔宇碩亮的眼眸一睜，眼底的清明一掃這陣子的鬱結之氣。

對，他沒出息的裝醉了。

當他藉酒抱上夏羽侑時，她溫熱的體溫化在他的胸口，積在心裡與日俱增的厚實想念一瞬間解了套，他私心的再攬緊一些，讓鼻腔充滿她的氣息，她身上的香氣依然沉得醉人。

見她反抗，他便咬上她的手，以此作為她讓他受盡相思之苦的報復。

當夏羽侑的手離開了他，元柔馨細心的將他安置在床上，霍閔宇感受到一股深深的空虛感。

淺嘗輒止，完全不符合人性欲望，他只想要更多。

「我只是想讓他快樂一些。」

當夏羽侑的聲音透著門縫傳來，霍閔宇一顆心顫動得亂七八糟。前陣子載浮載沉的心情總算平緩不少，他想要起身坦白，不想折磨自己和她，然而他想了想，總覺得這事絕不能這麼算了。

要是每回夏羽侑都這麼將他拱手讓人，他們還有在一起的意義嗎？

思及此，對於元柔馨逐漸露出真面目這點，霍閔宇選擇睜一隻眼，閉一隻眼。

他要夏羽侑勇敢，勇敢捍衛自己的感情。

【十、他的女孩】

夏羽侑並非不出眾，只是和霍閔宇待久了，加上不喜惹人注目，風采早被隔壁戶那傢伙搶得一乾二淨。

她不介意這種事，就連她也承認，隔壁家的小子確實比一般人好看，眉眼有神，神情閒散卻抵擋不住磅礡的氣勢。

他說話有分量，肩膀有擔當，女孩子喜歡他，男孩子也樂於跟他當朋友，因為走在路上特別有風。

霍閔宇若變成女生，大概也是女神等級，肯定勾得男人心神蕩漾。

這麼一想，他還是保持原樣吧，妖孽她來收。

高中這個年紀，開始注重外在打扮，夏羽侑也不例外。她不高但身材比例勻稱，皮膚白皙、雙頰紅潤，該長肉的地方也長得好好的。

礙於沒時間也沒必要特意打扮，因為後來的男朋友是從小看著她長大的青梅竹馬。

霍閔宇也不在意，因為不想親她的時候，滿嘴都是化學品。

夏羽侑的外貌與氣質，是在大學時期才真正有所轉變，多虧她那三個熱情的室友們。

莘儒是個對於美極度要求的女子，即便是出門到轉角處買早餐都必須保持形象，從頭到腳全副武裝。

「女生沒男友不可恥，不把自己打理好才丟臉！」

其餘三人覺得有理，因此整寢每回看見什麼網購、彩妝，大家便成了湊免運的好夥伴，化妝技巧從生疏，到現在已是可以十分鐘就搞定妝容上課去。

李渟是個運動狂，也特愛肌肉男。追劇首要準則，男主身材好的都是好劇，如果在劇中露出肌肉線條，她絕對直接評五星，因此健身房是她最愛去的地方。莘儒和佳橘討厭汗臭味，夏羽侑敵不過李渟的哀求攻勢，只能跟了。

每回都是一對一的魔鬼訓練，李渟對身材的要求，完全落實到夏羽侑身上，被她訓練得腰痠背痛、哭天喊地。

而佳橘是個很有個性的女生，不扭捏作態，喜好分明，侵犯到她的權益更是不行。

有一次搭高鐵，夏羽侑買了窗邊的位子，但上車發現一位老太太占著位子不走，還要求交換位子。按照平時，夏羽侑肯定會悶不吭聲的就換，體諒對方是老人家。

然而，當下佳橘就回：「為什麼要換給您？大家都花一樣的錢，您想坐窗邊，當初就該自己買啊。這是我朋友的位子，您如果不讓位的話，我要請車長來了。」

當下老人家的臉是一陣青一陣白，碎罵幾句還是起身換位。

四人相處久了，相互學習，也能勇敢糾正對方的缺點，之後她們一住就是四年。

上了大學的霍閔宇不乏被人問：「有沒有女朋友？」、「缺不缺床伴？」、「當個朋友吧。」

他向來不會主動對外昭告自己的感情狀態，因為不想被議論。之前的他倒是無所謂，謠言對他來說不痛不癢，只是他知道夏羽侑不喜招搖，甚至討厭被騷擾，因此後來也以穩定交往簡單帶過自己的感情狀況。

兩個人相知相惜，不需要他人的見證。

而這舉動似乎讓不少有心人士誤以為有機可趁，甚至覺得他就是個玩咖，才不將自己的感情明朗化。

儘管處於男生居多的學校，霍閔宇人氣依舊很高，朋友圈很廣，完全獨霸一方，但對外界來說他的感情終究是個謎。

他依然會和異性說話，但之後便不了了知。有人說他私生活混亂，所以在校只能低調行事，畢竟工學院有長相的異性，大家早已略有耳聞。

而他現在又和外文系的校花新生黎若嘉在交談了。

「你假日有空嗎？」黎若嘉將長髮勾至耳後，笑盈盈的問：「下學期我想輔修商學院的系，但我不是很了解流程，我知道學長有輔修，所以想問你一些問題。」

她的眼眸圓潤，眸色剔透，儼然是個惹人憐愛的女孩子。

「假日我通常很忙，既然都遇到了，妳現在問吧。」

黎若嘉點點頭，便從包內抽出手機。她埋頭紀錄，突然想起什麼似的，「啊，聽說學長大三想申請美國交換生？我也是喔，要不要一起準備面試？」

霍閔宇瞄了一眼手錶，說道：「其實我還在考慮。」

「考慮？為什麼？在過幾天就是截止日了，學校在美國的姊妹校很有名啊！」黎若嘉想不出有什麼需要猶豫的地方。

「確實。」霍閔宇不否認，還想說什麼時，餘光瞥見一個女孩持著手機迎面走來。

柔軟的髮，隨著她的步伐飄動，髮色染上夕陽的餘暉，成了一片暖色的絲綢。

她穿著牛仔短褲，一件無袖的深色上衣，肩上背著黑色後背包，腳上是與他同款的鞋子，仍舊簡單隨興，然而卻無意間襯出她姣好的身材，微微露出線條美好的馬甲線。

一雙潔白勻稱的腿讓一旁經過的男學生紛紛回望，然而當事人卻旁若無人的盯著手機輸入訊息。

忽然，手機響了，「喂？阿姨。」女孩左顧右盼了一會兒，白皙的手指順手向上撥弄了頭髮，零散的髮絲自她頰邊滑落，無心的動作，勾起她一身的性感與明媚。

霍閔宇擰了眉，而對方轉過頭正好與他四目相望。

女孩眨了眨眼，紅脣微啟：「阿姨，我看到他了，他應該有去上課……好，我知道了，我會看好他。」掛了電話後，女孩皺眉，不滿意的看向霍閔宇。

「幹麼又不接你媽的電話？」她語氣不耐，「連迪昊都一天到晚打電話給我，你真以為我是你保姆啊？」

霍閔宇盯著她看了好半晌，心情變得柔軟，他嘴角彎起，黑眸微瞇，忽然笑了起來。

黎若嘉對於這突然出現的女孩產生好奇，似乎沒怎麼在學校見過她。

對方雖不如她漂亮，卻散發著一股難以言喻的魅力與氣勢，彷彿身旁的所有人皆是陪襯品，儘管再美。

不過更讓黎若嘉驚奇的是，她頭一次見到霍閔宇這樣笑，眼眸滿是寵溺與無奈。

見霍閔宇笑得怪裡怪氣的，夏羽侑蹙眉，忽然朝他伸手，「給我鑰匙，我忘在台中了。」

霍閔宇失笑，朝她走近，「到底誰才是保姆？」

夏羽侑打了哈欠，眼眸溼潤，特別無辜，「我想睡覺啊。」

霍閔宇二話不說，在人來人往的校園中，伸手將她攬進自己懷裡，想睡覺的她，像隻毫無抵抗力的小懶貓，出口的話像撒嬌，蹭得他心裡軟。

太引人遐想，不得不抱緊處理。

現在就算在大庭廣眾下被他毛手毛腳，夏羽侑也習慣了。她全身懶懶的擱在他身上，餘光瞥見霍閔宇身後直愣愣盯著他們看的女孩，「你不是還在忙嗎？給我鑰匙就好，我先回去。」

「我也要回去了。」霍閔宇摟著她，俯身吻了吻她的髮，宣示主權的意味強烈。

他將她整個納入自己身側，掩得實實的。雖然美女他也愛看，但自己的女人就另當別論了。見霍閔宇眼裡赤裸的漫漫情愛，黎若嘉看得是臉紅心跳。

關於霍閔宇的傳言太多了，他太坦蕩，反倒讓人懷疑他的真誠。好看的臉，狂傲的性格，大家都認為他愛玩，談起真感情沒人想淪陷於他。

但遇上真心喜歡的人，任何委屈他都捨不得對方受一點。

黎若嘉今天確實開了眼界。

此時，霍閔宇忽然轉過身朝她說道：「交換生的事妳還是找別人吧。」大概是前陣子太無聊了，才會有這種荒謬的想法。

「恭喜，妳的錄取率提高了。」

霍閔宇本身就引人注目，加上與校花交談，早已有不少人偷偷圍觀。現在突然冒出一個陌生的漂亮女孩，一來就把從不拈花惹草的霍閔宇給帶走。

這種驚嚇程度，自然是在往後的日子留下了一些說法，夏羽侑不會知道自己被傳得多麼女神與仙氣。

因為手一伸，霍閔宇就上鉤了。

番外完

後記

首先還是老話，感謝一路陪我走到這的你們，真的是一路追著我過來(大笑)。

這本書寫了將近三年的時間，所有歷經，成長與蛻變，沮喪、氣憤以及喜悅，給了我很多情緒和起伏。

如同故事中的青梅竹馬，對彼此朦朧的了解，持著自己的見解，直至最後的體諒與深愛。也是我和各位。

很高興我依然還是那個任性的我，也很慶幸你們仍然體諒我。

每部作品，代表著每個時期的我，與其說我在寫小說，倒不如說是在訴說我的心境變化。《討喜》陪我走過荒誕的青春，也帶領著我走到了現在。這是我第一部長篇，也讓我感受到大家對這部作品的喜愛，為此我由衷的感謝。

一直以來我都把寫作的一切歸類於幸運，幸運有這樣的你們，幸運有這樣的機會，但這次我想把一些感謝分給我的努力。

謝謝我的堅持，也謝謝我不畏生活的困難，昂首闊步的走了過來。

寫作的過程，看了不少留言，最令我難忘和不知所措的大概是《討喜》成了你們生活的一部分，你們不吝嗇的把眼淚和歡笑給了我。

我知道大家對於某些角色還抱有執念(?)想知道後續，但故事美的地方在於他們的未完待續，所以我選擇不把路堵死，或許哪一日會在其他書看見他們，他們會成為主角、配角，一閃而過的路人，也或許他們就此鮮明的活在各位的心中。

寫《討喜》的初衷是自己喜歡情侶吵鬧好笑的相處模式，再來由友情昇華成愛情，我覺得是一件很浪漫卻也極具挑戰性的事，而「青梅竹馬」這樣的設定，感覺這輩子必須寫一次(我有一堆必寫清單xd)，因此他們就這樣誕生啦！

還是得說說這對惹得大家七上八下的青梅CP，最後終於盼到他們在一起了呀。

夏羽侑和霍閔宇就是典型的闖禍和收攤的組合，然後互相認為自己是犧牲最大的。

從故事的開頭就一再說明，他們的個性是截然不同的。

交友圈、價值觀全背道而馳，想當然要不是青梅竹馬這層關係，他們永遠不會出現在對方的生命裡。

然而愛情不會因為你們理性的知道你們不適合，就不會發生。

連載的過程中，他們的磨合、爭吵，讓不少人和我分享他們的心得與類似經驗。

我想說，當我寫完這個故事，故事就是你們的了，無論怎麼解讀，都沒有對錯，也許我這麼想，但你不這麼認為，這完全不需要緊張。

情感這種事，遵循道德後便沒有所謂的既定答案，更沒有誰該聽從誰的。

不用說服誰，只要自己能夠接受。

很多時候，我不覺得我只是單純闡述一篇有頭有尾的故事，而是藉由這些人、這些事傳達一些理念，關於我的主張，我想裡頭的角色都替我詮釋了。

從這篇故事可以看出他們是如此的不對拍，即便如此，他們都甘心為了彼此陷入漩渦。

沒有百分之百適合你的人，儘管有soul mate的存在，但世界何其之大？

感情不是天生契合，父母看著我們長大，我們都還是會吼著他們，怪他們不懂我們，何況是歲數與你相差沒多少的伴侶。

我們都是透過包容、體諒，才走到今天。

當然如果真的累了，我也支持分開，強求沒有意義。

趁還愛的時候好好的吵架，好好的撒嬌，但不要逞強，會痛要說，想哭就哭。

如果連在自己愛的人面前都不能坦承，那麼就會永遠都是自己一個人。

最後的最後，感謝POPO這個平台讓我能夠與大家近距離接觸(?)，也謝謝我們編仔，即便我拖稿拖得亂七八糟，更新完全靠感覺，她都沒有滅我口。

這本實體書真的讓大家等很久，是你們的期盼讓《討喜》得以問世，今後也還請各位多多指教，一同陪著我成長，見證人世間的繁華璀璨。:)

期待我們下本書再相見。

2019/04/14，Lal，日本

國家圖書館出版品預行編目資料

討厭喜歡你 / LaI 作 . -- 初版 . -- 臺北市 :
POPO 出版 : 家庭傳媒城邦分公司發行, 民 108.08
冊; 公分 . -- (PO 小說 ; 37-38)
ISBN 978-986-96882-9-1(上冊 : 平裝) . --
ISBN 978-986-98103-0-2(下冊 : 平裝)
863.57 108012103

PO 小說 38

討厭喜歡你（下）

作　　者／LaI
企畫選書／簡尤莉
責任編輯／吳思佳
總 編 輯／劉皇佑
行銷業務／林政杰
版　　權／李婷雯

總 經 理／伍文翠
發 行 人／何飛鵬
法律顧問／元禾法律事務所　王子文律師
出　　版／城邦原創 POPO 出版　城邦原創股份有限公司
台北市中山區民生東路二段 141 號 6 樓
電話：(02) 2509-5506　傳真：(02) 2500-1933
POPO 原創市集網址：www.popo.tw　POPO 出版網址：publish.popo.tw
電子郵件信箱：pod_service@popo.tw
發　　行／英屬蓋曼群島商家庭傳媒股份有限公司城邦分公司
聯絡地址：台北市中山區民生東路二段 141 號 11 樓
書虫客服服務專線：(02) 25007718・(02) 25007719
24 小時傳真服務：(02) 25001990・(02) 25001991
服務時間：週一至週五 09:30-12:00・13:30-17:00
郵撥帳號：19863813　戶名：書虫股份有限公司
讀者服務信箱 email：service@readingclub.com.tw
城邦讀書花園網址：www.cite.com.tw
香港發行所／城邦（香港）出版集團有限公司
地址：香港灣仔駱克道 193 號東超商業中心 1 樓
email：hkcite@biznetvigator.com
電話：(852) 25086231　傳真：(852) 25789337
馬新發行所／城邦（馬新）出版集團 Cité(M)Sdn. Bhd.
41, Jalan Radin Anum, Bandar Baru Sri Petaling,
57000 Kuala Lumpur, Malaysia.
電話：(603) 90578822　傳真：(603) 90576622
email：cite@cite.com.my

封面設計／塵千煙
印　　刷／漾格科技股份有限公司
經 銷 商／聯合發行股份有限公司
電話：(02) 2917-8022　傳真：(02) 2911-0053

□ 2019 年 (民 108) 8 月初版
□ 2022 年 (民 111) 4 月初版 5 刷
Printed in Taiwan.

定價／ 280 元
 ISBN 978-986-98103-0-2